高校事変 Ⅷ

松岡圭祐

角川文庫
22288

東日本新聞　２０２０年４月２日付　朝刊記事

犯罪者の実子に対する偏見の根強さ――その社会的リスクを問う

優莉匡太元死刑囚（享年49）の逮捕から八年。平成最大のモンスターと謳われた男は、強大で凶暴な武装半グレ同盟を率いていた。死刑執行は元号が改まる直前だった。傘下にあった七つの半グレ集団はいずれも解散。脅威が去った社会に遺されたのは、殺伐とした世間の大人たちによる、罪なき十代の少年少女らへの過酷な仕打ちだった。

・出生から兄弟姉妹の全員が孤独に

昨年四月十七日の当欄記事では、銀座デパート事件の記憶に関し、風化を嘆く被害者遺族の声を紹介した。

だが優莉という姓は風化するどころか、令和元年秋にふたたび取り沙汰されるようになる。武蔵小杉高校事変を受け、同校に在学していた優莉結衣さん（17＝優莉匡太の次女）の関与を疑う声があがったからだ。

優莉匡太は交際女性が妊娠した場合も、けっして中絶を許さなかったとの証言が多くある。匡太は未婚を維持しながら、いずれの新生児についても、自分の子であると積極的に認めてきた。存在が確認された子供十二人は、優莉姓で出生届が提出された。ただしこれらの出産に立ち会った医師は、虚偽診断書等作成の罪で実刑が確定している。同医師は十二人の出生に関し、実在しない母親の名を分娩の証明書に記載した。元メンバーの証言や、子のＤＮＡ検査などにより、現実の母親は九人と考えられているが、ひとりとして素性があきらかではない。

十二人の子供たちは全員、優莉匡太の経営する六本木のクラブ＝オズヴァルドのバックヤードで、虐待を受けながら暮らしていた。みな保育園や幼稚園に通ったことがなく、小中学校にも入学していない。おそらく母親の記憶も持たないと推察される。半グレ同盟は定期的に、赤石山脈で奇妙な儀式を開催していたとみられ、山中で大勢のメンバーが焼死させられている。犠牲者のひとりに五女の弘子さん（享年6）がいた。

機動隊がオズヴァルドに突入した日、長男（氏名不明＝当時16）、次男の篤志さん

（当時13）、長女の智沙子さん（年齢不詳）は店内におらず保護できなかった。平成二十六年八月、元幹部の証言により、智沙子さんはすでに赤石山脈で死亡していたと判断された。長男と次男の行方はいまもわかっていない。

ほかに機動隊突入直後、三女の詠美さん（享年7）の死亡が確認された。死因は暴行虐待を受けたことによる、内臓破裂にともなう失血死とみられている。四男の明日磨さん（当時5）も衰弱した状態で見つかり、現在も重度の後遺症に苦しんでいる。

同日保護されたのは、次女の結衣さんのほか、三男の健斗さん（享年14）、四女の凜香さん（現在14＝以下同）、六女の伊桜里さん（13）、五男の耕史郎さん（11）、六男（本名非公表＝10）だった。うち健斗さんは今年一月、新潟県魚沼市でバス運転手を殺害、みずからも命を絶っている。

子供たちを保護した人権支援団体は、親子関係の解消を求める意味で、推定相続人の廃除を家裁に訴えようとした。しかし結衣さんと健斗さん、凜香さん、明日磨さんは苗字変更の意思を明確にせず、法定代理人も家裁への申し立てができなかった。当時五歳だった伊桜里さんと、三歳だった耕史郎さん、二歳だった六男は里親に引きとられ、養子縁組を結んだため、いずれも現在は優莉姓ではない。

・新たな半グレ集団の結成を警戒

こうして四人の子供に優莉姓が残ったこともあり、半グレ同盟再結成を目論む元メンバーらに利用される恐れがあるとして、公安警察は日々の監視を怠らなかった。特別執行委員会は、優莉匡太の子供たちが連絡を取り合うことを禁止するなど、二十七の制限事項を設けた。これについて複数の支援団体が、子供たちへの人権侵害であると抗議した。

一方で子供たちの就学についても議論が交わされた。優莉姓のまま通学した場合、学校でいじめや差別を受ける可能性があるため、弁護士が日々の問題に対処することになった。兄弟姉妹は互いに離れた地域に住んだ。学費や生活費は支援団体が寄付金で賄ってきた。

警察は武蔵小杉高校事変について、結衣さんの関与がなかったと結論づけた。だが世間はなおも結衣さんに疑惑の目を向けつづけた。清墨学園事件や与野木農業高校事件といった、学校にまつわる武力騒動が立てつづけに起きたせいだった。いずれも結衣さんの転校先とは異なるうえ、警察により関与が否定されたものの、さらなる疑惑を呼ぶ事態が連続的に発生した。

今年二月、結衣さんの通う芳窪高校二年の修学旅行における、旅客機のハイジャック。次いで三月、甲子園球場への大型ヘリ強行着陸。阪神タイガースのクラブハウスが崩落したが、その場に結衣さんがいたとするデマが横行している。

重大事件が発生するたび、結衣さんの関わりを疑う風説が流布されることに、人権支援団体は懸念を表明した。これに対し一部の市民グループは、疑惑の根拠がまったくないわけではないとして、警察に真相解明を求めている。

・非難の矛先が結衣さんから勇次さんに

最近になり、また新たな噂が持て囃されるようになった。家族でベトナムから日本に帰化し、三年後にバドミントン全国大会で優勝、一躍人気を集めた田代勇次さん（17＝旧名グエン・ヴァン・チェットさん）と、武蔵小杉高校事変の武装勢力との関わりが疑われだしている。勇次さんは、父親である田代槇人さん（42＝旧名グエン・ヴァン・ミンさん）の経営する会社が、指定暴力団権晟会による銃器密輸の顧客だったと発覚して以降、急に糾弾されるようになった。

もともと田代勇次さんはルックスに恵まれ、メディアにも頻繁に露出し、幅広い層に高い認知度を誇っていた。このため父親のスキャンダルは世論に大きな衝撃を与えた。さらに勇次さんの兄、グエン・ヴァン・ハン容疑者（享年23＝死亡のまま書類送検）が、東南アジア系武装勢力のリーダー格だった事実があきらかになると、世論の大半は豹変、田代家への嫌悪を剝きだしにした。

人々の偏見に基づく疑惑の対象が、優莉結衣さんから田代勇次さんに移っただけともとれるが、今度は単なる噂話に留まらなかった。崩壊したクラブハウスの瓦礫のなかから発見された銃器類は、武蔵小杉高校事変や与野木農業高校事件のそれらと仕様を同じくしていた。

警視庁は田代槇人さんに事情をきく方針だが、いまや実業家として政財界に深い関わりを持つ槇人さんだけに、影響の広範囲への波及は避けられない。もっとも槇人さん自身は、現在のところ関与を否定している。よって優莉匡太の娘だった結衣さんと、勇次さんを同列に扱うのは適切でない。

一部週刊誌は、「田代槇人さんが優莉結衣さんに濡れ衣を着せたのでは」との疑惑を報じた。このため昨今では結衣さんへの同情の声が大きくなり、支援の動きも活発化している。結衣さんが武蔵小杉高校以前に通っていた、泉が丘高校への復学も決定し、間もなく始業式を迎えるという。

逆に田代勇次さんは、武蔵小杉高校事変後に編入された田園調布西高校から、退学の通告を受けたことがあきらかになっている。これに対し勇次さん側は弁護士を立て、全面的に争う姿勢をしめした。出場への期待がかかった東京オリンピックが延期となったうえ、来年の開催すら危ぶまれる状況であることも、学校側の冷たい対応につながっている、勇次さんの代理人はそのように主張している。

・犯罪者の子として生まれたことに責任はない

優莉結衣さんと田代勇次さん、いずれのケースも、子と親を同一視するという、偏見や先入観が問題となっている。父親の遺伝子を継承し、父親に育てられたのだから、人権に制限を加えられて当然、そんな心ない意見もネット上に散見される。

だが子供たちを社会的に追い詰めたとして、そこになにがあるのだろう。同情に値する被害者を、積極的に支援すべきと考える一方で、加害者の子は誹謗中傷を受けるがままにさせておいていいのか。私たちの誰もが、犯罪者の子供に生まれた可能性はあったのだ。そんな思いやりに根ざした配慮が不可欠なはずだ。

安易な正義感を後ろ盾に、根拠を欠く誹謗中傷により、犯罪者の子を罰した気になる。それは危険な自己満足であろう。本質はそのような薄っぺらいことではない。私たちはこの問題について、もっと深く踏みこんで、じっくり考えるべきではないだろうか。

（文責／東日本新聞社会部取材班）

シャボン玉消えた　飛ばずに消えた
生まれてすぐに　こわれて消えた
——童謡『シャボン玉』野口雨情（のぐちうじょう）／詞　二番の歌詞より

1

四月七日、始業式の朝を迎えた。三十六歳の普久山衍廣（ふくやまゆきひろ）は、校庭で生徒たちと適度に触れあったのち、職員室に戻った。

本年度は三年一組の担任になった。担当教科は数学。だが教師にとって重要なのは校務分掌のほうだった。校務分掌とは教職員の役割分担を意味する。普久山は総務部のＰＴＡ対応と、防災訓練の管理を任されていた。

職員室の事務机は半分ほど埋まっている。ウイルスと花粉症対策のため、ほとんどの教師がマスクをしていた。

そんななかマスクなしの四十代後半、よれよれのスーツの奥川隆哉（おくがわたかや）教諭が近づいてきた。奥川は落ち着かなげにいった。「普久山先生。伊賀原（いがはら）先生は？」

普久山は戸口を振りかえった。さっきまで校庭で一緒だった伊賀原璋（あきら）教諭が入室してくる。

年齢は普久山のひとつ下だが、泉が丘高校には赴任してきたばかりだ。真新しいスーツに浮きあがる体型は逆三角形をなし、体育教師並みに身体を鍛えているとわかる。

もったいないことに担当教科は化学で、体育部の顧問も引き受けていない。ミディアムに伸ばした髪に、色白の細面。年齢よりいくらか若く見える。マスクをとると、すっきり通った高い鼻と、薄い唇があらわになった。

伊賀原はきびきびとした動作で一礼した。「おはようございます」

おはようございます、職員室の誰もが挨拶に応じる。心なしか女性教師らの声が弾みがちに思えた。

奥川がつかつかと歩み寄った。「伊賀原先生」

「ああ、奥川先生」伊賀原は自分の机にカバンを置いたところだった。「駐車場の件ならすみません。場所がよくわからなくて」

「あのSUV車ですか。マツダCX－8ですよね。明日からは職員室前じゃなくグラウンド側に停めてください。でもいまはその話じゃありません」

「なんですか」

「始業式の前に、どうしても真意をうかがっておきたくて」奥川は折りたたんだ新聞をとりだし、机の上に置いた。「現状は理解してます。しかしまだ納得はできない」

伊賀原が戸惑いのいろをのぞかせた。「もう決まったことですよ。校長や教頭も同意されていますし」

なんの話かは察しがつく。普久山はふたりのもとに近づいた。「優莉結衣についてなら、協議もひと区切りついたはずですが」

奥川が顔をしかめた。「この新聞記事を読みましたか」

「ええ」普久山は新聞を手にとった。「何日か前の東日本新聞。断りもなくうちの学校名を載せてますね。未成年者たちの実名までも堂々と」

「マスコミや野次馬が押し寄せるんじゃないかと、正直気が気じゃなかったですよ」

伊賀原が微笑した。「でも誰も来ていない。ご覧のとおり職員室も静かなもんです。電話が鳴りやまないという状況にはほど遠い。世間の関心度なんて、いまやそんなものですよ」

「いや」奥川は表情をこわばらせた。「そこがむしろ受けいれがたいんです。このところみんな慣れすぎてやしませんか。優莉結衣の復学について、もっと議論があってしかるべきです」

「議論なら尽くしました」

「伊賀原先生は奇妙にも、優莉結衣を復学させるべきだと主張なさいましたよね」

「いち生徒の人権を守ることが、そんなに奇妙でしょうか」

「あの優莉結衣ですよ。なぜそうまでして本校が面倒をみなきゃならんのですか」

普久山はいった。「奥川先生。生徒の面倒をみるのは、おもに担任教師です。私は昨年度、優莉結衣のいた二年二組の担任でした。優莉はきょうから三年三組。担任は伊賀原先生です。奥川先生はあまり関わりもないのでは？」

奥川が苛立ちをのぞかせた。「伊賀原先生は保護者会で公言したでしょう。本来、優莉結衣が入学したのは泉が丘高校だった。通える学校がなく困っているいま、彼女を引きとるのはうちの義務だと。たとえ疑惑がささやかれようとも、証拠がなく逮捕もされていないのだから、潔白を信じると」

「はい」伊賀原が奥川を見つめた。「そのとおりです。まちがってはいないと思いますが」

「優莉結衣の反抗的な態度に魅了される者が、生徒ばかりか保護者、教職員にまで増えてきています。伊賀原先生はその傾向を助長していますよ」

「反抗的な態度に魅了されてる？　保護者や教職員が？　ナンセンスにきこえますが、そうお思いになる根拠は？」

「そのう」奥川が口ごもった。「そもそも優莉結衣は有名人で……」

「悪い意味での有名人でしょう」

「しかし容姿端麗なのは、まあ、誰もが認めることでしょう」

「それでも凶悪犯の娘ですよ？　人を殺したというデマが横行したほどなのに」

「伊賀原先生。いまの世のなかは異常です。あんなに爽やかだった田代勇次の父親にも、不穏な真実が露呈しつつある。ところが司法はろくに追及できていない。誰もが金権政治に毒され、上級国民に逆らえない」

「国家が信用できない社会では、孤高の反体制派が人気を集める。そういう理屈ですか。優莉結衣が本当に人殺しだなんて、誰も信じちゃいないのに」

「そりゃ本当に信じていたら、さすがに恐怖しか感じないでしょう。私も噂がすべて事実だとは思っていません。しかし真偽が不明なことが、かえって優莉結衣の存在感を強めてるんじゃないかと」

伊賀原は首を横に振った。「万にひとつでも優莉結衣が人殺しだと思えば、誰も彼女の復学を望んだりはしませんよ」

「そこが微妙なところで、どうも説明しにくいんですけどね。ええ、たしかに噂は噂にすぎないと信じればこそ、みな平穏でいられるんです。ですが優莉結衣にはなんというか、噂を本当に思わせるような雰囲気がある」

「ああ、なるほど。ようやく理解できました。江戸時代でも、実在の人物に架空の手柄話を組み合わせた講談が人気を博しました。優莉結衣は優莉匡太の娘だったため、武装勢力に対抗できたという噂が立った。本気では受けとられていないのにも拘わらず、いまの社会背景もあり、ただの不良にすぎない彼女を、さも頼もしく感じさせる風潮がひろまっていると」

「そう！　まさしくそのとおりですよ。私には伊賀原先生が、それを煽ったように見えたんです」

「とんでもない」伊賀原は奥川の肩に手をかけた。「私みたいな若輩者に踊らされる先生方がおられますか？　保護者もまたしかりです。みな尊敬に値する人生の先輩ばかりです」

「しかし優莉結衣のような女子生徒は、誰にとっても前例がなく……」

「どうかご心配なさらずに」伊賀原が穏やかにいった。「さっき校庭で優莉結衣に会いましたが、私の予想どおり、少しワルぶっているだけの女子生徒にすぎません。それより生徒たちがみな抵抗なく、ごく自然に優莉結衣と接している状況を、教師として歓迎すべきではありませんか。いまやわが校では凶悪犯の子がいようと、差別すら生じないんですよ」

　普久山のなかに引っかかるものがあった。伊賀原の机を凝視した。透明なデスクマットの下、時間割や学級名簿とともに、優莉結衣の全身写真がおさまっている。

ブレザーにスカート姿、芳窪高校の制服だった。黒髪はロングのストレート。握りこぶしのような小顔に、大きくつぶらな瞳、肌は透き通るように白かった。一見すらりとした体型に見えるが、長く伸びた腕と脚には、十七歳アスリート並みの引き締まった筋肉が備わる。そこに意識が向くのは、彼女の身体能力の高さをまのあたりにしたからだ。あのとき球場は文字どおり戦場と化した。彼女は殺戮のなかを独力で生き延びた。

なぜこんな写真をデスクに置いているのだろう。ほかに生徒の写真は一枚もないのに。

伊賀原は奥川と会話しながらも、普久山の視線に気づいたらしい。カバンをずらし、優莉結衣の写真を覆い隠した。

妙な気分になる。しだいに奥川の異議申し立てが、あるていど納得のいくものに思えてきた。

そういえば伊賀原はずっとこんな調子だった。いつも冷静沈着、友好的な態度をしめしてきては、いつしか親しみやすさのなかに取りこんでしまう。

気づけば奥川の顔に笑いが浮かんでいた。瞳孔の開いた目で伊賀原を見かえし、弾むような声を響かせる。「おっしゃるとおりかもしれません。たしかにワルに魅せられる心理が、人の判断力を鈍化させるとまでは思えない」

「そうですとも」伊賀原が応じた。「知性というものは脆くありません」

「いや、申しわけない。よく考えてみれば心配がすぎたかも」奥川が普久山に向き直った。「普久山先生は甲子園球場で大変な目に遭われたばかりでしたよね。現実の暴力をまのあたりにし、虚実の区別もはっきりつくんでしょう。私は想像で自分を惑わせてしまった。お恥ずかしいかぎりです」

いや。球場にいたからこそわかる。優莉結衣に関する噂は事実だ。人殺しの女子高生が、なにごともなく通学を開始し、きょう始業式に臨む。そこだけをとらえれば異常な状況にちがいない。

甲子園で起きたことについて、数人の生徒たちとともに、普久山は口を閉ざした。その判断が正しかったかどうか、いまでも葛藤が生じる。だがあえて迷うまいと心にきめた。なにが正しいか自分でわからなくなったら終わりだ。

伊賀原が見つめてきた。「普久山先生」

「はい?」普久山は伊賀原を見かえした。

「だいじょうぶですか。なにかぼんやりなさっていましたが」

「いや、べつに。なんでもありません」

「あんな事件があって、さほど日数も経っていないのに、始業式から出勤するなんて。生徒もそうですが、ＰＴＳＤとかいろいろ危惧されるのでは……」

「平気ですよ。私も生徒も元気です。たしかに抗不安薬の処方は受けましたが、日々の暮らしに問題はありません。精神科医が太鼓判を捺してくれています」

「それはよかった」伊賀原の口調はなおも穏やかだった。

あわただしい靴音が駆けてきた。四十代の宮森涼子教諭がこわばった表情で呼びかけた。「伊賀原先生！　米谷智幸君って、先生のクラスですよね」

「米谷？」伊賀原は机に目を落とした。「たしか名簿にそんな名前があったかと……。ああ、これだ。米谷智幸。三年三組ですが、クラス替えの発表もついさっきですし、顔合わせはまだこれからです」

普久山は米谷を知っていた。「宮森先生。去年は二年一組だった米谷ですね？　文系専攻ですが、数学も得意な生徒だったはずです。彼がなにか？」

宮森が泡を食ったようにまくしたてた。「いま化学実験教室でまってます。お母さんが同席していらして」

「母親同伴ですか？　入学式でもないのに」

「宇都宮東　警察署の刑事さんもご一緒です」

思わず絶句した。伊賀原と目が合った。米谷智幸といえば、いたって真面目、おとなしい性格の生徒ではなかったか。問題を起こすとは考えにくかった。

伊賀原は足ばやに歩きだした。「始業式まで時間がありません。話があるなら、すぐに臨まないと」

奥川が深刻そうに宮森に問いかけた。「校長はご存じですか。まだなら私が報せに行きますが……」

普久山は伊賀原を追いかけようとして、ふと足がとまった。机の上が気になり、自然に視線が向く。

厭わしさが胸のうちにひろがる。優莉結衣の写真がない。普久山が視線を逸らしている隙に、伊賀原が持ち去ったようだ。どういうつもりだろう。心許せる新任教師ではなかったのか。

2

優莉結衣は校舎の昇降口にいた。いったん開けたシューズボックスの扉を閉め、近くに立つ巨漢に向き直る。

ネルシャツに厚い胸板が浮きあがり、大木のように太い腕が両脇に垂れ下がる。背は高く百九十センチほどもあった。見たところ筋肉をかなり備えているものの、それ以上に肥満しきっている。十三歳当時の線の細さは見る影もなく、ゴリラそっくりの外見だけが目につく。美少年を気どる自己愛まるだしの、かつての仕草もおおいに痛かったが、いまは腫れぼったい瞼が父を連想させる。その中年じみた顔つきに、向き合うだけで虫唾が走る。

昇降口には生徒たちが絶えず入ってくる。結衣はぶらりとそこから離れ、校舎の外にでた。往来の邪魔にならないサッシ戸のわきに立ちどまった。

篤志もついてきた。「詠美ってきいても顔いろひとつ変わらねえな」

結衣は閑散とした校庭を眺めた。「詠美は死んだ」

「D5が開発してたフグ毒、おぼえてるだろ。不随意筋がとまるから脈拍が途絶える。呼吸も……」

「突入した機動隊員が遺体を回収したはず」

「おまえが見たわけじゃねんだろ? 俺たちゃ誰ひとり司法解剖に立ち会ってねえ」

「その口ぶりからすると、あんたも確たることは知ってなさそう」

「あっちに身を置いてても、きょうだいが互いに会ってるわけじゃねえんだ。それぞれ役割がちがうからな」

「ああ。タキ兄ちゃんもそんなこといってた。殺したけど」

「凜香とも二回ぐらいしか顔を合わせてねえ。おまえも知ってるだろうが、智沙子も田代夫人のとこに……」

動揺させようとするだけ無駄だ。結衣はあえてそっけなくいった。「かつて同じ牧場にいた家畜どうしだったってだけ。兄弟姉妹なんて意識したこともない。現状に興味もない」

「本心じゃねえな。興味がなきゃ俺と立ち話もしねえだろ」

「うぬぼれもいいとこ」

「優莉匡太の子供どうしが会うのは禁止だとか、くだらねえ取り決めが笑わせてくれる。こうして堂々と身をさらしてても、公安ひとり飛んできやしねえ」

「あんたが素性を隠してるからでしょ。いまはどんな名前よ」

「名は篤志のままだ。苗字(みょうじ)だけ変えてる。澤岻(たくし)篤志。たったそれだけで誰も素性を疑わねえ」

「身分証があれば当然でしょ」

驚くには値しない。弁護士が赤の他人である澤岻姓の戸籍を改ざんし、養子縁組にしてしまう。同じ都道府県内の別の市町村でパスポートを申請。パスポートには都道府県名しか載らないため、怪しいところもなくなる。あとは運転免許証を取得、別の住所を持つ一市民と化す。

昔から暴力団や半グレ集団が、行く当てのない子供を引きとるため、よく用いた方法だった。むろん弁護士は顧問としてそれらの団体に属している。篤志は田代ファミリーの弁護士の世話になったか、それ以前にどこかほかの、よからぬグループに身を寄せていたのだろう。

篤志が鼻孔を膨らませた。「おまえは顔が売れちまってるから、いまさら他人のフリは無理だな。馬鹿なやつ。苗字だけでも変えりゃよかったのに」

結衣は黙っていた。伊桜里や耕史郎のように幼ければ、大人たちも気をまわしてくれただろうが、へんに物心ついていた年長組は不利だった。あんな父親でも突き放したくない、そんなふうに思ってしまった。どの家の子供でもなくなる、それ自体が受けいれられなかった。態度を保留しているうちに、いつの間にか優莉姓が定着し、そのままになった。

他人が思うほど奇妙な決断とはとらえずにいた。ほどなく世間に接し、学校に通いだしてから、優莉姓への風当たりの強さを実感した。なおもしばらくのあいだは、冷たくされる理由も実感できず、ただ戸惑いがあるのみだった。凜香も健斗も同様だったにちがいない。

「おい結衣」篤志が野太い声を響かせた。「なんで俺が槙人さんの世話になってるかわかるか」

「半グレになるべく育てられたんだから、最大手に就職するのが筋。凜香がそんなふうにいってた」

「おまえもそうすべきだったのに、もう不可能になった。あんなに槙人さんを怒らせちまったんじゃ、とりかえしがつかねえ。勇次がなんていってるか知ってるか？」

「バドミントンのラケットでしばいてやるとか？」

「だったらどうする」篤志がきいた。

「しばきかえす」

「あいにく勇次はそのていどの怒りようじゃなくてな。親子でおまえの首に懸賞金をかけた。いくらか知りたいかよ」

結衣はしらけた気分で応じた。「べつに」

「俺が思わずこうして飛んで来ちまうぐらいの莫大(ばくだい)な額だ」

「追いかけっこする気ならまずダイエットしてから来なよ」

「おまえの煽(あお)りスキルの高さは承知してる。凜香は瞬間湯沸かし器だったらしいが、俺はちがう」篤志が低くいった。「結衣。きょうの真夜中、零時きっかりにゲームが始まる。田代ファミリーと、その息がかかった団体、ほぼ全員が参加するだろうな。おまえの狩りに」

くだらない。結衣はうんざりしながらたずねた。「なんで零時？　いますぐでもいいのに」

「参加者にルールを浸透させなきゃいけねえんだとよ。自分で殺害したことを証明できなきゃ懸賞金は手にできねえ。警察に殺人容疑で逮捕されるのはいいが、田代ファミリーにつながる証言をした時点で懸賞金は没収。それとダブルチャンス」

「なんのことよ」

「おまえを辱(はずかし)めて殺せば、その度合いに応じて、支払い額が最大倍額までアップする」

苦笑する気にもなれない。結衣は篤志にたずねた。「具体例とかある？」

「全裸にして、まんぐり返しにして、肛門(こうもん)にスキを突き立てた死にざまってだけじゃ、倍額に達しねえってよ」

喋(しゃべ)り方がいちいち癇(かん)に障る。父親によく似ているからだ。嫌でも昔のことが脳裏によみがえってくる。だがいまは腹立たしさより、別の複雑な感情が渦巻いていた。

やはり詠美のことが気にかかる。ほかの兄弟姉妹についてなら、強がって遠ざけられても、あの三女だけはいまも特別な存在でありつづける。

死の瞬間はさほど変わらなかった。五女の弘子が死んだと知らされたときと同じ、ぼんやりとした虚無が生じたのみだった。ただ別の場所に去っていく、部屋をでていくのを見送る、そんな気分に留まった。ときが経つにつれ、重いボディブローのように効いてきた。

詠美にはなにもしてあげられなかった。たった七年の人生だった。薄汚い路地裏で詠美は死んだ。父による常軌を逸した課題をこなせなかったことを、詠美は最期まで悔いていた。毎日のように折檻を受け、衰弱しきっていた。あの日はコウイチのひと蹴りで内臓破裂を起こした。ほどなく視力が失われたらしい、見えない、詠美はそうささやいて息をひきとった。

父の教育の異常性に、結衣は早く気づき、詠美に味方してあげるべきだった。同じことを、ほかの妹や弟にも思った。だがほとんどは生きている。詠美は犠牲になった。暴君だった父の狂気と、結衣の無知の犠牲に。

ふたりで道端の花を摘んだことがあった。結衣が六歳、詠美が四歳のころだったか。

さも嬉しげに微笑んだ詠美の顔が忘れられない。ずっとこんなふうに過ごしたい、やさしいまなざしにそんな思いが浮かんでいた。詠美の感受性は結衣より豊かだった。はるかにまともな子として育った。生まれてくる家を誤った。どの兄弟姉妹よりも、詠美は優莉匡太の娘になるべきではなかった。

残酷なことを嫌う詠美は虫も殺せずにいた。なのに日常は過酷そのものだった。四足動物にナイフを突き立てるのはむろんのこと、場合によっては失態をしでかした大人を処刑せねばならない。詠美が馴染めるはずもない。いつも泣き叫び、叱られるたび許しを請い、懲罰に悲鳴をあげた。

いまになって自責の念に駆られる。なぜなにもできなかったのだろう。理由は考えるまでもない。詠美を庇えば、折檻を受けるのは結衣だけではない。詠美はもっと痛めつけられる。ひとりやふたり死んでもかまいはしない、それが父を含む大人たちの口癖だった。

どうしても黙っていられなくなり、結衣はささやいた。「詠美はほんとに生きてるの？」

篤志がぶっきらぼうに応じた。「ああ」

「でも会ったわけじゃないんでしょ」

「みんながそういってる」

「なら機動隊が発見した死体は誰よ」

「さあな。優莉匡太の子は十二人だけじゃねえ。あくまで優莉姓で届け出があったのが十二人ってだけだ」

「瑠那は神社に預けられてから、なんの支障もなく育ってるってきいた」

「ほかにもいたかもな。親父はやりまくってたらしいし」

　胸騒ぎがおさまらないのを、結衣は篤志に悟られまいとした。詠美。生きている可能性はあるだろうか。結衣は詠美の手を握った。焦点のあわない目が、閉じる瞼の奥に消えた。呼吸が途絶えた。脈も失われた。全身の肌が白く染まっていった。

　にわかには信じがたい。こんなふたしかな情報を受けとりたくはなかった。死別の辛さなら日々背負ってきた。しかし詠美が死んでいなかったのならなお辛い。いまこの瞬間もどんな目に遭っているのか。気遣わしさで胸が張り裂けそうになる。

　篤志がいった。「おまえと兄貴のせいだ。俺たちが不幸のどん底に墜ちたのは」

　結衣は篤志に目を向けた。篤志は無言で結衣を見つめていた。

「兄貴？」結衣は冷やかな気分に包まれた。「長男の架禱斗？　いまはどんな名前よ」

「どこでなにをしてるかは問題じゃねえ。架禱斗と結衣が調子こいて、親父をつけあがらせたせいで、俺たちはみんな地獄の苦しみを味わった。健斗も凜香も、詠美もだ」

意味を深く考えるまでもない。兄弟姉妹のなかで、父から優等生と見なされていたのは、架禱斗と結衣だけだった。ちがいはある。架禱斗は天才肌だったが、結衣は努力派だった。しかしふたりとも幼少期から、父が押しつけてきた無理難題をあるていどこなせた、そんな共通点があった。赤石山脈の麓で、仕留めた猪の腹を切り開き、削いだ肉を糧にできた。ほかの兄弟姉妹は飢えたまま森をさまようしかなかった。あのときも何人か死にかけた。

子供たちの誰ひとりとして課題をこなせなければ、父は指導そのものを断念したかもしれない。へたに長男と次女が健闘したせいで、ほかの兄弟姉妹が落ちこぼれと見なされた。凜香もそのことを恨んでいた。

だが篤志に謝る気になどなれない。田代槇人に与するような男には同情できない。結衣は醒めた気分に浸りきった。「あのころの篤志は痩せすぎでスタミナも筋力もなかった。だからいつも死にかけた。二十一にしてメタボのいまは、逆の意味で墓穴を掘ってる」

「俺の動きを見たら驚くぞ」

「田代槇人のパシリとして立派に駆けつけてみせたって？」

「わざわざ知らせに来たのは、そういうルールだからだ。油断してるおまえに、誰かが不意打ちを食らわせて殺しちまったんじゃ、あの親子は満足しねえ。おまえがもがき苦しんで、さんざん後悔しながら死んでくさまを見たいってよ」

「馬鹿親子にそのまま伝えといてよ」

「おまえのパシリになる気はねえ」

「でも田代槇人があんたをパシリに選んだのはたしかでしょ」

「俺は自分で志願した。ほかの奴じゃ、おまえが本気にしねえからだ」篤志が踵をかえした。「せいぜい頑張れ。明朝まで生きてられたら奇跡もいいとこだ」

篤志が校庭にでていく。猫背の巨漢が遠ざかる。後ろ姿が校門の外に消えていった。

結衣は小さくため息をついた。シューズボックスの前に引きかえす。

詠美が生きているはずがない。心を掻き乱されている場合でもなかった。マクシム・ゴーリキーが『フォマ・ゴルデーエフ』に書いたとおりだった。人生なんてじつに単純なものだ。すべての人間を嚙み殺すか、自分が泥のなかに横たわるか、そのどちらかでしかない。

3

普久山は化学実験教室に足を踏みいれた。広々とした特別教室は、いま授業もなくがらんとしている。ひとつの実験用テーブルを数人が囲んでいるだけだ。天井の蛍光灯も消えたままだった。窓の白いカーテンを透過する陽射しだけが、ほの暗い室内をおぼろに照らす。

一か所に集う面々のなか、普久山の知る顔はひとりだけだった。三年生になったばかりの米谷智幸。真面目を絵に描いたような、眼鏡をかけた童顔の男子生徒。ただ沈鬱な表情でうつむいている。

ほかは大人ばかりだった。普久山は伊賀原とともに近づいた。全員が立ちあがり頭をさげた。米谷の母親は一見してわかった。顔がよく似ているからだ。米谷秀美です、そうささやく母親は憔悴しきっていた。スーツ姿のいかつい男たちが、それぞれ自己紹介した。年配は生活安全課少年係の北原幸司係長。比較的若いふたりの刑事は、尾神と山下といった。

テーブルの上に異様な物体が横たわっている。直径三十センチぐらいの円筒で、長さは一メートルほどもあるが、両端はいずれも半球形をなしている。すなわちカプセル薬ひと粒を巨大化させたような形状といえる。実際にカプセル薬と同様、円筒の中央部分で結合されていた。いろが赤と白に塗装されているため、いっそうカプセル薬っぽく見える。ただし材質は金属らしい。

戸口に靴音が駆けつけた。校長の武藤和彦が足ばやに入室してきた。白い前髪が汗で額に貼りついている。さらに教頭の末岡洋介がつづく。こちらは髪を黒く染めているものの、眉間に深く刻まれた縦皺のせいか、武藤以上の老け顔に見える。

武藤校長が憂いのいろとともに一同を見渡し、刑事たちにおじぎをした。「このたびはわざわざ……」

「いえ」北原係長は硬い顔でいった。「みなさま、ご着席ください。始業式を控えておいでででしょうし、なるべく早く済ませたいと思います。いま尾神から詳細をお伝えします」

普久山らが座るのをまって、北原が最後に腰を下ろした。ひどく重苦しい空気が室内に充満する。

尾神という刑事が、普久山と伊賀原をかわるがわる見た。「ええと、伊賀原先生……」

「私です」伊賀原が応じた。

「ああ、先生」尾神がテーブル上の物体を指さした。「これ、見覚えがあるでしょうか」

「はい。いえ、正確には、現物を目にするのは初めてです」

「でも学校備品として発注なさったからには、なんなのかご存じだったんですよね」

「もちろんです。前に勤めていた学校にもありましたから。これは溶液を蒸留するための器具のカバーで、耐熱性の特殊金属でできています。正確には左右ふたつ、赤と白は別々に用います。本来はそれぞれにチタン製の底があって、その上に円筒形のカバーをかぶせ、スクリュー式に密閉できるようになっています」

「ふたつのカバーが合体させられていますが」

「こんな使い方はふつうしません。でも赤と白では、スクリューがオスとメス……つまり捻じこむほうと捻じこまれるほうに分かれているので、底を取り払ってしまえば、こうしてカバーどうしを結合できるでしょう。子供のいたずらのようなものですが」

武藤校長が眉をひそめた。「うちの備品かね？」

末岡教頭は険しい表情になった。「伊賀原先生が本校への赴任を前に、授業用の備品として発注した物の一部です。三学期の末には届いていたんですが、コロナウイルスによる休校で、長いこと段ボール箱が未開封のまま置きっぱなしになってました」

「発注した物の一部？」

「ええ。伊賀原先生はずいぶん大量に備品を発注なさったので、経理が苦言を呈しています」

伊賀原がためらいがちに弁明した。「私立進学校の理系クラスなら、あれぐらいの備品購入は当たり前でして……」

末岡が伊賀原を睨みつけた。「うちは公立校です。伊賀原先生は文系クラスの理科系授業も担当なさいますよね？　専門的な授業などごくわずかのはずです」

「教頭先生。受験対策のために知識を頭に詰めこむだけでは、生きた知恵にはなりえません。やはり実験をおこなわないと」

「本格的すぎますよ。あんな大量の発注品、ご自身で把握しきれているんですか？」

「もちろんです。広口瓶やハイベッセル容器、ビーカー、漏斗、計量カップ、シリコンチューブにホース、pH試験紙、シリカゲル乾燥剤、ポリタンク、エタノール、スポイト……」

「そのへんで」末岡教頭は苦い顔で武藤校長に向き直った。「学年主任と私の判断で、栃木県教育委員会に相談し、文科省学校備品監査を請求しました」

武藤は不快そうに末岡を見かえした。「私はなにもきいていないが」

「校務分掌で、備品購入は学年主任の担当だったので……。いまも文科省からの返事をまっていますが、問題がなければそれでかまいません。しかし……」

伊賀原はうんざりした態度をしめした。「問題なんかありません。高度な教育をお望みじゃなかったんですか。いま校内にある実験用具では足りなかったので、追加発注をお願いしただけです」

第三者の耳には醜聞にきこえるかもしれない。だが教職員にとってはさほどめずらしいやりとりではない、普久山はそう思った。

県の『教育委員会物品の購入及び備品の修繕等に関する規程』と『学校備品取扱要領』は、教員が学校の備品として私物を購入したり、私的に流用したりしないよう基準を定めている。購入が適正か否かについて、文科省学校備品監査を要請し、詳細に確かめてもらうことも可能だった。

宇都宮東署の北原係長が咳ばらいをした。「購入自体の責任よりも、購入後の管理責任はどなたにおありですか」

末岡教頭が当惑をしめした。「発注したのは伊賀原先生ですので……」

伊賀原は首を横に振った。「私の出勤はきょうからです。備品は前もって発注ということになっていましたが、届いていたのも知りませんでした」

北原が唸った。「すると責任の所在が曖昧な期間だったと」

教室内がしんと静まりかえった。末岡も伊賀原も体裁悪そうな顔で押し黙った。

山下刑事が念押しした。「盗難はその期間内に起きたということでいいですね？」

「盗難！」武藤校長が目を瞠った。「これは本校から盗まれた物なんですか」

刑事たちはたったひとりの生徒、米谷智幸をじっと見つめた。智幸は顔を真っ赤にし、黙ってうつむいている。

尾神刑事が要請した。「伊賀原先生。それを開けてもらえますか」

伊賀原は戸惑い顔で金属容器に手を伸ばした。やりにくそうに円筒を抱えこみ、片方のカバーを回転させる。スクリューはかなりきつめらしい。ずいぶん力をこめているようだった。

やがて容器は赤と白のふたつに分かれた。空洞内に小さなリモコン送信機が一個おさめてある。無線式らしくアンテナが伸びていた。スイッチはひとつしかない。

北原係長がきいた。「それをご存じですか」

「さあ」伊賀原は首をかしげた。「市販のホビー用品だと思います。ラジコンとか、そんな物の工作に使うんでしょう」

容器の内部には、ほかに一辺十センチぐらいの白い正方形が、何枚も散らばっていた。薄手の紙による包装で、なかに黒い粉末らしき物が透けて見える。電極とおぼしきアルミホイルの小片が、包装紙ごとにふたつずつ貼りつけてあった。

伊賀原は容器を傾けた。白い正方形の包装をテーブル上に落とす。すると大きめの金属物が滑落してきた。ボウルの形状をしている。容器内側の片端、すなわち半球状の内壁に、ぴったりと嵌まりこんでいたようだ。

普久山も容器のなかをのぞいた。ボウルを取り払ったのち、端の内壁には、配線と電池ボックスが見えていた。いずれもハンダ付けしてある。ただしメカニズムを内蔵しているのは、ふたつの容器のうちひとつだけだった。もうひとつの容器内にも、同じサイズのボウルが嵌まっているものの、こちらは傾けても滑り落ちてこない。内壁に接着してあるとわかる。

伊賀原は神妙につぶやいた。「まさかこれは……」

尾神刑事が伊賀原にきいた。「用途がわかりますか」

「試してみても?」

「ええ。なかのボウルも学校備品でしょう?」

「そうです。やはり耐熱性の特殊金属製です。この容器内にぴったり嵌まるとは思わなかったな。いや、縁が少し削ってあるか。丁寧な細工だ。私が思うに、たぶんここには……」

白い包装をひとつ、伊賀原がつまみあげた。それを円筒内の配線部に押しこむ。二本の電極らしきピンに挟まれ、白い包装は固定された。その上にボウルを元通り嵌めこむ。伊賀原が手伝うよう目でうながしてきた。普久山は伊賀原とふたりがかりで、直径三十センチの金属容器ふたつの口を向かい合わせ、回転させスクリューを捻じこんだ。物体はふたたびひとつに結合し、一個の巨大なカプセル錠剤と化した。

伊賀原は容器をテーブル上に横たえた。リモコンを手にとりスイッチをいれた。ふいに弾けるような音が鳴り響き、金属容器がわずかに跳ねた。その場の全員が一様にびくっとした。

ふたたび伊賀原が容器を開けにかかる。水平に保ったまま慎重にスクリューを外す。かすかに煙が立ち上った。火薬のにおいが鼻をつく。

また容器がふたつに分離した。普久山はなかをのぞいた。配線側の端にあったボウルは消えていた。火薬の力でもう一方の端に叩きつけられたとわかる。そちらの内部にボウルの底が膨らんで見えている。ふたつのボウルがぶつかりあって、球体が完成した状態になっていた。

伊賀原がため息をついた。「広島型だ」

「なに⁉」武藤校長が目を剝いた。「いまなんといった？」

北原係長が冷静に伊賀原を見つめた。「やはりお分かりですか」

「原理だけは」伊賀原は深刻な面持ちでリモコンを置いた。「よくできてます。稼働もスムーズです。火薬は花火をほぐしたんでしょう。でもこれだけじゃ、なんの意味も持ちませんが」

「つい先日」北原がいった。「都内の男子高校生がイエローケーキをオークションサイトに出品、書類送検されました。その入札者三名のうち、ひとりが米谷智幸君だったんです」

伊賀原は驚きの目を智幸に向けた。「米谷。本当か？」

山下刑事がつづけた。「警視庁の要請を受け、うちのほうで捜索差押許可状をとり、米谷君の自宅を家宅捜索しました。智幸君の部屋には、工具類や電子部品、リード線、実験用具、たくさんの花火のほか、この物体がありました。事情をきいたところ、材料は学校から盗んだと」

母の秀美が頭をさげ、涙声を響かせた。「申しわけありません」

普久山は面食らいながらたずねた。「お母さん、智幸君の部屋は……？」

「しばらく入ったことがありません。智幸が鍵をかけてたので。でもわたしの責任です」

「なにか妙だとは感じなかったんですか」

「智幸は工作や実験が好きで、ひとりで部屋に籠もって作業するので……。ウイルスの流行でずっと休校でしたし、外出も控えるよういわれていたこともあり、やむをえないと思っていまして」

「ほかにおかしなことは……」

「洗濯物に見慣れない高そうな服が紛れこんでいたり、新品のゲーム機やパソコンが届いたりしてましたけど……。深く追及しませんでした。三年生になるし、受験勉強も忙しくなるし、主人も干渉しすぎるのはよくないというので」

干渉どころかむしろ放置してきたのだろう。智幸の羽振りのよさは、ほかにも泥棒を働いたことを意味する。学校備品を売って金に替えたか、もしくは最初から現金を盗んだか。

北原係長が腕組みをした。「余罪については今後取り調べていきます。問題はこの機材を作ったことと、イエローケーキを落札しようとしたことです」

末岡教頭がおずおずといった。「失礼。イエローケーキというのは……？」

伊賀原は硬い顔で応じた。「ウランの粉末です。黄いろなのでそう呼ばれてます。ご承知と思いますが、ウランは原爆の主原料です」

「な」武藤校長は狼狽をあらわにした。「なんだと⁉」

「落ち着いてください」伊賀原がじれったそうに諫めた。「イエローケーキは、鉱石からウランを分離し、抽出する過程の物にすぎません。いわば中間精製物です。不純物が多く含有されているので、そのままでは原爆の材料になりえません」

北原係長が伊賀原を見つめた。「出品した高校生は『ウラン九十九・九パーセント』と商品情報に記載していましたが」

「事実ではありませんね。化学かぶれのアマチュアが、筑波山系で拾った風化花崗岩から、イエローケーキを精製することはときどきあります。しかし含有ウランは七割にも達しません」

武藤校長がうわずった声を発した。「それでも不純物を取り除けるんじゃないのか？」

伊賀原は首を横に振った。「無理です。巨大なプラントが必要になります。そもそもウラン鉱石の成分は、ウラン２３８が九十九・三パーセント、残りの〇・七パーセントがウラン２３５です。原爆の材料になるウランというのは、この〇・七パーセントしかないウラン235のほうなんです」

北原係長がうなずいた。「原爆に使われるのは濃縮ウラン、すなわち純度百パーセント近いウラン235です。作りだすには途方もない規模の工場設備と、大勢の技術者、それに大量の電力が必要になるとか。もちろん専門知識も」

「ええ」伊賀原が同意をしめした。「イエローケーキまでは個人でもできるでしょうが、そこから濃縮ウランまでの道はあまりにも遠い。国家が総力を結集しないかぎり不可能です。そんな設備が稼働したとたん、諸外国の偵察衛星に発見されます。国連が黙っちゃいないでしょう」

「しかし」武藤校長は額の汗を拭った。「昔観た映画で、沢田研二演じる化学の先生が、原爆を自作してたんだが。原発からプルトニウムを盗んできて」

伊賀原の顔には微笑すら浮かんでいなかった。「プルトニウム核爆弾は構造が複雑なので、個人では絶対に作れません。ウラン核爆弾のほうなら、機械部分はこうして組み立てられますが、原発の燃料に使うウランでは役に立ちません。核物質の純度がまったくちがいます」

尾神刑事が伊賀原にきいた。「やはりこれはウラン型原爆の機械部分なんですね?」

「まあ単純な仕掛けですからね。ウラン235を臨界量に達しないよう、半球ずつふたつに分け、それぞれボウルにおさめます。金属容器内の両端に半分ずつウランがある状態です。さっきのように火薬を破裂させ、片方のボウルがもう片方のボウルにぶつかると、球体が完成します。ウランが臨界量に達し、核爆発が起きます」

武藤校長がいっそう取り乱した。「やはり完成してるじゃないか！」

「申しあげたでしょう。構造自体は単純でも、必要なのは濃縮ウランです。ふたつの半球体のあいだに、イニシエーターという中性子を放出する小さな装置も必要になります。機械部分はイニシエーターを除き完成してるかもしれません。ですがここにある以外の部分こそ重要であり、しかも製造は絶対に不可能です」

北原係長が腕組みをしたままいった。「専門家によると、イエローケーキでもダーティーボムは作れるとか」

末岡教頭は憂鬱（ゆううつ）そうにたずねた。「ダーティーボムとは？」

伊賀原が応じた。「核爆発ではなく、ふつうの爆発で放射性物質を撒（ま）き散らす爆弾のことです。威力はたいしたことありませんが、周辺を放射能汚染するのが目的です」

「この金属容器がそれに使えるのか？」

「いいえ。ダーティーボムはただの爆弾であり、構造がまったく異なります。このなかにイエローケーキを半球ずつおさめて、ぶつけ合わせたところで臨界が起きるはずもなく、爆発にもつながりません」

「とすると、なぜ米谷君はこれを作り、イエローケーキを落札しようとした？」

伊賀原は答えた。「まず比較的簡単な機械部分だけを仕上げてから、ウランを入手しようとしてネットを検索し……。ウラン九十九・九パーセントと書いてある商品が目に入ったのではないかと。ひょっとしたら本当に純度が高くて、濃縮ウランかそれに近いものが作れるかもしれないと、ダメもとで期待したとか」

耳を疑う話だった。普久山は智幸を見つめた。「米谷。そうなのか？　きみが頭のいい生徒なのは知ってる。数学じゃクラスでいつも三番以内だったよな。自分の知識を試したかったのか。でも本気で原爆を作るつもりじゃなかったんだろ？」

なおも米谷智幸はうつむいたまま無言を貫いていた。いっこうに視線をあげようとしない。

母の秀美は両手で顔を覆った。「ごめんなさい。本当に申しわけありません」

どうにも理解しがたい。普久山はもやもやした気分になった。米谷は優秀な生徒だったが、理数系の学年トップとくらべれば、成績にかなりの差がある。化学の知識がどのていどかは知らない。けれども本当に核爆弾が作れると思うほど、彼は非常識な生徒だろうか。

尾神刑事が目を向けてきた。「三年一組担任の普久山先生ですか」

「そうです」

「去年は二年二組の担任だったとか」

「ええ」

「二年二組には、二学期の途中まで、優莉結衣がいたと思いますが」

やはりそんな話になったか。やれやれという気分で普久山は応じた。「米谷とはクラスもちがうし、接点もありません」

北原係長が武藤校長にいった。「お気を悪くなさらないでいただきたいのですが、いちおう優莉結衣が復学したとたん、こういうことがありましたので」

伊賀原は米谷智幸にささやきかけた。「そこだけでも答えてくれないか。優莉結衣と喋ったことは？　友達づきあいはないのか？」

智幸はやはり顔をあげなかった。首を横に振る素振りもない。

山下刑事が母親にきいた。「心当たりはありませんか？」

秀美が悲痛な面持ちで見かえした。「知りません、優莉さんだなんて……。でもひょっとしたら、うちの子がなにか影響を受けたのかも。優莉さんの友達から、またその友達を通じて、なにかよからぬ話を持ちかけられたとか」

優莉結衣に責任を転嫁しようとしている。母親なら当然の心理かもしれない。

末岡教頭がほとほと弱りきった顔を北原係長に向けた。「これからはどうなるんでしょうか」

北原がため息まじりにいった。「まず窃盗についてです。こちらの学校では、備品を盗まれた事実に、誰もお気づきでなかったようです。なのでまず被害届をだされるかどうかをうかがわないと」

校長と教頭が顔を見合わせた。ふたりともうろたえるばかりだった。

伊賀原はきいた。「もし被害届を提出しなかったら？」

尾神刑事が伊賀原を見かえした。「智幸君は未成年ですし、こちらの生徒さんでもありますので、学校と保護者が確約してくださるのなら、あえて逮捕しなくともよいのではと、私たちは考えているのですが」

確約という言葉の意味を、尾神は説明しなかった。なにを確約するのか。むろん米谷智幸を逃亡させないことをだ。取り調べはこれからもつづく。しかし逮捕がなければ、クラスメイトから悟られずに済む。ひとりの生徒として始業式にも授業にも出席できる。

武藤校長が頰筋をひきつらせながらいった。「それはもう、なんというか、うちとしても最大限に……。なあ」

末岡教頭が大きくうなずいた。「生徒をしっかり管理するのが学校の役割ですから」

刑事らのたずねる目に気づいたのだろう、秀美もあわてたように身を乗りだした。「主人と相談しまして、智幸としっかり話し合うつもりです。ね、智幸君」

わが子の反応を得られない母親の表情が痛々しい。だが普久山にはそれ以上に気になることがあった。

同僚の横顔を眺める。伊賀原は感心したようすで、ひたすら金属製の容器をいじりまわしている。

校長のいった言葉が頭のなかで反響した。昔観た映画で、沢田研二演じる化学の先生が、原爆を自作してたんだが。化学の先生が……。

4

午後六時、もう外は暗くなっている。結衣は泉が丘七丁目の外れ、児童養護施設に戻っていた。

帰宅時、自室にリュックを置いたものの、私服には着替えなかった。めずらしく二段ベッドにルームメイトがいる。高一女子で名前は蓮加。さほど親しくはないが、結衣より先に帰って寝ていた。なるべく物音を立てないように注意しながら、結衣はダイニングルームへと引きかえした。

以前に泉が丘高校に通っていたときとは別の施設だった。ここも一戸建て住宅を改装したにすぎない。部屋は小分けされているが、居間を兼ねたダイニングキッチンのスペースは、ふつうの民家となんら変わらない。強いていえば共同生活の常として、壁ぎわに生活用品の段ボール箱が堆く積みあがっている。それでも都内の施設ほど手狭ではなかった。地価が安いぶん空間的なゆとりがあり、物置や収納も充実している。

キッチンには、金髪頭で小太り、ジャージ姿の女性職員がいた。年齢は三十過ぎ、キミコ先生とみなが呼んでいる。夕食の調理に忙しく立ち働く。エプロン姿が似合うとはいいがたいものの、クリームシチューの具材を切る手つきはさまになっていた。栄養士や調理師のいない貧乏施設では、料理のできる児童指導員が重宝される。

きょうは始業式だったが、小中学校は今後も休校がつづくため、家のある子は帰省している。したがって施設内は閑散としていた。いつも賑やかなダイニングルームも、いまは小二の女の子と小一の男の子が、はしゃぎながら駆けまわるにすぎない。梨々香と淳平はどちらも、結衣が椅子に座っていてもおかまいなしに、テーブルの下に潜って暴れまわる。

「こら」キミコがキッチンで振りかえった。「こんなところで遊ばない。お姉さんが迷惑してるでしょ」

お姉さんとは結衣のことらしい。べつに迷惑ではない、結衣はそう思いながら席を立った。

そのときスマホが短く鳴った。画面を眺めるとメールを受信していた。差出人は神藤光昭。甲子園署の若手巡査部長からだった。

ダイニングルームの隅に立ち、結衣はメールを開いた。そっけない一文が表示された。

容量が大きいからZIPで送る

複数の動画だけに当然の処置だろう。余計なことを書かないのは、むろん法に反する行為だからだ。元ワルでも警察官と馴れ合いたくはないが、今回ばかりは協力を求めるしかなかった。神藤は結衣の要請に応えてくれた。

ZIPファイルのアイコンをタップした。けれども解凍後のデータ量が大きすぎ、スマホで開くのは不可能だった。パソコンでメールサーバーにアクセスするしかないが、いまこの施設内にない。施設長が私物のノートパソコンを実家に持ち帰っている。子供の数が少ないこともあり、今晩の職員はキミコだけだった。

キミコがトレーに載せた料理を運んできた。サラダの入った小鉢と、スープ皿に盛りつけたシチューが、それぞれ三つずつ。キミコが食器をテーブルに並べにかかる。

「さあ、できたよ。みんな席について」

結衣はまだ座らなかった。いったんテーブルに近づき、さっき腰かけていたのとは別の椅子を引く。またすぐにテーブルを離れた。

食事どきにはいつもこうする。どこに座るかわからない、結衣がそんな素振りをしめせば、毒殺の意思がある人間は配膳を迷う。いまキミコはためらうようすもなく、淡々と料理をテーブルに並べ終えた。無作為に見える。キミコは背を向け、キッチンに立ち去った。梨々香と淳平がどこに座るか、振りかえってたしかめようともしない。キッチンのコンロには、鍋がひとつだけ火にかかっている。全員ぶんのシチューがあのなかにあった。キミコも自分のぶんをよそっている。

そこまでたしかめてから、ようやく結衣は椅子のひとつに座った。梨々香は両手を合わせ、さも嬉しそうな顔で、いただきますと告げた。淳平は腹が減っていたのか、すでにスプーンを片手にシチューをすすっている。

結衣もシチューに目を落とした。においに注意は向けなかった。どうせなにもわからない。無臭でない毒ならカレーに混ぜる。嗅覚で悟られるミスなど、そもそも毒殺用料理のレシピにありえない。

そのときふいに、淳平の呻き声がきこえた。「んぐ」

いつしか淳平が手をとめていた。真っ青になった顔で天井を仰ぐ。次の瞬間、前のめりになったかと思うと、激しく嘔吐しだした。

梨々香が愕然とし、跳ね起きるように立ちあがった。「淳平君？　なに？　どうしたの？」

淳平は椅子からずり落ちた。けたたましい音とともに床に倒れこんだ。シチューがぶちまけられ、皿もスプーンもテーブルから落下した。

結衣はまだ椅子に座ったままだった。仰向けになった淳平のわきに、梨々香があわててひざまずいた。淳平は嘔吐反応をしめすばかりだった。梨々香はどうすることもできず、おろおろとしながら泣きだした。

キッチンに立つキミコが、冷やかなまなざしを結衣に向けている。エプロンを脱ぎ捨てた。ジャージのみのほうが俊敏に動けるからだろう。

女を忘れたような鬼の形相がそこにあった。結衣がシチューに口をつけていないことに気づいたらしい。キミコは包丁を逆手に握り、わめき声を発しながら突進してきた。

結衣はスプーンでシチューをすくい、キミコの顔めがけて投げつけた。キミコが驚きの反応をしめし、とっさに身をよじり回避した。あわてたせいで体勢を崩している。動揺が毒の混入を裏づけていた。結衣は椅子から低く飛びだし、床面に滑りこんだ。自分の脚をキミコの足首に絡め、捻りながら引き倒した。

キミコは全身を床に叩きつけられたものの、まだ包丁を手放さなかった。すぐさま上半身を起こし、刃を縦横に振り、結衣を斬りつけにかかる。風圧が届くほどの勢いだったが、結衣は動じなかった。ただちにキミコの顔に蹴りを浴びせ、その反動を利用しながら後方に転がり、キッチンを背に立った。

ふらつきながらキミコが立ちあがろうとする。前歯が折れ、口から出血していた。赤いものが混じった唾をキミコは吐き捨てた。

床に横たわる淳平を、結衣は視界の端にとらえた。ひと口摂取しただけで急性の症状を引き起こした。ごくわずかで致死量に達する毒物だが、シアン化合物やヒ素、アルカロイドとは異なるようだ。パラコートとも思えない。目は見えているようだからメタノールでもない。プロが使う調合毒薬だろう。

特殊な調合だからこそ、キミコが結衣を毒殺したあかつきには、そのことを証明しうる。ふつう人殺しは証拠を残すまいとするが、いまは懸賞金ほしさに、むしろ自分特有の爪痕を残したがっている。それにしても幼少の子供たちもろとも、結衣の殺害を謀るとは。

前歯を失ったキミコの顔に憎悪のいろがひろがった。「見破ってやがったのか」

「死亡推定時刻は六時間が誤差の範囲でしょ」結衣はいった。「深夜零時をまちきれない馬鹿がでてくるのはわかってた」

「死にやがれクソガキ！」キミコが包丁を振りかざし、急速に間合いを詰めてきた。俊敏な動きだった。全身を鍛えているのがわかる。片手軍刀術に似た短剣術の応用で、素早く包丁で斬りかかってくる。キミコが振り下ろす面斬撃に対し、結衣は手刀を繰りだした。キミコの手首を側面へと弾く。次いで結衣の喉を狙ってきた刺突に、すかさず上体をのけぞらせ躱した。なおもキミコは入り身の斬突を試みてきた。だが結衣はキミコの上腕を巻きこむや、合気道の片手取り四方投げを放った。宙に浮いたキミコは、背中を流し台に強打し、食器類とともに騒々しく床に崩れ落ちた。

梨々香の泣き叫ぶ声がきこえる。「淳平君が死んじゃう！」

結衣はおおよその時間経過を計っていた。淳平が毒を口にしてから三十秒ほど経った。ぜいぜいという過呼吸が耳に届く。発作まであと三十秒。さらに三十秒で心停止に至ると考えられる。

キッチンの刃物類を探したが、すっかり片付けてあった。尖った物は箸やフォークすら残されていない。念のいったことだと結衣は思った。

キミコが跳ね起き、流し台からフライパンをつかんだ。甲高い声を発しながら振りまわしてくる。結衣は身を退いて回避した。

程度が知れる。護身術の本にはフライパンが武器になると書いてあるが、風圧が増すばかりでスイングの威力は確実に弱まる。盾に使えるという話も都市伝説でしかない。フライパンで敵の攻撃を防御するのは、すりこぎ棒で敵を殴りつけるより難しい。

結衣は瞬時に身を伏せた。キミコが新たな武器を必要としたのは、手放した包丁の行方を見失ったからだ。結衣は落下した金属音から、包丁の位置を特定していた。冷蔵庫の下に隠れかけた包丁の柄を握った。頭上から襲いかかるキミコに対し、刃を大きく振るった。キミコの喉を横一文字に切り裂いたとわかる。舌骨下筋群の切断時に特有の手応えを感じた。結衣はキミコに背を向けたまま前方に転がり、血飛沫を浴びるのを防いだ。背後で空気が漏れるような、苦しげな呼吸音が何度か響いたのち、キミコはばたんとつんのめった。それっきり静かになった。

結衣は立ちあがると、流しに包丁を放りこみ、水で洗い流した。とりあえず凶器から指紋や汗、皮膚片が検出されなければいい。ここは結衣の住む施設だ、毛髪が落ちていても殺人の証拠にはならない。

床に横たわる淳平は、すでにぐったりと脱力しきっている。梨々香がすがりつき号泣していた。

なんともいえない鈍い感情が胸をよぎる。結衣はキッチンの床に敷かれたマットを拾い、死体に覆い被せた。顔も喉元も見えないようにした。

流し台に向き直り、引き出しを開ける。低カロリー甘味料のパックをとりだした。流しのわきにあった消臭用のケースもつかみあげる。冷蔵庫からペットボトルのミネラルウォーターもとりだした。結衣はそれらを抱え、淳平のもとに引きかえした。

「どいて」結衣は梨々香にそういうと、床にうつ伏せになった。消臭ケースの蓋を開ける。なかに入った黒い粉末を淳平の口に注ぎこんだ。淳平がいっそう苦しげにむせた。

梨々香が悲鳴をあげた。「なにするの」

「いいから」結衣は次いで甘味料の白い粉末を、ふたたび淳平の口内にぶちまけた。調合の比率は目分量だが自信はある。吐きだす隙を与えず、ペットボトルの水を淳平の口に流しこむ。淳平はのけぞり、手足を激しくばたつかせた。

だが淳平の反応はほどなくおさまっていった。力尽きたようにも見えるが、実際はちがう。息づかいが穏やかになっていくのがわかる。表情筋の緊張も解けつつある。安らかに目を閉じ、長く深い呼吸が繰りかえされる。

活性炭とソルビトール。即席の解毒剤だった。毒を吸着させ消化器官から流しだす。ほとんどの経口毒物に効く。一歩まちがえば窒息死につながるが、結衣は処方を心得ていた。

梨々香の赤く泣き腫らした目が見つめてきた。「淳平君、助かったの?」

「ええ」結衣は身体を起こし立ちあがった。

ダイニングルームと廊下を隔てるドアが、いつしか開いていることに気づいた。そこにパジャマ姿の少女が立っていた。ルームメイトの蓮加だった。茫然自失の面持ちで、震えながらこちらを眺めている。

結衣は黙って蓮加を見かえした。無理もない反応だ、ぼんやりとそう思った。これまでも行く先々でこんな顔を見てきた。ここに結衣はもういられないという証だった。

静寂のなか、結衣は蓮加にささやいた。「先に一一九番。次に一一〇番に通報して」

返事が容易でないのは一見してわかる。蓮加の顔はひきつっていた。無理に会話しようとは思わない。結衣は玄関先へと歩いていった。

本来ならいったん自室に戻り、財布ぐらいは持ってくるべきだ。マスクすらベッドに置きっぱなしだった。けれどもいまは一刻も早くここを去らねばならない。

この児童養護施設は公立でないため、地方公務員試験に合格していなくても職員に採用される。求人サイトやハローワークでも雇用を募っている。すなわちここの大人はもう信用できない。ほかの子供たちを巻きこむわけにもいかない。

靴を履くと、結衣はドアを開けた。真っ暗な空から霧雨が降りかかる。人の往来が途絶えた路地を、街路灯がおぼろに照らしている。結衣は傘もささず、ひとり足ばやに歩きだした。

いまは外のほうが安全といえる。施設内だからこそ、深夜零時になる前に結衣を殺しても、誰の目にも触れず隠蔽（いんぺい）できる。屋外ならそのかぎりではない。

高三になった始業式の日だった。所持品はスマホのみ。ウイルス被害は収まってきているが、いまだ外出自粛が呼びかけられるせいで、どこへ行こうとも空（す）いている。しかもここは都内ではない。人の群れに紛れにくい。夜間にセーラー服で動きまわれば当然めだつ。そんななか田代ファミリーが総力を挙げ、結衣ひとりを殺しに来る。施設職員の殺害容疑で警察も捜査に乗りだす。

だがいっこうにかまわない。優莉匡太から目をかけられた次女だ、父と同じく、世のなかすべてを敵にまわす運命だった。嫌われ者は自覚している。こういうときにしか生きる実感は味わえない。

スマホが振動した。周りを警戒しながらスマホをとりだした。画面を確認する。きょうの始業式後、SHRの時間に登録させられた、三年三組のグループラインにメッセージが届いた。既読をつけないよう開かずにいるが、内容は通知ポップアップでたしかめられる。

担任の伊賀原からだった。〝米谷智幸君がどこにいるか知っている人、連絡をください〟とある。

米谷智幸。きょうクラスにいた。おとなしそうな性格の男子生徒に見えた。なにがあったのか、ふさぎこんでいるようすだった。そのせいで強く印象に残っている。

田代ファミリーが人目をはばからず殺しにくるまで、あと六時間弱。いまはまだ午後六時すぎだった。なのにグループラインで担任がクラス全員に対し、男子生徒の行方をたずねるとは、かなり特殊な事情が潜んでいそうに思える。

なにかが起きている。結衣はアドレス帳データから山海鈴花を選択した。これが最後の連絡になるだろう。深夜零時を過ぎたらもう赤の他人でしかない。

5

夜七時をまわった。霧雨がなおも降りつづく。ひっそりとした住宅街のなか、八百屋の店頭に明かりが灯っている。山海鈴花の自宅だった。近くにコンビニがないため、わりと遅くまで営業するのかもしれない。来店中の客は老婦人ひとり。接客する四十代ぐらいの女性は、鈴花に顔がよく似ている。母親にちがいない。

結衣はそのようすを遠目に眺めていた。正面から店を訪ねる気にはなれない。路地裏にまわった。暗がりのなかブロック塀を乗り越える。年季の入った木造家屋の勝手口に迫った。頭上に防犯カメラらしき物があったが、かまわずドアの前に立った。

鍵穴を一瞥し、ディスクシリンダーのピンタンブラー錠だとわかる。ヘアピンを二本抜き、壁に押しつけて先端を曲げた。一本はわずかに小さく曲げピック専用とし、もう一本は直角に大きく曲げテンションにする。二本とも鍵穴に挿しいれ、ピックでタンブラーを押しシアラインを整えながら、テンションでシリンダーを回転させる。難なく解錠できた。

音を立てないよう、慎重にノブをひねり、ドアをそろそろと開ける。キッチンには誰もいない。結衣は靴を脱ぐと、片手にまとめて持ち、フローリングにあがった。

流し台に置いてある物のなかで、おろし金が目についた。拝借してスカートベルトにはさんでおく。不意の接近戦では、敵の顔に押しつけ摺り下ろすことで、甚大なダメージを与えられる。包丁より使い勝手がいい。靴は両手に嵌めた。襲撃を受けたときグローブがわりになる。

廊下を歩いていくと、鈴花の声がきこえてきた。「お母さんにいっておくべきかな、優莉さんが来るって」

わずかに開いた引き戸の隙間から、明かりの灯ったリビングルームがのぞきこめる。

私服姿の鈴花がいた。クイックルワイパーで床を拭いている。

近くのソファに、太りぎみの中年が身を埋めていた。鈴花の父、山海俊成だった。膝丈の半ズボン姿なのは、片脚をギプスで固めているからだ。松葉杖が二本立てかけてある。俊成は缶ビールをすすりながら娘に応じた。「お母さんには知らせないほうがいいだろ。優莉結衣が来るなんて腰を抜かしちまうよ」

鈴花が苦笑した。「甲子園でなにがあったか知ったら……」

「もう卒倒だろうな」

「でも優莉さん、店先を訪ねてくるよね」

「ああ。鈴花が外にでて、まってたほうがいいんじゃないのか。たぶんマスクしてるだろうし、お母さんには別の友達だといえば……」

結衣はすでに音もなく引き戸を開け、室内に立っていた。「マスクは置いてきた」

はっとして鈴花が振りかえった。「優莉さん⁉」

俊成も立ちあがろうとしたものの、脚が思いどおりにならなかったらしい。じれったそうに松葉杖を携え、あわてぎみに腰を浮かせた。あんぐりと口を開け、俊成が見つめてきた。「いや、マスクはもういらんだろ。ウイルス騒ぎも収まりつつあるしな」

鈴花も目を丸くしていた。「優莉さん。どうやって入ったの?」

「勝手口の鍵、二十年以上替えてないでしょ。金属製のダミーカメラも、本物なら静電気で埃まみれになるはずだし」

「マジか」俊成が顔をしかめた。「あれ高かったのにな」

結衣は両手に嵌めていた靴を外し、小脇に抱えた。おろし金をとりだし、テーブルに横たえる。「返す。危険はなさそうだし」

「うちの?」鈴花は面食らったようすだった。「なんで全身ずぶ濡れ? 傘は?」

「急いで外にでたから」

「さっき念のため電話をかけ直したけど、つながらなかったよ」

「もうスマホの電源は切ってる。ここに来たのを携帯キャリアに悟られたくないし」

「なにかあったの?」

「それよりグループラインでまわってきたことについて教えて。米谷君の行方がわからないって?」

「そうみたい。でもわたし、二年のときは四組だったからさ。米谷君ってきいてもわかんない。きょうの始業式とSHRにいたらしいけど、まだおぼえてないし」

俊成もうなずいた。「新しい担任の先生も、米谷って子の顔をよく知らないんじゃないのか？」

「たぶんね」鈴花は父に向き直った。「だからほかのクラスの先生たちも一緒に捜しまわってるって。さっき遥香や美菜の家にも普久山先生が来たってさ。米谷君って、化学と数学の得意な子なんだって。文系クラスなのにめずらしいよね」

　教師が総出で駆けずりまわるとは一大事にちがいない。なぜそんなことになるのだろう。まだ午後七時だ。高三の男子生徒に連絡がとれないからといって、そこまでうろたえるとは不可解だった。

　結衣は鈴花にきいた。「ほかになにか知ってる？」

「いえ。ここにも伊賀原先生か普久山先生が、そのうち訪ねてくると思うけど」

なら長居はできない。結衣は背を向けた。「わかった、ありがとう」

「まってよ」鈴花が引き留めた。「せっかく来たんだから、ご飯ぐらい食べてったら？」

「迷惑かけたくない」

「なに？　迷惑って」

　正直にはいえない。結衣は口をつぐんだ。たったいま人殺しを返り討ちにしてきた。危うく子供を巻き添えにするところだった。

前ならこんなことは気にならなかった。いまは心に差し障りがある。

俊成が声をかけてきた。「優莉さん。帰る前に、隣りの書斎に寄らんか」

「もう」鈴花がふくれっ面になった。「お父さんはお客さんが来るとそればっかり。県大会優勝の盾とか、甲子園の土とか、優莉さんが関心を持つわけないでしょ」

「平成五年度の試合も、パソコンでアーカイブ映像が観れるんだがな」

「ショートライナーのダイビングキャッチとかもういいって」

サンダルで土間を歩く音がした。鈴花の母親らしき声がきこえた。「鈴花。普久山先生がおみえになったけど」

結衣はとっさに反応した。床に腹這いになり、三人掛けのソファの下に潜りこんだ。二秒ほどで動作を完了した。

ドアの開く音が耳に届いた。普久山の声がいった。「ああ、どうも。こんな時間に申しわけありません」

鈴花の父に挨拶したようだ。俊成の声が応じた。「いえいえ。夜分ご苦労さまです」

「あら」鈴花の母の声が、にわかに怪訝な響きを帯びた。「おろし金、誰がそこに持ってきたの？」

「お母さん」鈴花の声はうわずっていた。「お店、見てないとまずいんじゃない?」

俊成の声も緊張に震えている。「悪いな。脚が治ったら手伝うから」

鈴花の母は妙に思ったらしい。「そんなことというなんてめずらしい。リハビリもめんどくさがらずに通ってよ」

「わかった。明日からでもちゃんと通う」

サンダルの音が遠ざかっていった。普久山の声が、お邪魔します、厳かにそう告げた。部屋にあがってきたようだ。ドアの閉まる音がきこえる。

「先生」鈴花の声がささやいた。「米谷君、まだ見つからない?」

「ああ。それより優莉から連絡がなかったか」

「……優莉さん?」

「さっき児童養護施設に寄ったら、パトカーや救急車が来てて、周りは野次馬だらけになってた。なんでも職員に不幸があったとか……」

結衣は音も立てずにソファの下から滑りでた。普久山の背後に結衣は立った。「わたしが殺した」

びくっとして普久山が振りかえった。驚愕のいろが浮かんでいる。どこから出現したのか見当もつかないらしい。

「こ」普久山が震える声を絞りだした。「殺した？　なぜ？」

「殺しに来たから。甲子園のつづきみたいなもん」

「ああ……。あちこちから恨みを買ってるのか。わからないでもない」

「通報する？」

「教師としちゃ当然そうするべきだが……」普久山はため息をついた。「やれやれ。もう面倒は起こしてほしくないと、けさいったばかりじゃないか。そもそもそんな言い草で済まされるレベルの話じゃないしな、優莉の場合は」

俊成が真顔で普久山を見つめた。「先生。優莉さんは命の恩人だよ」

「わかってます。でもこうも頻繁に……」普久山は口ごもった。なにか話すべきことを思いだしたのか、苦渋の表情を結衣に向けてきた。「優莉。化学の得意な生徒が、原爆を作ろうとしてた、そうきいたら信じるか？」

「なに？」俊成が愕然(がくぜん)とした。「原爆だって？」

結衣はさほど驚かなかった。武装犯罪集団の大人たちにとって究極の目標、いちどは本気で計画を検討する分野だからだ。頭に浮かんだとおり結衣はいった。「その生徒が賢ければ無理だとわかります」

「広島型原爆でもか？　両端が丸くなった円筒のなかに、ボウルがふたつおさめてあって、一方の端にあるボウルが火薬の力で……」

「ガンバレル方式のことですか？　仕組みは簡単だし、メカニズムだけなら実際に制作可能だろうけど、それでもかなりの器用さが要求されます。片方のボウルをまっすぐ射出できないと、もう一方のボウルにぶつかる前に、容器内で転がるだけ。ウランの半球どうしが瞬時に、しかも完全に結合しないと臨界に達しない」

「じつはきょう機械部分を見る機会があった。ほとんど化学の教材で作ってあってな。ボウルを打ちだすのには花火の火薬が使われてたとか」

「そんなの無理です。花火の黒色火薬は爆薬よりずっと威力が小さい。安定して圧力をかけられないから、ウランの入ったボウルなんて、まっすぐ飛ばせません」

「米谷はそこまでわかってたと思うか？」

奇妙な感触をおぼえた。米谷の失踪と関係のある話か。結衣は首を横に振った。

「米谷君と話したことがないのでわかりません。でもネットや本で読みかじった知識で、ガンバレル方式の機構だけ作ったところで、なんにもならないってわかるはず」

「イエローケーキを落札しようとしてた」

「原爆製造には役に立ちません。ダーティーボムを作るのなら構造自体がちがう」

「伊賀原先生もそういってた。だがそのガンバレル方式とかいう機構の装置が、米谷の部屋から見つかってな。けさ宇都宮東署の刑事たちが学校に来た」

「米谷君は始業式に出席してたでしょ？　ＳＨＲにもいたし」

「学校と保護者でちゃんと管理指導すると警察に約束したんだよ。なのに帰宅後、家から消えたって、米谷の母親から電話があって」

「元になった化学の教材というのは……」

「赴任に備え、伊賀原先生が大量に注文した物の一部でな。文科省学校備品監査に申し立てられるぐらい、いっぺんにいろいろ購入して」


普久山が誰を疑っているのか、あえて尋ねかえすまでもなかった。ガンバレル方式の装置とイエローケーキ。化学に詳しくない人間には、オタク男子生徒の妄想じみた原爆製造実験、そう受けとられるのかもしれない。事実そんなふうに匂わせたのだろう。だが少しでも知識があればわかる。メカニズムがきちんと作動するほどの設計をおこないながら、イエローケーキの入手が無意味なのを知らないはずがない。

ふとひとつの考えが胸をよぎった。結衣は俊成に目を向けた。「書斎にパソコンがあるんですね？」

「ああ。こっちだ」俊成が松葉杖で身体を支えながら引き戸に向かった。

キッチンとは反対側に、六畳ほどの部屋があった。俊成がさっき自慢したとおり、高校生のころ獲得したトロフィーや盾が棚に並ぶ。木製の大きなデスクに、ノートパソコンが据えられていた。

結衣は肘掛け椅子に腰かけず、立ったまま前かがみになり、キーボードを操作した。ブラウザを開くと、メールサーバーにアクセスし、IDとパスワードを打ちこむ。さっき神藤から届いたZIPファイルを開いた。複数の動画ファイルが並んでいた。

鈴花が画面を眺めながらささやいた。「ファイルの日付が、あの甲子園の日……」

「そう」結衣は手を休めず応じた。「CH－47が球場に着陸してから一時間以内、コロワ甲子園の防犯カメラ映像。神藤さんに提供を頼んだら、こっちに送ってくれた」

俊成が身を乗りだした。「コロワ甲子園って、甲子園駅の隣りにあったショッピングモールだよな。俺が大会に出場したころはダイエー甲子園店だった。なんであそこの映像なんだ？」

四分割された画面に、定点カメラのとらえた動画が四つ、同時進行で表示される。階段の映像を探しだした。結衣は再生速度を四倍速に切り替えた。「球場の警備室にあったHDDカートリッジはぜんぶ処分済み。周辺にはろくに駐車場もないし、いちばんクルマを停めやすいのはコロワ甲子園。四階以上は駐車場になってる」

来客のほとんどはエレベーターやエスカレーターを利用するため、階段に人影はほとんどない。めあての姿はすぐに見つかった。結衣はマウスをクリックし、通常再生に戻した。防護服で全身を包んだ人物が、大きなスポーツバッグを重そうに提げながら、階段をゆっくりと上っていく。

俊成がつぶやいた。「球場の外にでたとき、周りはこんな連中ばかりだったな。警察も消防も自衛隊も、みんな防護服を着てた」

結衣は再生ファイルを切り替えた。「あの人たちはみんな化学防護服。コロナウイルス騒動のさなか、外国からのヘリが不時着したんだから当然の対応。でもこれは放射線防護服を着てる」

コロワ甲子園の各フロアでは、避難誘導がおこなわれていたはずだが、この人物はそれに加わろうともしていない。七階の屋内駐車場に入った。続々発進するクルマのなか、防護服はひとり余裕を感じさせる足どりで横切っていく。駐車中のSUV車のリアハッチを開けた。スポーツバッグを慎重におさめると、運転席に乗りこんだ。走りだした車体がたちまち出口に消えていく。

ナンバーまでは判然としない。しかし車種はわかる。マツダCX－8だった。

普久山が唸（うな）った。「なんてこった。伊賀原先生のクルマだ」

鈴花が驚きの声を発した。「ほんとに？　じゃさっきのは伊賀原先生？」

結衣はため息まじりにいった。「持ってたのはたぶん濃縮ウラン

「おい！」普久山が取り乱した。「そんなはずあるか。純度百パーセント近いウラン235なんて、容易に作れやしないんだろ」

「だから外国から密輸したんでしょ。大きさからしてクラブハウスの地窓から、ぎりぎり外に押しだせる」

「ああ」鈴花が目を瞠った。「優莉さんがわたしたちに脱出を勧めた、あの一階の地窓？」

グエン・ヴァン・ハンこと田代勇太は、クラブハウスの崩落に巻きこまれ、かなりの重傷を負っていた。なぜそうなったのかずっと疑問だった。CH-47からグラウンドの壕に降り、三塁側ベンチに侵入した傭兵部隊は、みな球場内を一塁側クラブハウスへと急いだ。そちらに逃走用の十トントラックが用意してあったからだ。だが勇太だけは別行動をとり、三塁側の警備室があるビルに、ウイルスの入った金属容器を運びこんだ。ビル二階に停めてあるバンに積んで外に搬出するためだった。それが当初からの予定なら、勇太は一塁側に向かう必要などなかった。なのに勇太は本隊とともに、いったん一塁側に移動し、結果クラブハウスの崩落に巻きこまれてしまった。

いま理由がわかった。勇太はウイルス以上に重要な物資を、クラブハウスに送り届けねばならなかった。

クラブハウスに待機した逃走用トラックも奇妙だった。CH－47から下ろした兵器類を、五十人からなる一個小隊が搬出したからといって、十トントラック五台は必要ない。何台かは空荷の囮（おとり）だったのだろう。

最も重要なふたつのアイテムについては、トラックにさえ積まなかった。ウイルスのほうは、勇太が警備ビル側のバンに運びこんだ。そして濃縮ウランはクラブハウスの崩落前、伊賀原が地窓から受けとった。

普久山がなおも信じられないという顔でささやいた。「ウランの濃縮だなんて……。国家を挙げて臨まなきゃ無理って話じゃなかったのか」

文字通り国家を挙げて精製されたのだろう。田代ファミリーはパグェを通じ、北朝鮮の軍部とつながっている。貧困に喘（あえ）ぐ国に巨額の取引を持ちかければ、濃縮ウランの譲渡も充分にありうる、父がそう話していたのを思いだす。

結衣は録画映像を巻き戻した。防護服が重たげに運ぶスポーツバッグを拡大する。

「たぶん重さは六十キロから七十キロぐらいある。広島型原爆のウランの総量がちょうどそれぐらい」

普久山が頭を掻きむしった。「危なくないのか？　バッグで運べるような物なのか？」

「粉末を高温で焼結して、たいてい棒状の黒い塊になってる。その状態なら放射線量もわずかだし、微妙に熱を帯びてるていど。断熱緩衝材入りの保護容器に、いくつかのペレットに小分けして収めてあると思う」

「なんで材料だけ持ちこんだ？　一介の教師に機械部分が作れるのなら、完成した核爆弾を密輸してもおかしくないじゃないか」

「単純に価格と安全性。そのまま爆発させられる物なら当然、途方もなく高額になる。でもなんらかの事故で爆発しちゃ困るから、売り手も製造はしたがらない」

「ほんとにあんな単純な仕組みで爆発するのかよ。どこに保証がある？」

「広島に投下された原爆も、事前に核実験はおこなわれなかった。単純な仕組みだからこそ、絶対に核爆発が起きるとの確信があったって」

鈴花が青ざめた顔を向けてきた。「ねえ、ちょっと……。さっきからなにいってんの？　原爆って？　伊賀原先生がそんな物を作ったってこと？」

普久山は落ち着かなげにうろつきまわった。「どうもわからん。伊賀原が器用で知識もあって、学校備品を材料にしたとして、なんで米谷に責任を押しつけようとした？　米谷が学校から備品を盗んだことになってるんだぞ」

結衣はいった。「文科省学校備品監査は、危険物が製造可能な備品の組み合わせについてチェックする。いまじゃ国際的なテロ対策として、ほとんどの国で同じようなことがおこなわれてる。たいてい化学薬品が槍玉にあがるけど、爆発物の材料になる物全般が警戒されてる」

「じゃウラン原爆が製造可能な金属カバーだとか、ボウルとかの組み合わせを、文科省は承知済みってことか」

「どうせ伊賀原先生も、ネットや文献にでてた作り方を参考にしたんでしょ。文科省も同じ情報を把握してて、材料が学校備品としてまとめ買いされたら、危険視するシステムができあがってた」

「じゃ教頭や学年主任が監査請求したのが理由か？」

「伊賀原先生はもうブツを作り終えてたから、追及されちゃまずいと思った。そこで先手を打って、化学オタクの生徒による戯れだったように見せかけた。メカニズムだけ製造するのは不自然だからイエローケーキにも入札させた。それによって米谷君は、ろくに知識もない生徒に仕立てられた。同時に危険もないと強調された」

「窃盗の証拠品として、装置は警察に没収されてしまったぞ」

「どんな刑事事件でも捜査後、原則として証拠品は返却される。元の持ち主である学校に。というより伊賀原先生に。立件が前提でないなら、より早く返されるでしょ。請求があればなおさら」

「そうか」普久山が額に手をやった。「米谷は高価な服やゲーム類を買ってた。ほかにも盗みを働いたんじゃないかと、母親が心配してたが……」

「たぶん伊賀原先生からの謝礼金。米谷君はいったん罪をかぶるけど、伊賀原先生が全力で弁護すると約束した。赴任前で面識もない伊賀原先生の頼みをきいたってことは、よほどの大金が払われたとしか」

「なら米谷はどこへ行った?」

「自分の背負わされた疑惑が、そんなにおおごとだと思ってなかったから、事実を知りショックを受けて家出した。あるいは伊賀原先生が口を封じるため、連れ去ったか殺したか」

「物騒なことといわないでくれ!」俊成が血相を変え、松葉杖(まつばづえ)をつきながら近づいてきた。「なんだ、おい。どういうことなんだ。鈴花の新しい担任が、原爆を製造したってのか!? 目的はいったいなんだ」

結衣は冷えきった思いとともに応じた。「わたしを確実に殺すため。優莉匡太の子供は、無許可で遠出はできないから」

「まさか」普久山が声を張りあげた。「そのために原爆を使うってのか？」

「威力が広島と同じだとして、半径三・五キロ圏内が消滅。泉が丘ばかりか宇都宮市全体に被害がおよぶ。五十二万人が死ぬ」

「なんでそんな……」

ふいに沈黙がひろがった。普久山には理由が思いあたったらしい。鈴花の悲痛なまなざしが結衣を見つめてきた。俊成は神妙な顔で口をつぐんでいる。

敵は結衣を殺そうと、次々と傭兵を差し向けた。大型ヘリにまで追わせた。なのに急襲部隊は全滅した。これは戦争だった。直接の戦闘で埒があかないのなら、最後には大量殺戮兵器で片をつける。核攻撃により逃げ場を与えず、一瞬にして広範囲を焼き払う。結衣を仕留められないことに業を煮やし、敵は最終手段に打ってでた。

鈴花が怯えた表情でささやいた。「いつそんなことに……」

結衣は応じた。「深夜零時以降」

「零時？」

「でないと多額の報酬が支払われない。大勢の馬鹿が競ってる。シチューに毒をいれる奴から、核攻撃までさまざまってこと」

「優莉さん。これからどうするの……？」

「さあ。児童養護施設にも帰れなくなったし、家裁のきめた規則を守ってる状況でもないし。零時になる前に、できるだけ泉が丘から離れるかな」

「でも原爆持った敵が追っかけてくるんじゃなくて？」

「武蔵小杉へ行けばなんとかなる。主犯の馬鹿親子が住んでる以上、核爆発はないでしょ」

ただしそれ以外の攻撃は激しさを増すだろう。敵の本陣も同然の土地だからだ。

懸念はもうひとつある。米谷智幸が伊賀原に攫われたのだとしたら、このままほってはおけない。

鈴花は泣きそうな顔でうったえた。「警察に通報しようよ」

普久山が首を横に振った。「途方もなさすぎて一笑に付される。馬鹿げたことに思わせるために、伊賀原は米谷の悪ふざけのように演出したんだ。じつは本当に核爆弾が作られてたと申し立てたところで、真剣にきいちゃもらえない」

「でもこの防犯カメラの映像とか……」

「防護服で顔もわからない。マツダのCX－8ではあっても、ナンバーすら読みとれない。当日の伊賀原の行動とか、調べてもらうのにも日数がかかるよ。だいいちこれは、神藤さんからこっそり提供を受けた映像じゃないか」

「そんなことといってる場合じゃないでしょ。相談してみなきゃわからないじゃん」

「検討してみるとかいわれて、どうせ何日もまたされる。核爆弾で優莉ひとりの命を狙うなんて話、信じてもらえないんだよ。先生だって甲子園での経験がなきゃ、とても信じられない。山海もそうだろ？」

「……伊賀原先生に連絡とれないんですか」

「電話にはでるだろうが、近くにいるかどうか微妙だ。もし遠くに逃亡してるとしたら、じきにこの辺りで核爆発だろうな。なんにしても警察への相談なんて間に合わん」

鈴花の母の声がきこえた。「鈴花？　俊成さん。どこ？」

「まずい」鈴花が困惑のいろを浮かべた。「お母さんが」

これ以上迷惑はかけられない。結衣は窓に向かい、カーテンを開け放った。「なにも見聞きしてない、自分にそういいきかせて。それじゃ」

サッシを開けるや、結衣は外に身を躍らせた。小庭を一気に駆け抜ける。靴下が泥だらけになったが、かまわず靴を履き、路地裏に戻った。小雨はいっこうに降りやまない。霧がかかったような視野が幸いに思える。見通しが悪ければそれだけ延命できる。

八百屋の店先が見えている。シャッターが半分閉じていた。もう店じまいの時間らしい。ここには二度と関わらない。鈴花たちに被害が及んでは困る。

足ばやに靴音が追いかけてきた。結衣は振りかえらなかった。危険はない。殺しに来る気配なら自然にわかる。

普久山が歩調を合わせながらきいた。「ひとりでどこへ行く」

「先生はもう担任じゃないでしょ」結衣はぐいぐい進みながらささやいた。「ほっといてよ」

「文無しじゃ泉が丘からもでられないだろ」

結衣は足をとめた。普久山も静止した。差しだされたのは結衣の財布だった。

「ほら」普久山が静かにうながした。「受けとれよ。きみのだろ」

「どこで……」

「施設に寄ったとき、優莉の元担任だと怒鳴ったら、高一ぐらいの女の子が近づいてきてな。これをくれた」

ルームメイトの蓮加か。通報したのも彼女だろう。結衣は財布を手にとった。

普久山がため息をついた。「彼女はきょう、優莉の姿を見てないってさ。警察官にもそう話してた」

降りかかる霧雨と同様の、淡い寂寥が結衣の心にひろがった。なにも言葉にする気になれない。結衣は黙って歩きだした。

なおも普久山は横に並んだ。「教師は帰る場所のない生徒を見捨てられん」

「冗談でしょ」

「いや。本気だよ」

「去年の二学期には見捨てた」

普久山がささやきを漏らした。「ずっと後悔してたよ。二度と同じ過ちは繰りかえさない。甲子園のあの日から、先生のなかでなにかが変わった」

変わったというより、まともでなくなった、そう表現するほうが正しい。従来の価値観から逸脱してほしくない。結衣自身、自分がろくでもない存在なのは百も承知している。

暴力に暴力で抗いつづけたらどうなるか、しだいにはっきりしてきた。結衣が死なないせいで、敵の攻撃手段がエスカレートしていき、とうとう核兵器まで持ちだされてしまった。もはやどこへ行こうとも広範囲に巻き添えを生む。なら孤立し果てしなく遠ざかるしかない。

「先生」結衣は歩きながら苦言を呈した。「ついてこないでよ」

「生徒にそういわれたからって、馬鹿正直に見送る教師はいない」普久山がふと思いついたように付け加えた。「いや、前はそんなのが当たり前だった。優莉が戻ったいま、今度こそ教師でいたい。それだけだよ」

「やめてよ」結衣はため息まじりにつぶやいた。「死亡フラグにきこえる」

6

結衣はひとりで立ち去るつもりだったが、普久山が近くのコインパーキングに停めた自家用車について、さかんに利便性を挙げ連ねてきた。三菱ミラージュを新車で買ったという自慢話も交ざっていたが、普久山は伊賀原の住所を知っているという。電車やバスの通っていない場所だから行くのが困難、小雨のなか歩きつづけると風邪をひくなどと、うまい売り文句を並べ立てた。

やむをえないと結衣は思った。結衣がめざすのは伊賀原の家だと、普久山に見抜かれている。せっかく普久山が警察への通報を控えてくれているいま、その意思をぐらつかせて、状況をややこしくしたくもない。

結衣はミラージュの助手席におさまった。たしかに新車のにおいがする。普久山が満足げにクルマを発進させた。伊賀原の住むマンションは、宇都宮大学工学部に近い陽東八丁目。普久山も初めて訪ねる場所らしい。

鬼怒川方面にクルマで十分少々の距離だった。結衣は行く手に目を向けた。フロントウインドウを水滴が埋め尽くすたび、間欠のワイパーがさっと拭きとる。辺り一帯は暗かった。市街地であっても田舎のせいで街路灯が少ない。コンビニは広々とした駐車場の真んなかに建っている。

「先生」結衣は前方を眺めたまままきいた。「奥さんや子供は？」

普久山がステアリングを切りながら応じた。「それこそ死亡フラグじゃないか。きいてどうする」

「べつに。ただ知らないから」

「妻はいるよ。妊娠四か月」

気が鬱する。こうしているあいだにも、妻が夫の帰宅をまっているだろう。夫と女子生徒のドライブなど望まないにちがいない。ましてそれが優莉結衣と知れば、別の意味でも不安に駆られて当然だった。

「優莉」普久山がいった。「三角形ＡＢＣのＡＢが五、ＢＣが六、ＣＡが七。内心と外心の距離は？」

しばし熟考してから結衣は答えた。「八分のルート七十」

「早いな。オイラーの定理か？」

「そう。ヘロンの公式で面積をだしてから」

「勉強ができるのに、進学しないのはもったいない」

「いれてくれる大学があるとは思えない」

「そんなことないだろ。優莉って苗字(みょうじ)がネックなら……。家裁に申し立てればいいじゃないか。十七なら自分でできるだろ」

弁護士に何度も勧められた。だがどうせばれる。実名が発覚したときに大学から処分が下れば、もともと入学できない以上に傷が深まる。

結衣はつぶやいた。「別人を装って進学したところで、ごていねいに誰かのＳＮＳが、画像つきで素性を暴露する」

「なんでそういえる？」

「過去にバイトを何度もそうやってクビになった」

「そうなのか」普久山は運転しながら戸惑いをのぞかせた。「ネットの誹謗(ひぼう)中傷か。

近ごろよく話題になってるな」

「それ自体は気にならない」

九歳で父が逮捕されて以降も、結衣は自分の名をネットで検索しなかった。中一のとき、隣りの男子生徒が黙ってスマホを向けてきた。『優莉結衣』を検索すると、サジェストワードのトップに『死ね』と表示されるのを、わざわざ知らせたかったらしい。結衣は無反応だった。特に目新しい情報でもない。優莉匡太の血は根絶やしにしたほうがいい、そんな論調なら新聞や雑誌にもあふれかえっていた。

侘しさは感じない。人には生まれ持った役割がある。便利な世のなかだった。自分が何者かを社会が定義づけ、ネットがそれを教えてくれる。

「着いたぞ」普久山が緊迫した声でささやいた。クルマを停車させ、エンジンを切る。

幹線道路から外れ、辺りには雑草が生い茂っている。それでも新しく分譲された戸建てが点在していた。すぐ目の前には、六階か七階建てのマンションがある。築三十年ぐらいは経ているだろうか。オートロックのないエントランス、小ぶりな外観、部屋も小分けされているようだ。単身者用だとひと目でわかる。

普久山が運転席側のドアを開けた。「ほとんど窓明かりが点いてないな。三階は真っ暗だ。四つめが三〇四号室か」

そこが伊賀原の部屋らしい。結衣が呼びとめる間もなく、普久山はクルマを降りるやドアを叩きつけた。さっさとマンションに歩いていく。

結衣はため息をつき、助手席から車外にでた。小雨はやみかけていたが肌寒い。まだ制服は乾いていなかった。足ばやに普久山の後を追う。辺りを見渡したが誰もいなかった。

エントランスのわきに郵便受けが並んでいる。普久山が小声で告げてきた。「みんなネームプレートをだしてない。うちもそうだけどな」

「しっ」結衣は静寂をうながし、普久山の肩に手をかけた。立ちどまるよう無言のうちに伝える。

切れかけた蛍光灯が狭い空間を明滅させる。行く手にはエレベーターの扉と階段、その傍らに半開きのドアがあった。管理人室と記されている。ドアノブ付近は歪んでいるうえ、硬い金属で引っかかれていた。痕跡はまだ新しい。

結衣はいった。「バールでこじ開けられてる」

「バールのような物、だろ」普久山の声は震えていた。「バールそれ自体が発見されてないとき、それがマスコミの常套句だよな」

濱林澪もそうだったが、素人がこういう場に同行すると、緊張のあまり饒舌になる。

結衣はうんざりしながら応じた。「トラスコ製の平バール、空き巣がよく使う。釘抜き部の反りぐあいが引っ掻き傷に残るから、ひと目でわかる」

「ああ、了解。すまん、忘れてた。授業中私語は慎むんだった」

結衣は開いたドアの隙間に靴を滑りこませた。足でそっとドアを開ける。なかの暗がりに管理人の死体を覚悟した。だが血のにおいはなかった。結衣は壁の懐中電灯を取り外した。部屋のなかを照らす。三畳ほどの狭小な室内に、事務机と椅子がおさまっている。壁には無数のフックが縦横に取り付けられ、たくさんの合鍵がかかっていた。配列は部屋番号順だった。

くだんの鍵があるはずの位置を確認した。結衣は唸った。「三〇四号室の鍵がない」

「誰かが盗んだのか」

管理人はもう帰宅済みのようだ。幸運だったといえる。ここにいれば命はなかっただろう。結衣は階段に向き直ると、普久山にささやいた。「先生。クルマに戻ってて」

「一緒に行くぞ」

「鍵を盗んだ奴が階上に潜んでる。クルマで来たのもばれてるし、もう声もきかれてる」

「ならいっそう先生をひとりにするなよ」

結衣はじれったく思ったが、普久山のいうことにも一理ある。結衣から離れてクルマに向かえば、人質として捕まる確率が高い。たぶん敵のひとりは建物の外にいる。迷っている暇はない。結衣はスマホを右の袖に押しこんだ。尺骨や橈骨を保護するプロテクターがわりになる。靴音を立てないよう、静かに階段を上りだした。「後ろにぴったりくっついてきて」

普久山がいわれたとおりにした。さっそく踊り場に待ち伏せの危険がある。手前で立ちどまり、階上をのぞきこんでから、慎重に上っていった。

やがて二階に着いた。外廊下に目を向けたが、ひとけはなかった。

三階への上り階段に向き直った。その瞬間、結衣ははっとした。数段上に目出し帽の男がふたりいた。手前のひとりがバールを振り下ろしてきた。普久山が驚きの叫びを発した。だがバールの根本付近を、結衣は前腕でインターセプトした。袖のなかのスマホがガードしたものの、けたたましい音とともに、痺れる痛みが走った。それでも骨を折られるよりはましだった。がら空きになった敵の腹に、懐中電灯で突きを浴びせる。呻き声が耳に届いた。

「どいて！」結衣は普久山に怒鳴った。敵の胸倉をつかむや身を翻し、階下へ投げ技を放った。目出し帽の男は踊り場へと転がり落ちていった。

もうひとりの敵はゴム手袋にナイフを握っていた。刃渡りの長いランドールの軍用ナイフだとわかる。連続突きが放たれた。結衣はのけぞりながら太刀筋を見切り、後退しながら躱した。敵が下り階段口に近づくや、結衣は跳躍した。右脚を軸に身体をひねり、敵の胸部に回し蹴りを浴びせた。靴底に強い衝撃を感じ、結衣が着地したときには、敵は下り階段に吹き飛んでいた。もうひとりが駆け上ってきたが、ふたりは衝突し、もつれあいながら踊り場に倒れこんだ。投げだされたバールとナイフが、いずれも甲高い音を奏でつつ転がった。

ひとりが起きあがり、なおも結衣に対峙しようとした。だがもうひとりがその腕をつかみ、逃走をうながした。それぞれバールとナイフをひっつかむと、ふたりそろって階段を駆け下りていった。

結衣はなおも警戒を解かずにいた。ほどなくマンションの裏手で、バイクのエンジン音が轟いた。結衣は二階の廊下から外を眺めた。飛びだしてきた二台のバイクが路上を遠ざかる。やはり仲間が待機していたらしい。一台はふたり乗り、もう一台はひとりだった。ひとりのほうのバイクがふらついているのは、全身の痛みのせいだろう。肋骨が折れているかもしれない。

袖口を緩め、スマホを取りだす。カバーが割れ、無数の亀裂が放射状に走っていた。どうせ電源はオフのままだ、壊れていてもかまわない。

普久山が心底ほっとしたように歩み寄ってきた。「あいつらはなんだ?」

「伊賀原先生がわたしを殺す急先鋒なのを知って、獲物を横取りするため、ここで待ち伏せてた」

「マジか」

「そういうのがいて当然だと思ってた」

「その割にはさっさと尻尾巻いて逃げてったな」

「まだ午前零時まで間があるから」結衣はスマホを胸ポケットにおさめた。「もし伊賀原先生の部屋のなかで鉢合わせしてたら、あいつらも最後まであきらめず、わたしを殺そうとしてきたでしょ。死体が零時まで人目に触れなきゃ、それ以後に殺したって嘘つけるし」

「優莉もろくでもないゲームに巻きこまれたもんだな」普久山は額の汗を拭いながらいった。「生徒の殴る蹴るを傍観する俺も、教師としてどうかと思えてきた」

「いまから不法侵入もするんだけど」

「職員室に呼びだして説教するつもりはない。状況ってもんはケースバイケースだ。

なにが重要かはわきまえてる」

皮肉な状況だった。教師から行動を容認される日が来るとは思わなかった。結衣は階段を上っていった。普久山がびくつきながら後につづく。

三階の外廊下に着いたが、やはり静まりかえっていた。あれだけ物音が響いたというのに、ドアからのぞく顔もない。この階の住人はまだ帰宅していないらしい。結衣は三〇四号室のドアに近づいた。

普久山が耳打ちしてきた。「危なくないか。ドアノブに電流とか、仕掛けがあるかも」

思わず鼻で笑った。結衣は普久山を振りかえった。「先生、いい勘してる。慣れてきた？」

「伊賀原は化学の教師だ、それぐらいやるだろう」

「当たり。絶対にトラップを施してる。でもいまはだいじょうぶ」結衣はドアノブをつかんだ。予想どおり解錠されている。ドアを大きく開け放った。

「おい⁉」普久山は驚きの声を発したが、静寂を保つべきと悟ったらしく、気まずそうに口を押さえた。

結衣はドアの内側を指さした。太めのケーブル二本がワニ口でとめてある。普久山の指摘どおり、ノブに高圧電流を通していたようだ。通電状態ならノブを握ったとたん感電死しただろう。だがいま部屋の電源は落ちている。消灯した室内からは、卵の腐ったような悪臭が漂ってくる。

普久山が顔をしかめた。「なんだこのにおい」

「硫化水素」結衣は室内に足を踏みいれた。靴を脱がずフローリングにあがりこむ。懐中電灯で前方を照らした。「でもこのていどの濃度なら平気」

「なんで硫化水素が発生した?」

「ここにパッシブセンサーがある。動作を感知したら、石灰硫黄合剤がサンポールのなかに落ちて、硫化水素を噴出する仕組みだった」

「どうして濃度が薄まってる?」

「さっきのふたりがもう侵入したから。管理人室から盗んだ鍵で解錠、ひとりはドアノブ対策にゴム手袋を嵌めてた。ふたりとも息をとめて侵入し、ただちに部屋のブレーカーを落とした」

「あのふたり、罠を予想済みだったのか」

「ほら、こっちにはレーザーセンサーがある。光線を遮ると、このポリタンク内のガソリンに点火して爆発する。停電とは関係なしに、バッテリーで稼働してたみたいだけど、配線が切ってある」

「それもさっきのふたりが無効化したのか」

「そう。伊賀原先生のやり口が、仲間内に知れ渡ってるんでしょ。いまは懸賞金をめぐって仲間どうしが足を引っぱりあってる」

「互いにライバルを潰しながら優莉を狙ってるのか。こりゃ零時になったら地獄だな」

八畳ほどのワンルームは倉庫のように雑然とし、ほとんど足の踏み場もない。酸素ボンベや溶接バーナーのほか、金属製の素材が大半を占める。鉛、鋼鉄、反射材アルミニウム。白いレンガもある。黒色の粉末は火薬だけではない、活性炭の入った袋も目についた。

懐中電灯で物陰を照らしてみたが、誰もいないと判明した。米谷はここに囚われてはいない。

さっきのふたりも、部屋がもぬけの殻と知ってから、結衣への待ち伏せに徹したらしい。もし邪魔者の伊賀原が室内にいたら、先んじて殺すつもりだったのだろう。

ガイガーカウンターがいくつも落ちていた。うちひとつを拾い、スイッチを入れてみる。ガガガと音を立て、針が小刻みに振動した。

普久山が息を吞んだ。「放射能があるのか？」

「放射線を検知してるのはたしか」

「危ない数値か？」

「長居は勧められない」結衣は水槽のように大きなガラスの立方体に近づいた。ガイガーカウンターがより顕著な反応をしめした。

密閉式の作業台らしい。手前の二か所に穴が開いていて、ガラスのなかにゴム手袋がぶら下がっている。両手を突っこめばゴム手袋に嵌まり、物をつかんで作業できる。内部には工具類や粉末が散らばっていた。

「まさか」普久山がつぶやいた。「ここで濃縮ウランを装置に詰めこんだのか」

おそらくそうだろう。結衣は電子レンジを照らした。黒焦げになって破損している。「濃縮ウランのペレットを、熱で溶かして液体にし、ふたつのボウルを満たした」

「電子レンジで溶けるものなのか？」

結衣は電子レンジの扉を開けた。「耐熱容器の周りに、ムライト製の耐火レンガと活性炭を配置した。数千度の超高熱が発生する」

冷えて固まれば、ふたつのボウルのなかに、それぞれ濃縮ウランの半球ができる。あいだにイニシエーターをセットする。危険極まりない作業だが、伊賀原はすでに工程を完了したとみるべきだった。

普久山は苛立たしげに吐き捨てた。「警察はこんなに早く、装置を伊賀原に返したのか」

「もともと学校の備品だし、文科省の監査とかって話を刑事がきいたのなら、そりゃさっさと返却したほうが無難って思うでしょ」

「どこに持っていったんだ？　伊賀原も自殺する気かよ。おもちゃみたいなリモコンで起爆させるんじゃ、遠くに離れられないだろうに」

「リモコンなんてたぶんテスト用」結衣はサイドテーブルに載せてあった書類を手にとった。「ここにスマホの基板に関する図面がある。それとは別にキッチンタイマーの基板も分析してる。ケータイ電波から時限式まで、いろんな起爆方法を内蔵してると考えるべき」

「俺が見たのは、いかにも手作りの配線だった。さらに改良したってのか」

火薬を破裂させるための機構はそのままだろう。けれどもリモコン電波受信機の代わりに、改造スマホがセットしてある。ほかに時限式タイマーなど、複数のバックアップが存在する。ウランの影響も受けない工夫が施してあるにちがいない。なんにせよジャミングでケータイ電波を遮断しただけでは、起爆を阻止できないのは確実だった。

なにか手はないのか。書類をサイドテーブルに戻そうとしたとき、ふとトレーに意識が向いた。スポイトやガラス製ヒューズとともに、片手で握りこめるサイズの注射器があった。

思わず目を疑った。シリンジにPP軸綿棒を内蔵、極細の注射針が仕こんである。圧縮空気も注入済みだとわかった。

父の半グレ集団のひとつ、D5が考案した改造注射器。プランジャを押しこめば二メートルほど針が飛ぶ。

結衣は普久山を一瞥(いちべつ)した。普久山は暗がりに目を凝らしていた。手がかりになる物を探しているようだ。結衣には注意を払っていない。

こっそり注射器を手にとり、においをかいでみた。タールとアルコールの中間のような独特の香り。少量で効く睡眠剤だとわかる。

問題は注射器それ自体だった。優莉匡太半グレ同盟の技術を伊賀原が用いている。結衣も護身用に同じアイテムを自作した。兄弟姉妹ばかりか、ほとんどのメンバーが共有する知識だった。篤志らが田代ファミリーに関わる以上、伊賀原が作り方を知っていてもふしぎではない。

こちらの出方は読まれている可能性が高い。結衣がどう行動するか、同じ教育を受けた兄弟姉妹なら、まず正確に予測しうるだろう。いまや伊賀原に限らず、田代ファミリー全員に先手をとられていると考えるべきだった。

ふいに頭痛を感じた。結衣は妙な症状を自覚した。動いてもいないのに、唐突にめまいが生じてくる。胸のむかつきが吐き気へと変わっていった。普久山に視線を向ける。やはり普久山も気分の悪さをおぼえたのか、しきりと首を横に振っていた。

いまどうすべきか、とっさの判断がきかない。思考が極度に鈍化している。意識が朦朧（もうろう）としつつあった。まずい。結衣は身体を起こした。「先生、すぐ外にでて！」

「なに？」普久山がびくっとして目を瞬かせた。

「ガスが充満してる。早く！」

普久山の反応は緩慢としていた。「ガス……。においなんかしないぞ」

むろんそうだろう。都市ガスやプロパンガスの放つ悪臭は、ガス漏れを気づかせるために加えられた付臭剤だ。本来の可燃性ガスは無臭でしかない。さっきまでなかったガスが、突然のように室内に溜（た）まりだした。どこにどんなセンサーがあったのか知らないが、なんらかの仕掛けが作動したとしか思えない。ふたりの侵入者が解除しきれなかったトラップが、なおも室内に残されていた。いま確実に命を奪おうとしてくる。

結衣は全力で駆けだした。足もとの化学実験用具を蹴り飛ばす。急ぎ普久山の腕をつかみ、戸口へと走った。普久山も意識障害にまでは至っていないらしい、結衣がうながすと我にかえり駆け足になった。

現実の殺人トラップは容赦がない。映画のように爆発物への点火寸前、電子音が鳴り響くような親切設計ではない。昭和のドラマのごとく、時計が秒を刻む音がきこえることもない。いきなりの爆死があるだけだ。たぶん死んだことすら自覚できない。

ドアから外廊下に飛びだした瞬間、強烈な閃光が辺りを照らした。そこまでは無音だった。次いで室内が真っ赤に染まり、灼熱の炎とともに爆風が噴出した。結衣は普久山とともに外廊下に転がった。轟音が耳をつんざき、激震がマンションを襲う。蛍光灯がいっせいに消灯し真っ暗になった。天井が裂け、鉄筋が歪み、コンクリートの破片が降り注ぐ。さらなる火球が戸口から膨張してきた。ポリタンクのガソリンに引火したらしい。

熱風にさらされ、全身が焼き尽くされるようだった。さまざまな化学薬品のにおいが混ざりあって鼻をつく。聴覚が失われ、代わりに耳鳴りがする。結衣は顔をあげた。黒煙が濃霧のごとく周囲を覆っていく。

普久山が倒れたまま咳きこんでいた。頭髪もスーツも灰いろの粉塵にまみれている。おそらく自分も同じ状態だろう、そう思いながら結衣は声をかけた。「先生。立てる？」

みずから発した声が籠もってきこえる。普久山の声も同様だった。激しくむせながら普久山がうなずいた。「ああ。なんとか」

ベルの音がけたたましく鳴り響いていた。火災報知器が反応している。戸口の奥には火がくすぶるものの、広範囲に延焼はしていなかった。ガスとガソリンの爆風が互いに打ち消しあった可能性もある。問題は煙だった。視野がふさがれ、息をするのも困難なありさまだった。

普久山が先に立った。結衣を助け起こしてくれた。ふたりで階段へと急いだ。階上には住民がいたらしい、男女らが悲鳴を発し駆け降りてくる。結衣と普久山もその流れに加わった。

幸い炎が天井を突き破るほどの爆発ではなかった。火災も燃えひろがってはいない。間もなく消防車が到着するだろう。犠牲者がでたとも思えなかった。爆発に最も近かったふたりが無事だからだ。もっともダーティーボムよろしく、放射性物質が撒き散らされた可能性はある。

一階に着き、マンションのエントランスをでた。路上に住民たちが怯えた顔でたたずむ。早くも野次馬が集まりつつある。煙が噴出する三階の窓を、みなそろって見上げている。結衣は普久山とともに姿勢を低くし、人々の視線を避けながらマンションから遠ざかった。

道端に駐車してある三菱ミラージュに戻った。普久山が運転席に乗りこむ。結衣も助手席のドアを開けた。

普久山はシートに身をあずけ、ため息とともに天井を仰いだ。「早くここを去ろう。といってもどこに行きゃいいんだろうな。米谷の居場所もさっぱり見当が……」

軽く弾けるような音とともに、普久山が目を見開いた。唖然としたまなざしで結衣を見つめてくる。

結衣は握りこんだ注射器の先を普久山に向けていた。発射した針は普久山の首筋に命中した。普久山はぼうっとした表情になり、何度か瞬きすると、脱力し助手席の座面に寝そべった。

眠りこんだ普久山を、結衣はしばし眺めた。助手席のドアを叩きつけ、注射器を草むらに放り投げた。マンション前の喧噪に背を向け、結衣はひとり歩きだした。

やがて走ってきた数台の消防車とすれちがった。そういえば雨がやんでいた。結衣は軽く鼻を鳴らした。元担任の先生が熱心すぎるのも考えものだ。肝心なときに寝ているぐらいでちょうどいい。問題のある生徒に本気で向き合っていたら、際限なく命をすり減らしてしまう。

その心意気だけで充分だと結衣は思った。生徒を見捨てない教師がいる、そうわかっただけでも、いくらか人生の慰めになる。

7

結衣はクルマの通行もほとんどない田舎の夜道を歩いた。鬼怒川寄りの方角には田畑がひろがり、宇都宮市街側は工業施設ばかりだった。ここは両者のほぼ境目になる。腕時計で時刻をたしかめた。午後九時半すぎ。

こんなひとけのない場所に身を置いていれば、また午前零時をまたず襲撃をかけられる。人の視線が多い宇都宮の中心街のほうが安全かもしれない。だが結衣はそちらに向かわず、暗がりを北へと歩きつづけた。

時間を浪費していられない。結衣はすでに一キロほど歩いていた。営業を終えたカーディーラーのわきを通り過ぎる。看板に栃木トヨペット宇都宮平出(ひらいで)店とあった。表側は片側二車線の幹線道路に面する。鬼怒通りだとわかった。道路を挟んで向かいのスタジオアリスとハードオフも、閉店後らしく消灯済みだった。辺りには誰もいない。歩道に工業団地南のバス停をしめす看板が立っている。

バスのほかに移動手段はない。伊賀原のマンションからは、水戸街道沿いのバス停が近かったが、そちらは警察が張っている可能性があった。逆方向に遠ざかるのがセオリーだった。

行き先と時刻表をたしかめようとしたとき、ふいに辺りが明るくなった。鬼怒通りをヘッドライトが猛然と迫ってくる。うっすらと車体のシルエットが浮かんだ。大型ワンボックスカーのようだ。結衣は警戒心を働かせた。やけに歩道寄りに走行している。ほかに通行車両がいないため、追い越し車線を選ぶ必要はないが、それにしてもずいぶん速い。

甲高いブレーキ音が響いた。黒塗りのハイエースが、結衣の目の前で急停車した。

車体側面のスライド式ドアが、勢いよく横滑りに開け放たれた。帽子とマスクで顔を隠した男が三人降り立つ。そろって結衣に向かい駆けてきた。ひとりの手にスタンガン、あとのふたりはガムテープのロールと、樹脂製フレックスカフをそれぞれ握っている。

拉致目的の捕獲部隊なのはあきらかだった。俊敏な動作に計画性が感じられる。人の連れ去りにも慣れているのだろう。

むろん黙って捕まるつもりは毛頭ない。結衣はわずかに身を引き、先頭の男がスタンガンを突きだすのをまちかまえた。先入観にとらわれず、敵の動作をぎりぎりまで観察する。どうカウンターを繰りだすかは、自身の肉体にまかせればいい。型にこだわると最善の対処法を見失う。ジークンドーの極意だった。

ところが三人はそろって立ちどまった。全員がぎょっと目を剝いた。いっせいに背を向け、三人ともハイエースへと逃げ帰った。車内に転がりこむや、スライド式ドアを閉めきらないうちに、ハイエースは急発進した。たちまち赤いテールランプが遠ざかる。鬼怒通りを宇都宮市街方面に走り去っていった。

結衣は油断なくたたずんだ。不用意に振り向いたりはしなかった。あの三人が結衣の背後に立つ者に驚いたのはあきらかだった。

少女のような声の響きに、生意気な物言いが重なる。「浅はかな奴ら。連れ去ってから殺せば、午前零時前でもばれないって考えてやがる」

軽く鼻を鳴らした。結衣はささやいた。「あんたは懸賞金かけられてないの?」

沈黙があった。結衣はゆっくりと振りかえった。ブレザーの胸に校章のワッペン、チェックのスカートという制服は初めて目にする。金髪に染めたショートボブ、丸顔に不釣り合いなほど大きな瞳。優莉凛香はリボルバー式拳銃を片手に立っていた。いま三人が逃げたのは、単に飛び道具のせいだとわかった。サクラM360J、制服警察官御用達の拳銃だった。

凛香は硬い顔で銃口を結衣に向けた。「今度は弾倉に触らせたりしない」

「どこの不幸なお巡りからパクった？」

すると凛香は黙ってブレザーの片側をはだけた。スカートベルトにトランシーバー型の所轄系無線機が嵌まっている。送受信器用のアンテナはブレザーの下に隠れていた。マイクは使わないからか、本体にただ巻きつけてある。

仏頂面の凛香が告げてきた。「結衣姉ちゃんってほんと単純。泉が丘の児童養護施設から消えたんなら、地域の所轄系無線をきけばいい。騒ぎがあったところにいる。こんな田舎ならなおさら」

「騒ぎの現場なら、こうしてとっくに離れてるんだけど」

「公共交通機関を利用するにしても、ひとけのないほうに一キロ歩いてからでしょ。姉ちゃんの考えは読めてる」

「前にもそんなようなことといって、ガムテープのミイラになったのを忘れた？」

「いまミイラにされかけてたのは姉ちゃんのほうじゃん」

「あんな三人なんかひとりで殺せてた」

「よくいう。結衣姉。最期に言い残すことはあるかよ」

「ひょっとしてあんたも殺しに来た？」結衣は軽蔑（けいべつ）とともにいった。「田代ファミリーが嫌いになったかと思った」

「おまえの懸賞金、キャリーオーバーで六億三千五百万円になってる。辱めて殺せば十二億七千万円。ならほっとけるわけがない」

　午前零時からのゲームに参加しようと、泉が丘に駆けつけたのか。所轄系無線を奪うとは凜香らしい。もっともさっきのハイエースが襲撃してきた以上、凜香ひとりだけが優秀なわけでもなさそうだった。

　結衣は挑発した。「午前零時までは撃てないでしょ」

　凜香がむっとした。「いますぐぶっ殺してやってもいい」

「無理。金に目のいろを変えてるあんたには」

「誰も見ちゃいない。零時すぎに殺したって報告するだけ」

「栃木トヨペットの防犯カメラに映ってるのに？」

　一瞬だけ凜香の意識が建物に向いた。目が泳ぐほどではない、わずかに気が逸（そ）れたていどだった。それだけで充分だった。結衣は左手ですかさず凜香の右手を包みこむように握った。銃口を地面に向けさせると同時に、母指MP関節を強く締めつける。激痛が走ったはずだ。凜香は顔をしかめたものの、けっして銃のグリップを放そうとしなかった。

だが結衣の狙いは銃を奪うこと以外にあった。親指でシリンダーラッチをずらし、人差し指で弾き、回転式弾倉を横に露出させた。すぐさま弾倉をしっかり握りしめた。凜香が意固地になりグリップをつかんでいるぶん、結衣のほうは目的を果たしやすくなった。あわてた凜香が拳銃ごと引き離そうとしたが、もう遅い。結衣は力ずくで弾倉を縦方向にねじった。

やっとのことで結衣の手を振りほどいた凜香が、弾倉を元に戻した。銃口を結衣に向けたものの、忌々しげに歯ぎしりしている。やがて銃口を夜空に向け、トリガーを引いた。

農業高校の地下できいたのと同じ、虚しい金属音だけが響いた。凜香は顔面を紅潮させ、拳銃を振りかざしグリップで殴りかかってきた。「またやりやがったな！」

結衣は殴打される気などなかった。手刀の水平打ちを凜香の手首に浴びせた。拳銃は遠くに飛び、アスファルトの上で跳ねる音がした。

凛香は痛そうに手首をさすりながら、憤りのまなざしで結衣を見つめた。結衣も黙って凛香を見かえした。クルマが二台つづけて通り過ぎる。ヘッドライトの光を浴び、凛香の虹彩が明るく照らしだされ、また闇に埋没した。

遠方に蛙の合唱がこだましている。凛香がささやいた。「殴らないの」

「殴らない」

「なんでよ」

結衣は凛香のスカートベルトから無線機をもぎとった。鼻に近づけてにおいを嗅ぐ。無臭だった。

拳銃にしろ無線機にしろ、いちど流血を浴びれば、酸っぱい異臭が残る。結衣は無線機を栃木トヨペットの敷地内に放りこんだ。「なんのにおいもしない」

無線機も暗闇のなかに転がり見えなくなった。凛香が食ってかかってきた。「お巡りを殺さなかったのが偉いって？」

「奪った無線を持ち歩くのは馬鹿がやること」

「警察に居場所を特定されるのがそんなに怖いかよ。あの無線機と拳銃の持ち主は、泉町にいた三十代のお巡り。痴漢被害を訴えてる女に横柄な態度をとって、不受理に終わらせてた」

結衣は歩きだした。「その女って凜香でしょ」

「お巡りをテストしてやっただけ」凜香が歩調を合わせてきた。「気に食わなかったから注射針で眠らせてやった」

「D5の改造注射器の仕組み、伊賀原って男に教えた?」

「誰それ。改造注射器なんて、もういろんな勢力が知ってる。お父さんの半グレ同盟が解散してから、元メンバーはあちこちに散ってんじゃん」

そのとおりかもしれない。だがあの改造注射器の構造は、D5の開発に忠実すぎる。結衣はきいた。「篤志が教えたとか?」

「あいつは馬鹿力なだけで、細かい作業なんかできっこない。知ってる? 篤志っていまじゃ、ゴリラと豚のハイブリッドみたいになってる」

「きょう会った」

「マジで?」

「学校に現れた」結衣はいった。「深夜零時にゲーム開始だって知らせに来た」

「なんだ。篤志兄ちゃんに先を越されたのか」

「あんたはわたしを殺しに来たんじゃなかったの」

「零時を過ぎて、隙があったらそうしたいとは思ってる。殺したいなら殺せばいいって、沖縄でいったじゃん」

「殺せたらね」

「ほかの奴らに巨額の懸賞金が行くより、妹にくれてやろうと思わないの」凜香が立ちどまった。「こっち」

結衣も静止した。凜香は脇道へと歩いていった。どこかに結衣を導こうとしている。中三になったばかりの凜香が、クルマやバイクに乗っているはずはない。だがバスでここに来たとも思えない。宇都宮市内で警官を襲っておいて、最寄りの公共交通機関を利用はしないだろう。

気は進まないが、結衣は凜香とともに歩いた。工業地帯の狭間にひっそりと延びる車道だった。付近に民家は見あたらない。

凜香が歩きながら結衣を一瞥した。「泉が丘高校の制服姿は初めて見た。セーラー服、まあまあ似合ってる」

「あんたのブレザーはどこの学校？」

「佐倉市立井野西中学校。千葉県」

「田舎」

「姉ちゃんのほうがずっと田舎。うちの近くにはでかいイオンタウンがある」

お互い児童養護施設に住みながら、地元自慢など馬鹿げている。結衣は疑問を口にした。「そんな田舎にいて、わたしの懸賞金のことをどうやって知った？」

「SNSにメッセージが入った。田代ファミリー専用SNS」

「スマホ使ってんの」

「位置電波なら心配ない。パクったSIMカードだし」

「田代一派が、裏切り者のあんたにもメッセージを送るとはね。権晟会東京支部から取引先の名簿を盗んだでしょ」

「一部を公開してやっただけで田代家は大慌て」

結衣は呆れた態度をとってみせた。「あんたも恨みを買ってるわけね」

「姉ちゃんほどじゃない。勇次が本気でぶっ殺すって息巻いてるらしいじゃん。わたしのことが気に食わなくても、いちおう頼りにするぐらい、あいつらは結衣姉ちゃんを殺したがってる」

「勇次はゲームに参加しないの？」

「知らない。こっちには来てないんじゃね？」

「篤志にはどこで何回会った？」

「なんで篤志？」凜香は興味なさそうにいった。「武蔵小杉の田代ホールディングスで二回ぐらい顔を見かけたぐらい。デブってて最初わからなかった。お父さんには似てやがった」

「智沙子は？」

「死んだでしょ、とっくに」

生きていることを知らないのだろうか。結衣はためらいがちに問いかけた。「詠美は……」

ふいに凜香が吹きだした。「篤志からきいた？　あいつ、わたしにも詠美が生きてるっていってきたよ。でもありえねえじゃん。警察が死体を回収したのに」

「それを見た？」

「見たわけないでしょ。保護されてみんな離ればなれになって、それぞれ別の弁護士と施設の世話になったんだし。だけど詠美は完全に死んでる。弘子と同じ」

「なにが同じなの」

「弘子は赤石山脈で墜落死したんじゃん。ムササビスーツでうまく飛べなかった大人たちと一緒に、谷底で死体を焼かれて終わり。死んだのはたしかだけど、警察がその事実を把握したのは、お父さんの逮捕後だったってだけ」

赤石山脈の集団死について、警察は飛行訓練の失敗とは知らず、なんらかの怪しげな儀式だと思いこんでいる。死者の名簿一覧は、のちに逮捕された幹部らの証言をもとに作成された。新聞報道を見たが、名簿はいたって正確だった。ただし智沙子もそこで死んだというのは事実に反する。

結衣はささやいた。「詠美は六本木オズヴァルド裏で発見された。病院に運ばれ、死亡が確認されたっていう記録がある」

「ほら、確実じゃん。わたしたちは誰が死んだかぜんぶ知ってるけどさ、そのなかでも詠美はいちばん疑いようがない。だいいち最期まで一緒にいたのは結衣姉ちゃんでしょ」

「そうだけど……」

「なに?」凜香は呆れたような顔になった。「マジかよ。豚ゴリラの話に惑わされてんの? なわけねえよな。そんなしおらしいフリをして、今度はなにをたくらんでるんだよ」

「たくらみなんかない」結衣は歩きながら視線を落とした。「D5はフグ毒で不随意筋を麻痺(まひ)させ、心拍がとまったと思わせる方法を研究してた。呼吸も一時的に途絶える」

「九歳の結衣姉ちゃんはだませても、監察医がだませるかよ。結衣姉。なんでそんなこといいだした？　詠美はなにもできず、折檻されるばかりで可哀想だったって？　同情するなら、いま目の前にいる妹にしろよ」

「詠美はまったく恵まれなかった。不幸しか経験せずに死んだ」

「あのさ。わたしも権晟会からラングフォード兵器試験場に売られて、さんざんマワされたんだけど。それが不幸じゃねえってのかよ。なんだかやっぱりムカついてきた。零時になる前にぶっ殺したくなる」

「原宿にサリンを撒き損なったあと、うっかりあいつらのヤサに帰ったのが悪い」

「権晟会東京支部の奴らはちゃんと殺してやった」

「ラングフォード社の傭兵どもにはかなわなかったようだけど」

「助けてくれてありがとうっていってほしい？　誰がいうかよ」

ひねくれているのはお互い様だった。詠美は結衣や凜香とはちがった。犯罪に染まらず成長できる可能性があった。情愛に満ちた家庭に引きとられてほしかった。もし生きているなら、いまからでも遅くない。そんな思いが捨てきれない。

凜香が鼻を鳴らした。「健斗や弘子が浮かばれねえな。死んでも結衣姉に同情されてねえ」

健斗の死には胸を痛めた。けれども五女は別だった。結衣はつぶやいた。「弘子は……」

すると凜香が声をあげて笑った。「嫌いだったよね。そりゃわかる。この歳になっても、あんな嫌な奴には会ったことないし」

　意地悪で年下をいじめてばかりで、長男や次男には媚を売る。嘘をついて数少ない菓子をだましとり、掃除を妹や弟たちに押しつけ、勉強も代わりにやらせる。口を開けば悪態をつき、自分のことを棚にあげ、こちらの人格そのものを否定してくる。ほかの兄弟姉妹をだまし、失敗や規則違反をききだしては、大人に逐一密告する。それが五女の弘子だった。父から自己愛性パーソナリティ障害の症状を受け継いだ悪意の塊、結衣はそうとらえていた。

　凜香がいった。「弘子が赤石山脈で死んだのって、結衣姉ちゃんが事故に見せかけて殺したのかと、長いこと思ってた」

「あの日、わたしは赤石山脈に行かなかった」

　だが長男の架禱斗は現地にいた。架禱斗が殺したのかもしれない、結衣はそう疑っていた。弘子が死んでから、兄弟姉妹のあいだには、それなりの平和が訪れた。寝坊をしても言いつけられる心配がなくなった。幼少の弟や妹のパイプ爆弾製造を、結衣が代わってあげても、大人にチクられずに済んだ。

弘子はさほど可哀想に思えない。優莉匡太の子のなかでは例外的に、母親が判明していたせいもある。六本木のホステスで岸本映見という女だった。映見はいまでも鶯谷で水商売を営みながら、娘の死を悲しんでいる。なら兄弟姉妹が悼む必要も感じない。

綺麗ごとではなく、憎らしい身内は現にいた。弘子のことを思いかえすたび、嫌な胸騒ぎがしてくる。優莉匡太の子供全員が、じつは父の悪意を受け継いでいるかもしれない、そんな危惧を否定しきれなくなる。親の血による先天的影響はたしかにあった。凜香は市村凜に会ってもいないのに、母親の素質を継承している。いつか結衣も発症し、己れを見失うのではないか。父が診断された自己愛性パーソナリティ障害、演技性パーソナリティ障害、反社会性パーソナリティ障害。それらすべてを併せ持ったサイコパス。あるいは自分もそうなりつつあるのではないのか。

凜香がいった。「あのクルマ」

結衣はふと我にかえった。大型ＳＵＶ車が道端に駐車中だった。伊賀原のマツダＣＸ－８より、ひとまわり大きい車体だった。トヨタのランドクルーザー、練馬ナンバーから都内のクルマだとわかる。

車体に歩み寄った凜香が、運転席のドアを軽くノックした。

なかにいたドライバーがドアを開けた。結衣は衝撃とともに立ちすくんだ。

運転席のシートにおさまるのは、黒髪で痩身の女子高生だった。中学生の凜香とは、まったく異なる生地のブレザーをまとい、スカートのチェック柄もちがっている。すらりと伸びる両脚には、荒削りの彫刻のような筋肉が隆起する。胸につけた八角形の黄いろいバッジに、파괴のロゴが刻んであった。吊りあがった豹のように鋭い目が、冷やかに結衣を眺めてくる。

結衣はクルマから少し離れて立った。「佐堂美紀って呼んだほうがいい？」

「いまはパク・ヨンジュでいい」

「まだ十八になってない。無免許でしょ」

「きょうで高三にはなった。数え年ではとっくに十八」

「韓国の運転免許も満十八歳から」

ヨンジュは醒めきった態度をしめした。「人殺しほど重罪じゃないし」

凜香が口をはさんだ。「結衣姉ちゃん、助手席に乗りなよ。わたしは後ろ」

「遠慮しとく」結衣は突っぱねた。

するとヨンジュが鼻を鳴らした。「誰も見てない車内は怖い。零時前に殺される可能性があるって？」

結衣はヨンジュを見つめた。「ドライブの相手は選ぶ」

ため息をついたヨンジュが、ポケットから洋服のボタンに似た物をとりだした。

「これなにかわかる?」

「温度データロガ」

「そう。おまえを殺したら、これを死体の直腸に押しこむ。体温下降が五分間隔で記録されるから、解剖時に回収すれば、いつまで平熱だったか解析できる。死んだ時刻が正確に割りだせる」

凜香が妙な顔になった。「なにそれ。わたしはそんな物持ってないけど」

ヨンジュは見下げるような態度を凜香にしめした。「規律の厳しいパグェじゃ、これが殺しの義務になってる。だから正確に午前零時すぎじゃないと、優莉結衣を殺せない」

結衣は半ば呆れた気分できいた。「いまの時間帯は安心してクルマに乗れって?」

「おまえの好きにすればいい。どうせ零時を過ぎたら、パグェのスプキョク隊が大挙しておまえを襲ってくる」

「それよりはあんたと一緒に零時をまてって?」

「零時前だからって、わたしはためらったりしない。おまえをいますぐ殺すのも辞さない。それ相応の理由がある」

凛香がげんなりした顔になった。「十二億七千万円を棒に振るのかよ。ただの馬鹿じゃん」

結衣は思いのままを口にした。「喧嘩の結末は前と同じじゃない？」

「今度は確実に殺す。その気になればの話だけど」ヨンジュは無表情のまま、助手席に顎をしゃくった。二度は勧めない、顔にそう書いてある。

どうあっても乗れと主張しているようだ。結衣はランドクルーザーの車体を迂回し、助手席側のドアを開けた。運転席のヨンジュは前方を眺めている。結衣は助手席に乗りこんだ。

ヨンジュは視線を投げかけてこなかった。「ミンギのことを忘れた日はない」

結衣は淡々と応じた。「結婚後、男の子が生まれたら、その子の名前もミンギになるはずだった。苗字は変わる」

沈黙が降りてきた。ヨンジュの目が結衣に向けられた。「なんで知ってる？」

「韓国にも長いこと戸籍制度があったから、パグェのメンバーは血筋をたどられないよう、苗字ごと氏名を変えてきた。でも親子の絆を重視する者には、温情で苗字の代わりに名前のほうを引き継ぐことが許されてる。西洋人のミドルネームの発想に近い」

ヨンジュがステアリングに向き直り、ひとりごとのようにつぶやいた。「わたしの親も、苗字はパクじゃなかった。でも母の名がヨンジュだった」

「同姓同名が多い韓国人が、姓と名の概念を入れ替えたら、家系の判別は困難になる。パグェはさらに日本人の通り名で、日本に住む。成人したら通り名の苗字も変更」

「名前なんてあってなきがごとし。日本に生まれ育ってパグェに加われば、みんなそうなる」

「よってパグェのメンバーどうしは入籍できない」

ヨンジュが黙りこんだ。虚空を眺める視線がわずかに落ちた。

韓国では二〇〇八年から戸籍法が廃止されたが、代わりに個人別家族関係登録簿編製なるものができた。パグェのメンバーは依然として、違法な裏技を用い、偽名を本名として登録する。すなわち法律上認められた結婚は、永遠に不可能だった。

結衣はいった。「幼いころ噂にきいたけど、本当だったのね。あのハイジャック犯の親子がそうだったし」

「ソン・イングクとイム・イングクか」

「機内では案外、誰も気づかなかった。親子なのになぜ苗字ではなく、下の名が共通していたのか」

「みんなそれどころじゃなかったんだろ。日本のメディアもどうとらえていいかわからず、曖昧に報じてた」

東京に戻った直後、児童養護施設のテレビで観た夕方のニュースを思いだす。本名ソン・イングク容疑者とその長男、そんなふうに言葉を濁していた。韓国では親子でなく、別々の家系の人間として登録されていたが、下の名イングクだけ共通していた。日本の通り名では、苗字はふたりとも黒磯で、れっきとした親子関係にあった。あまりに複雑怪奇で、メディアも面食らったと思われる。

ヨンジュが抑制をきかせた声でささやいた。「どうせ結婚できないんだから、相手が死んでもショックじゃないといいたいの」

「結婚できない以前に、たぶん恋愛も禁止だったんでしょ」

すかさずヨンジュが怒りの目で睨みつけてきた。「おまえになにがわかる」

「恋愛した時点でパグェの規律を破ってる」

気色ばんだヨンジュが、また一転して無言になった。シートに身を埋め、長く深いため息をついた。

後部ドアが開いた。凜香が後部座席に乗りこんだ。運転席と助手席のあいだから身を乗りだしてくる。「結衣姉ちゃん、そろそろ理解できた？　ヨンジュには殺し合いをする気がないって」

ヨンジュが唸るようにいった。「気が変わりそうになる」

結衣はヨンジュの横顔を眺めた。「殺し合いをする気がなかった？」

「おまえは清墨学園で、わたしにとどめを刺さなかった。その理由がききたかった」

結衣はフロントウィンドウ越しの暗がりに目を移した。「そんなことより、自分のことだけを考えなよ」

「自分のこと？」

「ずっと周りに暴力があふれてる環境に生きてきたから、恋人からDVを受けてても、それが愛情だと錯覚する」

するとヨンジュの顔になんらかのいろが浮かんだ。「なんの話かわからない」

「目の横と顎にうっすら痣があった。しょっちゅう喧嘩しまくってるせいかもと思ったけど、いま消えてるところをみると、ミンギってやつのしわざでしょ」

「愛情はあった。おまえには理解できない」

「理解できる。父の虐待も愛情だととらえてきたし。その後、父から解放された結果、だんだんわかってきた。事実はそうじゃないって」

しだいにヨンジュの瞬きが増えだした。やがて目が潤みがちになった。視線があちこちをさまよう。ふいに顔をそむけるように、サイドウインドウから車外を眺めた。

「優莉結衣」ヨンジュが喉に絡む声でささやいた。「おまえのせいでパグェは大損害を受けた。大勢の同胞が死んだ。だからおまえを殺すため泉が丘に来て、凛香と鉢合わせした。でも凛香は、おまえに会えば考えが変わるといった」

結衣は振り向きかけたが、それより早く凛香が顔をひっこめた。凛香の表情をたしかめるためには、大きく振りかえる必要がある。しかし結衣はそんな気になれなかった。

静寂のなか、ヨンジュの肩が小刻みに震えだした。涙声のつぶやきが漏れきこえた。

「わたしはどうすれば……」

切り傷が風に触れるように心が痛い。ヨンジュはパグェに入るため、苗字を変え、親と絶縁したのだろう。だが母の名を継いだからには、情を断ちきれなかったとわかる。ヨンジュはいまや孤独だった。仲間も恋人も失った。原因は結衣にあった。結衣がヨンジュ以外のほぼ全員を殺した。ヨンジュだけは殺さなかった。

結衣は静かにいった。「どうすればいいか、わたしにきいてるのなら、答えはもうでてる。凛香とふたりでこのまま帰ればいい」

ヨンジュが振りかえった。まだ涙が浮かんでいるものの、尖った目つきで見つめてきた。「いまのはなに？ 冗談のつもりかよ」

「冗談なんかいってない。午前零時になったら、わたしを殺す最有力候補が行動を起こす。あんたや凜香が近くにいたら巻き添えを食う」

凜香が鼻で笑いながら、また身を乗りだしてきた。「わたしやヨンジュが太刀打ちできねえって？ 最有力候補ってどこの誰よ」

「伊賀原。わたしの担任」結衣はつぶやいた。「凶器は核爆弾」

車内が静まりかえった。凜香の顔からは、まだ嘲笑が消えていなかった。ヨンジュのほうは真剣なまなざしに変わっていた。

結衣はヨンジュに目を向けた。「ソン・イングクがハイジャック機を向かわせようとしたのは、北朝鮮の黄州ってとこだった。そこの軍部にコネがあるといってた。検索したら黄州って、弾道ミサイルの発射場があるんでしょ」

ヨンジュが神妙にうなずいた。「濃縮ウランの製造工場がある寧辺と、軍用鉄道で結ばれてる」

「パグェの背後にはやっぱり北朝鮮が……」

「もともと韓国の戸籍を偽装できるシステム自体、北朝鮮人の密入国と諜報活動のために構築された。パグェ結成を後押しした伊勢佐木町の抗日運動団体も、北朝鮮が発足に関わってる」

「ああ。ソン・イングクもそんなようなことをいってた」

凜香がじれったそうな声をあげた。「ちょっと。女子高生どうしの会話にしちゃ、すげえ突飛じゃね？　なんか壮大なのはわかるけど、中三になったばかりの頭じゃ理解しづらい」

結衣は端的に説明した。「田代ファミリーが傘下のパグェを通じ、北朝鮮に働きかけ、濃縮ウランを日本に持ちこませた。わたしの新しい担任が、それと学校備品を材料に原爆を作った」

「マジで？」凜香は真顔になった。「やばいじゃん」

「まあね」

「原爆って、お父さんがいつか作りたいっていってた、あの原爆？」

「そう。巨大なキノコ雲」

凜香が表情をこわばらせた。「ああ、なるほど。結衣姉ちゃんの近くにいたら巻きこまれるかも」

「半径三・五キロ圏内なら確実」

ヨンジュが結衣を見つめてきた。「伊賀原瑋なら知ってる。清墨学園でも化学の教師を務めてた」

結衣はきいた。「会ったことあるの？」

「あるもなにも、おまえが殴りこんできた日、あいつは職員室にいた。火炎ペットボトルの水をガソリンに入れ替え、ロウマッチを交換したのは伊賀原」

「ああ……。そう。どうりでいい仕上がりだった」

「あいつはD5の元メンバーから得た情報をもとに、開発品を再現するのを得意としてた。3Dプリンターで製造する銃から、毒針発射可能な改造注射器まで」

「でもわたしが清墨学園の職員室に入ったとき、あいつの姿はなかった」

「そりゃそう」ヨンジュがいった。「優莉結衣が急場を凌ぐため利用しそうな備品を、徹底して除去する役割だったから。電子レンジや可燃性薬品を根こそぎクルマに積んで、伊賀原はいち早く校舎を去った」

あのときのハードゲームは伊賀原の監修のせいか。たしかに有用なアイテムが消えていたが、完全ではなかった。伊賀原の思考にも隙はある。

ヨンジュがきいてきた。「伊賀原はいまどこにいる？」

「さあ」結衣は天井を仰いだ。「もう遠くに逃げてるかもしれない。でも誰かがわたしを見張ってて、核爆弾をなるべく近くにセットしようとする。難しいことじゃないと思う。三・五キロ以内なら有効なんだし」

「結衣」ヨンジュはうつむきながらささやいた。「このまま逃げ帰って、真夜中に核爆発のニュースをきき、おまえが死んだと悟るのは嫌だ。かといって自分が核爆発に巻きこまれる気もない」

凜香が助手席のシートに手をかけた。「いろんな奴らが結衣姉ちゃんに群がったところで、核爆弾使う奴がいるなら、そいつにはかなわない。伊賀原先生、一撃でテーブル上のチップを総取りじゃん」

ヨンジュがうなずいた。「伊賀原をなんとかしないと、わたしが懸賞金を得るチャンスが失われる」

「わたしも」凜香がいった。

ふたりとも殺意は消えていないらしい。結衣は気にしなかった。十二億七千万円となればそれも当然だろう。ほかに失われるかもしれない大勢の命については考えないのか、そこは気になる。だがとりあえずいまは、伊賀原の意のままにさせない、その思いさえ共有できていれば充分だった。

結衣は助手席のドアに手をかけた。「せめて邪魔しないでよ」

「どこへ行く気？」ヨンジュが咎めるような声でたずねてきた。

「伊賀原は男子生徒に濡れ衣を着せた。いま行方不明。核爆弾だけじゃなく、米谷君も捜さないと」

「当てはあるの？」

「まだこれから。なんとかする」

「ならまってよ」ヨンジュが凜香を振りかえった。「コモンノウレッジにメッセージを上げたらどう？」

結衣はきいた。「コモンノウレッジって？」

ヨンジュが応じた。「田代傘下の半グレが情報を共有するＳＮＳ」

「ああ。さっき凜香がいってたやつ」

「中東のＩＳにも専用ＳＮＳがある。自爆テロの実行犯のために交通情報を提供してたりする。めずらしくはない」

凜香がスマホをとりだした。「どんなメッセージを上げる気？」

「知れてる」ヨンジュは凜香を見つめた。「優莉結衣を殺しに来てる奴らを呼び集めて、原爆のことを知らせる。このままだと全員がお陀仏。だからみんなでなんとかしようって」

「マジ？」凜香が眉をひそめた。「みんなおとなしく来ると思う？」

「SNSのメッセージでは、優莉結衣がいるとだけ伝えればいい。ひとり残らず飛んでくる」

「ならその場に血の雨が降るじゃん」

「宇都宮市内、わりと人目がある場所を選んで。一般人の目撃者が複数いる環境なら、午前零時より前には、誰も結衣に手をだせない」

「この時間に大勢集まれる賑やかな場所かよ。食べログで探す？」

「どこでもいい」ヨンジュが前に向き直った。「条件に合致しさえすれば」

結衣はなにもいわなかった。自分を殺しに来た人間が一堂に会することになったらしい。非常識なことばかりが起きる。宇都宮市全体が壊滅寸前だというのに、笑うに笑えない。これが異常な人生を歩む宿命かもしれない。

8

午後十時をまわった。結衣は異様な状況のなかに身を置いていた。

JR宇都宮駅西口、餃子店が密集するエリア内にこの店はある。雑居ビル一階の店舗は、三方に壁がなく、数本の柱だけで支えられている。テラス席も同然に開放され、歩道と空気を共有する。合計百人以上が座れるテーブル群がフロアを埋め尽くす。貸し切りのいまはすべて空席だった。

店内に唯一存在する壁を背に、結衣は長テーブルの真んなかにおさまっていた。左には凜香、右にはヨンジュ。呆れたことに三人は、まるで宴会の主催者のごとく横並びに列席している。ここが披露宴会場なら、新郎新婦や仲人が座る場所だろう。

ヨンジュが吐き捨てた。「こんなとこしかなかったのかよ」

凜香は不満そうに応じた。「文句いうなら自分で探せ」

ほどなく最初のグループが訪れた。下っ端の半グレを絵に描いたような、典型的といえるワルぶった男たちばかりが十人前後。結衣に目をとめたとたん、愕然とした反応とともに、全員が殺気を漂わせる。懐に手を突っこみ、猛然と迫ってこようとする。

ヨンジュが座ったままカラオケ用マイクを片手にいった。「よせ。おまえら馬鹿なのか。午前零時まであと二時間ある」

男たちは表情を凍りつかせ、その場でひとかたまりに立ちどまった。

凜香ももう一本のマイクを握り、気怠そうに指示した。「どこでもいいから座りなよ。まずドリンクを注文しな。ここのお薦めは羽根つき餃子」

男たちはなおも凄んでいたが、戸惑いのいろも垣間見える。仕方なさそうに近くのテーブルについた。みな結衣を睨みつけてくる。結衣はやれやれと思った。こんな間抜けな状況はさすがに経験したことがない。

ほかにも続々と半グレの小集団が現れた。誰もが訝しげに入店してきては、結衣に目をとめ襲いかかろうとし、ヨンジュの一喝で静止する。十二億七千万円を棒に振るわけにはいかず、みな不満げな顔でテーブルを囲む。凜香はそのたび小馬鹿にしたような笑い声を発し、店内に充満する憎悪の感情をさらに増幅させる。

席が半分ほど埋まったころ、より強靭そうな三十人ほどが現れた。全身黒のスーツに身を固め、上半身はインナーを着用せず、日焼けした厚い胸板をのぞかせる。ほかの半グレどもと比較し、ずっと身体を鍛え抜いているとわかる。青い八角形のバッジを身につけていた。パグェの十代、抗争専門のスプキョク隊だった。

スプキョク隊は結衣を目にとめるや、即座に光り物を抜いた。多種多様な形状の刃物を握りしめ、いっせいに雄叫びをあげながら突進してくる。

だがすでに着座している日本人勢が、新参者たちの傍若無人ぶりを静観するはずがない。立ちあがるやスプキョク隊の進路を阻んだ。ひとりが大声で怒鳴った。「おめえらに懸賞金をパアにされてたまるか！」

睨み合いはわずか数秒、たちまち全面衝突に発展しそうになった。割烹着姿の女性従業員が、泡を食ってその場から逃げだした。

ヨンジュがうんざりした顔でマイクを握り、韓国語でなにか怒鳴った。次いで日本語でも声を張った。「双方退け！　店の人に迷惑かけんな！　周りをよく見ろ。歩道をどれだけ多くの通行人が行き交ってる。通報されたらおまえら全員、懸賞金の獲得レースからドロップアウトになる。なんのために宇都宮まで来たってんだ！」

スプキョク隊の先頭、剃りこみの入ったオールバックが、怒らせた目をヨンジュに向けた。短剣を振りかざしたまま宙に留めている。日本人半グレのスキンヘッドに斬りかかる寸前だった。

双方の陣営が牽制しながら引き下がる。だがオールバックはふたたびスキンヘッドとの間合いを詰め、短剣で斬りかかろうとした。それが合図になったように、スプキョク隊はまた交戦の構えをとった。

ヨンジュがこぶしを長テーブルに叩きつけた。「ジニ！　いうことをきけ」

ジニと呼ばれたオールバックが静止した。十代ばかりのスプキョク隊のなかでも年長者に見える。敵愾心に満ちたまなざしをスキンヘッドに向けたものの、ためらいがちに短剣をスーツの下に戻した。スプキョク隊の全員がそれに倣った。

凜香がマイクで軽口を叩いた。「あいにく韓国焼肉は置いてない。餃子とチャーハンを注文しな、パグェの阿呆ども」

スプキョク隊が憤怒をあらわにし、凜香のもとに殺到しようとする。ヨンジュがまた韓国語で制した。殺気立った十代の群れは、やはり韓国語で悪態らしきものを吐き捨てながら、近場のテーブルへと遠ざかっていった。

女性従業員が震える手で、結衣の目の前に餃子の皿を置いた。

「ありがとう」結衣はささやいた。醬油とラー油を小皿に注いだ。

なおも半グレの小集団の入店がつづく。お定まりの儀式のように、結衣に牙を剝こうとして、すでにテーブルにいた別の集団といざこざになる。そのたびヨンジュがマイクで怒鳴り、不穏な空気のまま全員が着席する。その繰りかえしだった。

脇腹を負傷したようすの男もいた。相方は頰に痣をつくっている。ふたりともばつの悪そうな顔で結衣を一瞥した。伊賀原のマンションで襲いかかってきた奴らだった。ほかにワンボックスカーで結衣を拉致し損ねた連中もいる。

ヨンジュはマイクを口から離すと、小声で凜香にきいた。「店の従業員、通報したりしないか」

凜香は餃子を頰張っていた。「貸し切りで百万円握らせた。口止め料込みってことは理解してると思う」

「そんなに金持ってたのか？」

「安月給のパグェとはちがう。優莉匡太の子供は特別待遇」

「原宿で失敗して権晟会に売られたくせに」

「なんだとコラ」

結衣は正面を眺めたままささやいた。「凛香」

凛香が不服そうに絡んできた。「なんでわたしだけだよ。ヨンジュにも注意しろよ」

ヨンジュは顔をそむけ、レモンサワーをすすっている。結衣はうんざりして黙りこんだ。すれているようで十代はこんなものだった。

そのときふたりの男が入店し、悠然と長テーブルに近づいてきた。いずれも四十代半ばで、ひとりは黒の革ジャン、もうひとりは紺のジャケットを羽織っている。革ジャンは角張った下顎に無精髭。紺のジャケットは長髪に小顔の痩身。どちらもロックバンドでもやりながら、いつの間にか歳を重ねてしまった、そんな見てくれをしている。

だが緩慢なフリをした動作のなかに、秘められた油断のなさがのぞく。脇腹にあてた右手が、上着に隠れたホルスターの存在をしめす。いつでも銃を抜けるようにしている。世慣れた態度は、かつて優莉匡太の半グレ同盟にいた大人たちを連想させた。

革ジャンが口をきいた。「ヨンジュ、ひさしぶりだな。オフ会のエントリーはここでいいのか」

「ここが受付ってわけじゃない」ヨンジュはぶっきらぼうに応じた。「好きな席に座ればいい」

すると革ジャンは結衣を見つめた。次いで凜香に目を移した。「権晟会東京支部に残した猫の付箋、可愛かったな」

凜香が醒めたまなざしで見かえした。「誰だっけ」

ヨンジュが凜香にいった。「弥藤貴典さん。紅豹隊の幹部」

「あー」凜香が紺のジャケットに目を移した。「そうするとあんたが磨嶋悠成？　田代ファミリーから離れようとしたけど、見せしめに恋人と子供が殺されたっていう」

磨嶋が表情を硬くした。弥藤も前かがみになり、脅すような顔を凜香に近づけた。ため息をついたヨンジュが弥藤を見上げた。「大人でしょ。中三の子の発言に目くじら立てないでよ」

弥藤は凜香から目を離さなかった。「妹のほうは懸賞金がかかってねえが、午前零時をまつ必要もねえよな」

ヨンジュは平然とこぼした。「零時前に警察沙汰(ざた)になったら、誰も結衣に手だしできなくなる。店内の全員があんたたちを恨む」

磨嶋が弥藤の肩に手を置き、落ち着くよううながした。その目が結衣を見下ろす。

磨嶋が無表情にいった。「優莉結衣か。ようやく会えた」

「わたしはあなたを知らない」

「優莉匡太の首都連合にはさんざん煮え湯を飲まされた。十二億七千万円が手に入りゃ、それなりの償いにはなる」

凜香が茶化した。「せいぜい頑張りなよ、おじさんたち。若いスプキョク隊には、並大抵のことじゃ勝てねえけど」

弥藤と磨嶋は凜香を一瞥したが、なにもいわず長テーブルの前から離れていった。

店外にクルマのブレーキ音が響き渡った。黒塗りの車列が歩道に寄せ停まった。ぞろぞろと入店してきたのは、東南アジア系の青年たちだった。顔つきは全滅したチュオニアンの傭兵(ようへい)部隊を連想させる。だが服装はいたってカジュアルで、結衣に目をとめても襲いかかってこようとはしない。

スプキョク隊がいっせいに立ちあがった。敵対組織とみなし警戒心をあらわにしている。

高齢のスーツが三人、集団に守られながら店に足を踏みいれた。いずれも白髪頭で痩せていて、やはり東南アジア系だった。うち最も温厚そうなひとりが、結衣の前まできて頭をさげた。

「ディエン・チ・ナムといいます」七十すぎとおぼしき男性がそういった。「お目にかかれて光栄です」

「ああ」ヨンジュが腰を浮かせた。「ディエン・ファミリーの」

「はい」ナムがうなずいた。「微力ながら小さな団体をまとめております」

結衣はグエン・ヴァン・ハンこと勇太の言葉を思いだした。ベトナムマフィアとは、弱小団体のディエン・ファミリーのことだ、田代家を一緒にするな。勇太はそんなふうに息巻いた。

ヨンジュが身をかがめ、結衣に耳打ちしてきた。「むかしから在日ベトナム人の闇社会をとりまとめてた。田代ファミリーの台頭までは」

ナムが微笑を向けてきたものの、結衣は立ちあがる気になれなかった。どうせ同じ穴の狢だ。懸賞金ほしさにトップまで出張ってくるとは、必死さと貪欲さがうかがえる。

凜香がからかうようにいった。「田代傘下の半グレがうようよいるのに、落ちぶれた先代ベトナムマフィアがいまさら参戦すんの？　周りに太刀打ちできる？」

ナムは気にしたようすもなく、ただ目を細めるばかりだった。「どうにか老舗の意地をみせるつもりですよ。ではよろしく」

三人の高齢者がそろっておじぎをした。取り巻きとともに空きテーブルへと向かう。妙な余裕を漂わせる老人だった。過去に直接、結衣とぶつかった経緯がないせいかもしれない。だが田代一派の専用ＳＮＳの呼びかけに反応したからには、事実上その傘下にあるのだろう。

気づけば席はほとんど埋まっていた。なおもぞろぞろと半グレがやってきては、結衣に過敏な反応をしめし、ヨンジュにたしなめられテーブルにつく。お定まりの状況の反復に、入店済みの連中から笑いが起きる始末だった。

そんななか顔馴染みも現れた。凜香がいち早く反応し、ひきつった笑い声を響かせる。

ネルシャツ姿の巨漢が近づいてきた。篤志が鼻孔を膨らませながら見下ろした。「結衣。なんの真似だよこりゃ」

テーブルの半グレから声が飛んだ。「おい篤志、とっとと席につけ！　まだ零時前だ、優莉結衣に指一本触れてみろ。ただじゃおかねえ！」

「うるせえ！　血縁でもねえ赤の他人はひっこんでろ」篤志はテーブルに怒鳴ってから、また結衣に向き直った。「自分がなにをしてるかわかってんのか？　零時になったとたん、ここは修羅場になるじゃねえか」

結衣は首を横に振ってみせた。「あいにく十時半ラストオーダー、十一時閉店。いいから座れば？」

篤志は長テーブルの両端に目を向けた。ここに自分の席がないのが不満らしい。しかし凜香に冷やかされるのを嫌ったらしく、さっさと客用テーブルのなかに空席を見つけ、そこに立ち去っていった。

外でまたクルマのドアが閉じる音がきこえた。ナムら三人の高齢者が立ちあがり、かしこまった態度をしめす。ベトナムマフィアの青年たちがただちに同調した。

現れたのはひとりの婦人だった。ジャカード織りの丸襟ジャケットにロングスカート、低めのヒールのパンプス。ベトナム時代の習慣を捨てきれないのか、メイクはかなり薄めにしている。帰化後の日本名は田代美代子（みよこ）。

美代子が長テーブルの前に来た。今度は結衣も立ちあがった。ヨンジュも腰を浮かせた。凜香だけは椅子の背に身をあずけたままだった。

「優莉結衣さん」美代子が生気のない目で見つめてきた。「長男を殺したのね」

凛香が嚙みついた。「文句あんの？」

結衣は無言のまま美代子を見かえした。夫の仕切る半グレたちがひしめきあう場では、虚勢を張る必要があるのだろう。だが結衣は以前に美代子と接触していた。目黒区大橋、住宅街の一角にある公園で、結衣は美代子と会った。ふたりきりで話すうち、智沙子が田代ファミリーに囚われている事実を告げられた。

どうやら主人を赦す気にはなれないようですね、美代子はそんなささやきも漏らした。夫の犯罪がエスカレートし、美代子はついていけなくなったという。傭兵になった長男にしろ、夫が後を継がせたがっている次男の勇次にしろ、もう死んだようなものだとあきらめている。美代子はあのとき結衣にそう告白した。あれが本心なら、長男の死はショックであっても、恨みを募らせたりはしないだろう。

だが母親は自分の産んだ子供について、そうきっぱりと割りきれるものなのか。

美代子は踵をかえした。ナムらが椅子をすすめている。美代子はそのテーブルに加わった。ディエン・ファミリーの態度を見るかぎり、美代子を女王のように迎えている。ほかの半グレたちも、ほとんどが居住まいを正していた。この場が田代ファミリーの総会も同然だと再認識させられる。

誰もが結衣を注視していた。結衣は気にせず、ふたたび椅子に座った。ヨンジュも着席した。

遠めのテーブルに埋もれた篤志が、さも不服そうな声を響かせた。「会計は割り勘か？　韓国人にはそんな習慣ねえだろ」

ヨンジュがマイク片手に厳かにいった。「気づかない？　みんな優莉結衣を殺しに来たはずなのに、精鋭がひとりもいない。パグェのヒョンシクやユノは？　田代勇次の側近たちや、グレインの樫詰（かしづめ）や城垣（じょうがき）は？　ファミリーの有力者となると皆無。もちろん田代槇人と勇次も」

篤志が鼻を鳴らした。「夫人が来てるだろうが」

結衣はヨンジュからマイクを引き渡された。馬鹿げた集会、そう思いながら結衣はたずねた。「伊賀原璋を知ってる人」

全員が無反応だった。手を挙げる者はいない。憎悪の対象である結衣と馴（な）れ合えるか。誰の顔にもそう書いてあった。

だが凜香がマイクを通じ警告した。「結衣姉ちゃんが機嫌を損ねたら、この場から立ち去るかも。あんたたちは追えない。ここは宇都宮駅周辺。客引き対策の私服があちこちにいるし、不審な振る舞いをすりゃ、職質を受け逮捕される。零時前に」

一様に苛立たしげな表情が浮かぶ。ようやくまばらに手が挙がった。徐々にその数が増えていき、半数近くに達した。

結衣はため息をつき、ふたたびマイクに口を近づけた。「伊賀原を知ってるなら納得できるでしょ。あいつはパグェの協力を得て、北朝鮮製の濃縮ウランを入手した。手製の原爆でこのゲームに参加してる。午前零時、わたしを確実に巻きこめる距離内で、核爆発が起きる」

ざわっとした反応がひろがった。みな穏やかならぬ表情になり、互いに視線を交錯させる。

ヨンジュが結衣のマイクを受けとった。「顔ぶれを見りゃわかる。優莉結衣の懸賞金について、コモンノウレッジにメッセージが届いたのは、田代ファミリーの落ちこぼれか、謀反を見抜かれて邪魔になった奴らばかり。わたしたち全員、優莉結衣に群がった結果、午前零時に核爆発で地獄行き」

「なんだと!」ひとりが大声を発した。

それが合図になったかのように、店内をにわかに喧噪が包んだ。誰もが興奮ぎみに怒鳴りあっている。あまりに騒々しいせいで、それぞれがなにを喋っているかさだかではない。

半グレのひとりが顔を真っ赤にして叫んだ。「馬鹿いえってんだ！　槇人さんがなんで俺たちを殺そうとする⁉」

　別の声があがった。「田代ファミリーの経営が悪化、合法も非合法も、事業はぜんぶ火の車だ。傭兵部隊も全滅しちまったうえ、銃器密輸もバレて虫の息。人員削減が急務だろうぜ」

「だからって信じられるか！　原爆だなんてよ」

　ブーイングに似た声がいっせいに浴びせられた。弥藤が声を張りあげた。「伊賀原をろくに知らねえ若造はひっこんでろ。濃縮ウランってことはガンバレル型の核爆弾だ。奴なら余裕でこしらえちまう」

　スプキョク隊のジニが立ちあがった。「おいおっさん、てめえこそ黙れ。いま優莉結衣に手をだせねえのは、ただ零時前だからだ。時間になったらこんなゴミ女……」

　マイクのハウリングが響き渡った。凛香の声がジニを遮った。「そこのＫポップもどき。暴言吐くんじゃねえよ」

「そう」ヨンジュもマイクを通じ同意をしめした。「誹謗中傷が問題になってる世のなかでしょ。荒い言葉遣いだけでも警察が飛んでくる。拘束されてるうちに零時を迎えてもいいの？　わかったら全員、ふつうの言葉で喋りなよ」

また沈黙が降りてきた。誰もが苛立ちをしめしながらも、ただ気まずそうな顔を見合わせている。

ジニが憤然と椅子に腰かけた。「原爆だなんて、やっぱ鵜呑みにできねえ。槇人さんか勇次さんに問いあわせりゃわかることだ」

美代子が立ちあがった。その顔に蔭がさした。「真実かもしれません。わたしの反感を主人は悟りつつあるようです。ディエン・ファミリーのみなさんに対しても、主人は敵視する傾向がありました」

また店内がざわめきだした。今度は誰もが落ち着かなげな態度をしめしている。ナムも腰を浮かせた。「優莉さん。伊賀原が原爆を作ったという根拠は?」

結衣は応じた。「ブツは見てない。でもあいつの部屋に製造の痕跡があった」

半グレのひとり、中年の髭面が声をあげた。「まて。うちのグループはな、きょうにすべてを賭けてる。だから武器のほか、なんでも手当たりしだいにオモチャを持ってきた。おい村山、たしかガイガーカウンターもあったよな」

「ああ」村山と呼ばれた眼鏡の男が、足もとに置いたスポーツバッグをまさぐった。なかからハンディタイプのガイガーカウンターをとりだすと、長テーブルのほうに歩み寄ってきた。

ガイガーカウンターが結衣に突きつけられる。村山がスイッチをいれた。電子音がけたたましく鳴り響いた。

半グレのなかから声が飛んだ。「どうなんだ?」

村山の頰筋はひきつっていた。「ハッタリじゃねえ。濃縮ウランの置いてあった場所を訪ねてりゃ、これぐらいの数値にはなる」

またもや騒然とした反応がひろがる。今度はパニックに近かった。立ちあがり逃げだそうとする者もいる。だが周りが引き留めると、躊躇(ちゅうちょ)をしめしながら席に戻った。結局、店を去る者はいなかった。やはり十二億七千万円となると、そう簡単に放棄できないようだ。

スプキョク隊のひとりがわめいた。「ペテンかもしれねえ! 知ってるか。そこにいる凜香は、市村凜の娘だぜ」

凜香は椅子にふんぞりかえりながら、マイク片手に吐き捨てた。「てめえみたいなザコに、サラブレッドのなにがわかるかよ。名もねえ下っ端がしゃしゃんな」

場が紛糾しそうになったそのとき、冷静な声が響いた。「伊賀原ならありうる」

ふいに静寂がひろがった。発言したのは磨嶋だった。腕組みをしながらつぶやいた。「伊賀原はきょうから泉が丘高校の教師になってる。甲子園球場に不時着したCH-

47は濃縮ウランを積んでたが、報道によれば発見されてない」

内情に詳しい男らしい。磨嶋の発言をきき、誰もが真顔になった。ガイガーカウンターを手に村山が席に駆け戻る。美代子も深刻な面持ちで着席した。

ナムはまだ立ったままだった。「優莉さん。あえて危険を冒し、私たちを集めたからには、なにかおっしゃりたいことがあると思いますが」

ヨンジュがまたマイクを手渡してくる。結衣はため息とともに受けとった。自分を殺したくてうずうずしている連中相手に、ひとり演説をぶつ。徹底的に馬鹿げている。

結衣はマイクにささやいた。「このままだと全員吹っ飛ぶ。だからひとまず協力して核爆発を阻止する」

信じられないという響きの声があがった。「協力だと?」

「核爆弾を発見できれば可能性はある」結衣はいった。「伊賀原も零時前には爆発させたくないはず。それまでに見つける。米谷君も」

「なに? 誰だって?」

「米谷智幸君。泉が丘高校、伊賀原が担任を務める三年三組の生徒。原爆の材料になった備品を盗んだ濡れ衣を着せられた。いまは行方不明」

「おい。まさかそいつも、みんなで手分けして捜せってのか?」

「そう」

とたんに罵詈雑言が浴びせられた。別のひとりが声高に吐き捨てた。「戯言もたいがいにしやがれ！　原爆はともかく、どうでもいいクソガキのことなんか……」

結衣は力ずくでテーブルを殴った。半グレたちがびくっとした。また静寂が戻った。

視線をあげず、結衣はマイクにつぶやいた。「米谷君はおとなしくて真面目な子だった。わたしたち半グレとはちがう。小遣いほしさに伊賀原に従ったけど、ことの重大さを理解できていなかった。不幸にも巻きこまれただけでしかない。なのに一生、犯罪者としての汚名を背負う。そんなふうにしちゃいけない」

篤志が顔をしかめた。「おい結衣。人捜しなんか警察にやらせとけ」

賛同の声があがろうとも、結衣は動じなかった。「反対意見を持つような馬鹿には、いまここで相手になってやる」

スプキョク隊のジニが、跳ね起きるも同然に立ちあがった。「望むとこだ！　この場で始末をつけてやる」

ほかのスプキョク隊がジニを押し止めた。「まてよ、ジニ。十二億七千万円をドブに捨てる気か」

「放せ！　カン最高顧問の敵討ちだ。パグェの天敵を目の前にして、これ以上じっとしてられっか」

ジニが制止の手を振りほどこうとする。周りの半グレがこぞって鎮圧に乗りだした。日本人代表のスキンヘッドが怒鳴った。「スプキョク隊に勝手させんな！　懸賞金が失われてたまるかよ！」

ヨンジュが結衣のマイクを奪った。「静かに」

落ち着き払った声は、怒鳴り声の何倍もの効力を発揮した。全員が凍りついたように踏みとどまった。

「よくきいて」ヨンジュがいった。「これから零時までのあいだに、核爆弾と米谷を捜す。伊賀原はどうせもう遠くに避難してるだろうから、捜すだけ無駄」

スキンヘッドが眉間に皺を寄せた。「俺たちになんのメリットがある」

凛香がマイクを通じ、また声を響かせた。「バカなの？　あんたたちがこのまま逃げりゃ、結衣姉は原爆で吹っ飛ぶ。あんたたちが留まって結衣姉を殺しにかかれば、零時になったとたん、やっぱ一緒に原爆で吹っ飛ぶ。伊賀原を阻止しなきゃ懸賞金獲得のチャンスは得られねえってんだよ」

「米谷ってガキを捜すのにはなんの意味がある？」

「男子生徒が行方不明になったままだと、所轄の刑事たちが夜通し、この界隈をうろつくじゃん。警察の監視が手薄になったほうが、結衣姉の命を狙いやすくなるんじゃね？」

「メリットはそれだけかよ」

「不満なら褒美を追加してやる。米谷って男子生徒を見つけだしたグループには、午後十一時四十五分から、結衣姉がひとりきりで会う。零時を迎えたら、結衣姉を相手にせいぜい頑張んなよ」

一同はしんと静まりかえった。誰もが結衣を凝視してくる。

半グレのひとり、頬に入れ墨のある鼻ピアスが声を張りあげた。「そんな約束、当てになるか。優莉結衣なんか零時前に捕まえちまえば……」

ほかのグループに属するサングラスの男が遮った。「おまえらを俺たちがほっとくと思うか」

別のテーブルからも声が飛んだ。「誰も零時前には手がだせねえ！　優莉結衣が零時のタイマン勝負について、条件を突きつけてきたんだ、受けるよりほかねえだろ」

また沈黙が訪れた。ヨンジュがマイクを結衣に引き渡してきた。

結衣は低い声を店内に響かせた。「そういうこと。午前零時、わたしと一緒にいたいのなら、務めを果たして」

ナムが途方に暮れた顔になった。「核爆弾なり男子生徒なりを発見したとして、どう連絡をとればよいのですか。コモンノウレッジにメッセージを載せたら、田代槙人さんにも伝わってしまうでしょう」

凜香がマイクで告げた。「わたしのスマホに連絡してよ。なんの成果もなくても、零時までに電話かSMSをくれれば、こっちからなにか情報をくれてやるかも」

半グレのひとりが苦言を呈した。「なんだよ、かもってのは」

「あのさ」凜香が語気を強めた。「女子中高生はあらゆる男からのメッセージに、返事するしないの選択の自由があんの。男のほうはまつだけ。気にくわねえなら番号をメモらずにおきゃいい。090-5825-22……」

店内のほぼ全員がいっせいにスマホをいじった。頑なに腕組みをしている男も、同じテーブルの仲間が番号を控えるのを、ひそかに横目で確認している。すべてのグループに連絡先が伝わったのはまちがいない。

ふいにサイレンがけたたましく鳴り響いた。距離は極端に近かった。店外の暗がりに、赤色灯がいくつも閃いている。接近してから点灯したらしい。複数の覆面パトカーから私服が続々と降車する。

店の従業員は口止め料を受けとっているが、通行人はそのかぎりでない。誰かが警察に通報したようだ。これだけ物騒な会話がつづけば当然だろう。しかもそれ以前に結衣が失踪、児童養護施設で殺人事件、伊賀原のマンションで爆発。所轄が厳戒態勢でないほうがおかしい。

私服の刑事たちが群れをなし、勢いよく店内になだれこんでくる。だが半グレたちは猛然と立ち向かいだした。

スキンヘッドが怒鳴った。「食いとめろ！　ここでパクられてる場合じゃねえ！」

どのグループからも最下層とおぼしき連中が繰りだした。こういう場合、盾となるのは下っ端と相場がきまっている。それでもみな出所後の地位向上を信じ、刑事らに飛びかかるや、激しく抗戦を開始した。ほかの半グレたちは別方向から脱出を図る。ディエン・ファミリーも美代子を囲みながら、いち早く歩道に消えていった。

結衣は凜香とともに席を立ち、ヨンジュの先導で店をあとにした。

歩道を足ばやに突き進みながら、凜香が興奮ぎみにささやいてきた。「いまのってさ、お父さんがよくやってた集会に近いよね。なんか気分よかった」

結衣は無言で歩きつづけた。また一歩、父に近づいてしまったのか。核の抑止力、一時休戦、駆け引きと同盟。本物の戦争のようになってきた。

9

餃子の店が集中する駅西口界隈を離れた。田川沿いの暗がりを歩くうち、結衣は凜香のスマホが鳴るのをきいた。ディエン・ファミリーのナムから、さっそく連絡が入った。

東武宇都宮駅近くにトイコエというベトナム料理店がある。出店に際しディエン・ファミリーが金を貸したらしく、二階に匿ってくれるとのことだった。ナムらは美代子をそこに招く。結衣たちも来ないかという誘いだった。

凜香は不満げだった。「結衣姉ちゃん、田代美代子なんか信用するのかよ」

心を許したわけではない。しかし槇人が彼女を宇都宮に差し向け、核爆発に巻きこませようとしたからには、夫婦仲がうまくいっているとも考えにくい。

美代子はあの公園で、結衣とふたりきりの対話に応じた。武蔵小杉高校があんな惨劇の場になるとは思っていなかった、美代子は涙ながらにそう主張した。矢幡総理の権威を失墜させ、柚木新総理を誕生させること、それだけが目的と夫からきいていた。

東京オリンピックに積極的な柚木政権下で、空気感染する新種のウイルスを撒き散らし、株価に大変動を与える。そんな計画の第二段階について、美代子は事前に関知していなかったようだ。

夫は暴走した、歯止めをかけてほしい。美代子は公園で声を震わせた。傭兵になった長男ハンがどうなろうとやむをえない、場合によっては主人も、勇次も。美代子はそういった。

ヨンジュはひとまずナムの誘いに乗るべきだと助言してきた。結衣も同感だった。不穏な半グレどもと、所轄の私服たちが、夜の宇都宮を跋扈する。このままではリスクが大きい。

東武宇都宮駅までは距離があったものの、なるべく暗い道を選び徒歩で向かった。パルコ裏、屋台横丁の北側を入るのではなく、オリオン通りから迂回した。人目につきたくない。

アーケード商店街はひっそりとしている。閉じたシャッターばかりが連なっていた。尾行の靴音に気づいた。凜香とヨンジュに歩調を合わせたまま、結衣は振り向きもせずにいった。「篤志兄ちゃん。距離近すぎ」

凜香がけらけらと笑った。「しかもデブすぎ」

篤志の声がオリオン通りに反響した。「ぶっ殺すぞ」

「あ？」凜香が立ちどまって振りかえった。「やれるもんならやってみろ、豚篤志。ここに来るまでに息切れして心臓発作で死ね」

怒号とともに靴音が猛然と駆けてくる。凜香は甲高い笑い声を発し、はしゃぎながら逃走した。篤志が巨体を揺すりながら追いまわす。

ヨンジュが無表情にささやいた。「おまえら兄弟姉妹はみんなこうか」

「馬鹿でしょ」結衣は応じた。

「いや」ヨンジュはぼそりといった。「うらやましく思える」

結衣は黙って歩きつづけた。凜香がこの状況を愉しんでいるのはあきらかだった。会うのを禁じられた兄弟姉妹のうち三人が集った。それが嬉しくてたまらないようだ。あと一時間少々で閃光とともに人生が終わろうと、いっこうにかまわないと思っているのだろう。わからないでもない。結衣も本当の自分をさらけだせている気がする。

二荒山神社に通じるバンバ通りを過ぎ、屋台横丁を南側から入る。さらに路地へと折れ、古びた住宅街のなかを歩く。戸建ての一階部分が、怪しげな電飾の覆うベトナム料理店になっていた。

店舗わきの上り階段に、店の主人らしき痩せた男が立っている。やはりベトナム人のようだ。二階からナムが下りてきた。ナムは店主にベトナム語でなにか指示した。

店主が結衣たちに手招きする。

階段を上っていくと、赤ん坊を抱いた女にでくわした。ドーボーというパジャマに似た服を着ている。だがメイクは韓国の流行を模倣しているため、あまりベトナム人らしくない。それでもシンチャオ（こんばんは）と告げた発音で、生まれも育ちもベトナムだとわかる。

二階の狭い廊下には、ほかにも幼児が五、六人ほど戯れていた。凜香はすでに小さな男の子と打ち解けている。互いに頬をつねりふざけあっていた。

雑多な物で足の踏み場もない廊下を、なんとか乗り越えていき、ドアを入った。土足で入室可だった。

香（コウ）のにおいが充満している。八畳ほどの部屋はフローリングで、家具や電化製品が所狭しと並んでいた。いろや形状がばらばらのソファが三つ、コの字に組み合わされている。ここが大所帯にとっての住処（すみか）なのだろう。結衣は床のラジコンカーにつまずきそうになった。

サッシ戸の向こうはバルコニーだった。ヨンジュが戸を横滑りに開け、外にでていった。

ナムが白髪頭のスーツふたりとともに立った。「優莉結衣さん。弟のフエを紹介します。それと従兄のホアン・バー・トー」

いずれもさっき餃子店にいた。弟のフエと呼ばれた男は、たしかにナムに似ているが、もう少しふっくらしている。年齢差は三歳前後か。トーは兄弟と共通する雰囲気を持つものの、無愛想な面持ちのまま、ただ鋭い眼光を向けてくる。

結衣はきいた。「ディエン・ファミリーのボスと側近ふたり？」

「いえ」ナムが苦笑した。「そこまで組織だったものでもないんですよ。この規模の店に金を貸しているていどですから。グエン家とはちがいます」

「グエン家？　ああ、田代家」

「美代子様はじきにおいでになります。ご自身のボディガードを連れておられるので、別行動をとりたいとおっしゃって」

「ふうん」結衣はラジコンカーを一台つかみあげた。「これ、もらっていいかどうか、廊下にいる男の子にきいてくれませんか？」

「私が買いましょう。異論はないはずです」

「なら」結衣は三十二インチのテレビを指さした。「これも買ってほしいんですけど」

「ええ。かまいませんよ。でもどうするんですか」

篤志が歩み寄ってきた。「高電圧コンバーターをとりだすんだろ。やってやる」

結衣は鼻を鳴らした。「めずらしい」

「勘ちがいすんな。零時になるまでおまえに死んでほしくないだけだ」篤志は近くの引き出しを開け閉めし、工具箱を引っぱりだした。「日が変わった瞬間、俺がおまえを始末してやる。ほかの誰にも殺させねえ」

凜香が男の子とじゃれあいながら部屋に入ってきた。男の子が結衣の手もとに目を向ける。とたんに笑顔がこわばりだした。

ラジコンカーがどうなるか気になるらしい。結衣は凜香にいった。「その子、廊下にだしてくれる?」

ナムの弟フエが、愛想よさげなベトナム語で話しかけ、男の子の手を引いた。もっといいラジコンカーを買ってあげるからね、そんな口調に思える。フエは男の子とともに廊下に消えていった。凜香は室内に留まった。

結衣はラジコンカーを壁に叩きつけた。壊れたボディを引きちぎり、内部から電池を二本とりだした。サイズは単三とさほど変わらないが、18650型リチウムイオン電池だった。

篤志は両手にゴム手袋を嵌め、ドライバー片手にテレビの背面を開けていた。チョコレートバー大の黒い物体を投げてきた。「ほらよ」

高電圧コンバーターを受けとる。篤志が蹴って寄越した工具箱に、ハンダごてがおさまっていた。電池ボックスやリード線はラジコンカーから確保できる。結衣はそれらをテーブルに並べ、ソファにおさまった。

フエが部屋に戻った。ナムとともに歩み寄ってきて見下ろす。ナムはきいた。「なにをするんです？」

凜香が壁にもたれながらいった。「スタンガンでしょ。市販のよりずっと強力」

「ほう。凜香さんのお姉さんは器用ですね」

「ときどきどうやったかわからないこともある。結衣姉ちゃん。甲子園球場からクラブハウスへの連絡口、当然ロックされてたろ。どんな手を使って侵入した？」

結衣は作業をつづけた。「五桁の暗証番号だった。テンキーの0と4と5がすり減ってて、6はもっと摩耗してた。たぶん6は二回使うと思った。前年に一年生の男子が入れたってのもヒントになった。語呂合わせだったんじゃないかって」

「マジで？　六甲おろしで65064？　単純すぎ。わたしもスマホのパスコードは、語呂合わせにしてるけどさ」

篤志がナムを見つめた。「そういや銃はねえのかよ」

トーが仏頂面で応じた。「ここはうちから金を借りてた顧客の店だ。本来ナスでもなきゃ、ましてキュウリでもない」

「近くにキュウリはねえのか」

「宇都宮だぞ。無人武器庫なんか置くか」

凜香がさして興味もなさそうにいった。「へえ。ディエン・ファミリーもナスとかキュウリとか、半グレ用語を使うんだね。ちっぽけな団体のくせに」

ナムの表情は依然として穏やかだった。「ちっぽけな団体とは手厳しい。凜香さん。むかしはこれでも国内ベトナム闇社会の覇者だったんですよ」

「若いころの話をしたがるじいさんって、きいてるほうが調子合わせてることに気づかないからめんどくさい」

篤志が凜香を睨(にら)みつけた。「おまえには人に対する尊敬って念がねえのか」

「おめえにはダイエットって念がねえのか」

ふたりがつかみあいの喧嘩(けんか)を始めた。白髪頭のベトナム人三人が制止にかかる。結衣は無視し、ひとりスタンガンづくりを進めた。周りに迷惑をかけるのは優莉家の特徴といえる。いまはそこに加わるつもりはない。

こんなふうに手製の武器で急場をしのいでばかりいる。武蔵小杉高校の校舎内を思いだす。ひとりでも多く殺そうと心にきめたのは、あのときが初めてだった。

バルコニーからヨンジュが戻ってきた。ソファに腰かけると、ヨンジュがささやいた。「人殺しの道具を作るのは難しい。ふつうなら手が震える」

「小さかったころ、父にパイプ爆弾を作らされた。そのころはそうだった。でももう慣れた。手が震える代わりに、頭のなかに叫び声が反響するだけ」

「叫び声？」

いまもきこえる気がする。はっきりと耳に届くわけではないものの、生々しく想起される。武装勢力が侵入した直後の武蔵小杉高校。生徒と教員の半数が、銃撃を受け死亡。断末魔の悲鳴は渦となり、鉄筋コンクリート造の校舎内にこだました。

結衣は思いのままを言葉にした。「武蔵小杉高校のあの日。みんなが最期になにを思ったか、想像するだけでやりきれなくなる。怖くて、痛くて、悲しくて、苦しい。きっとそればかりだった」

清墨学園でも同じことが起きた、ヨンジュのそういいたげな抗議のまなざしがある。だが犯罪者の巣窟と、武蔵小杉高校はちがう。結衣よりずっと恵まれた家庭に育った生徒たちがいた。なのに戦場も同然の悲惨な死を迎えた。

生存者の心も救われない。とりわけ慰安所と化した図書室にいた女子生徒らに対し、世間からの偏見が絶えない。誰もがいまだ辛く過酷な日々を送っている。三年生はその後、就職も進学もきまらないときいた。

ふしぎなものだ。武蔵小杉高校事変の直後は気にならなかった。いまは自分のことのように胸が痛む。

ハンダごてで熱を加える。リード線と基板のランドを温める。押し当てたハンダの先が溶け、銀いろの粒に膨らんで揺れる。結衣はささやいた。「あんなに大勢が死んだ場所に居合わせたのは初めてだった。銀座デパート事件みたいなことは、もう起きてほしくなかった」

「でもおまえの手で武装勢力に復讐を遂げた」ヨンジュが低く問いかけてきた。「人を殺したのは初めてじゃなかったんだろ？」

「甲子園球場では悲劇を防げたと思った。銀傘の上でライフルを持ったクズをぶっ殺したとき、妙な達成感があった。バドミントンで脚光を浴びた田代勇次が眩しくて、吸い寄せられるように武蔵小杉高校に入った。いまにして思うと、なんの巡りあわせだったのか」

「田代ファミリーにとっちゃ悲劇の始まりだな」

「いつまで経っても後悔の念が消えない。地歴室で自習してたせいで、なにもできなかった。そのあいだに何百人も死んだ」

「おまえがほかの教室にいたとしても、さすがになにもできなかったろ。授業中に急襲されたんじゃどうにもならない」

問題はそこではない。田代勇次は結衣とうりふたつの人間だった。父は武装半グレ勢力のリーダー。後釜(あとがま)になるべく育てられた。善悪の判断もつかないうちから価値観をねじ曲げられた。いまも自分の性格が、先天的と後天的、どちらに由来するかわからない。おそらく勇次も同様だろう。生来の人格破綻(はたん)者と自覚する。

田代勇次が結衣と同種の人間。もっと早く気づけていれば、最悪の事態は回避できたかもしれない。

ヨンジュがいった。「おまえの銃の撃ち方、きれいだな」

褒めたとは思えない。むしろ皮肉だろう。結衣は小さくため息をついた。「父から射撃を教わったのは九歳まででしかない」

「幼少から経験を重ねていれば、発砲時の恐怖が失(う)せる」

「十四になってから韓国旅行のたび、射撃場で正式なフォームを練習した」

「ふうん。幼少のころ培った腕を、公的な競技にでも活(い)かそうとしたか？　優莉匡太の子供じゃ出場資格なんかとれっこない」

いまではよくわかっている。銃を持たせることさえ憚られる、それが大人の感覚だろう。真っ当な道を歩ませようとしたのかもしれない。だが当時の結衣にとっては、希望をとりあげられたも同然だった。

ヨンジュの物言いがほんの少し穏やかになった。「おまえ、自分が武蔵小杉高校にいないほうがよかったとは思わないんだろ？」

夜の校庭にあふれかえった生存者らが目に浮かぶ。まさに焼けだされた戦災者の群れでしかなかった。誰もが疲弊し、途方に暮れ、憔悴しきっていた。

結衣は物憂げな気分で応じた。「馬鹿どもが生き延びる代わりに、馬鹿なわたしがまだ生きてるだけ。世間からすりゃどっちも害悪」

「なら今晩、大勢の馬鹿と一緒に吹き飛んじまえば、それなりに納得して死ねるか」

「悪くない。でもこの辺りに住んでる無関係の人たちが犠牲になる」

「それが許せないって？」

「廊下にいた子供たちを見ても、なにも思わない？」

開け放たれたサッシ戸の向こうから、微風が吹きこんできた。ヨンジュの髪がかすかになびくのを、結衣は視界の端にとらえた。

凜香と篤志はなおもふざけあっている。なだめ役のナムがいい緩衝材になり、ふたりが激昂する事態に発展させない。へたをすると殺し合いを始めかねない凜香と篤志が、いまは意外なほど打ち解けている。こんな空気を感じるときもあるのか、結衣はぼんやりとそう思った。

ヨンジュの声がききとれないほど低くささやいた。「結衣。おまえ清墨学園で、小さな子を五人、置き去りにしたろ」

「警察に保護されたってきいた」

「それぞれ児童養護施設にいるらしい。おまえに会いたがってるとか」

「そんな話をしてなんになるの」

「わたしを殺さなかった理由は？」

「幼児は殺さない」

「ふざけてんのか」

結衣はため息をついてみせた。「お互い異常者みたいなもんでしょ。いちいち目くじら立てないでよ」

「人生に悩んでるみたいだな。今夜わたしの手で終止符を打ってやる」

「田代槇人が支払いの約束を守ると思う？」

「そう信じて生きるしかない。それが半グレってもんだし」

「ヨンジュ」結衣はテーブルの部品をつまみあげた。ラジコンカーから入手したスイッチをトリガーがわりに使うことにする。「JYPの社長さんはミイヒが好みみたいだけど、どう思う?」

しばし戸惑ったような沈黙があったが、ヨンジュは小声で答えた。「わたしはマコのほうがいい」

「目を大きくするのは、アイラインを長く太く……」

「そんなのはもう古い。インラインだけしっかり引いて、アイラインは短く細く」

「ふうん」

「なぜそんなことをきく?」

「べつに。そういう会話をしたかったから」

沈黙が生じた。ヨンジュは押し黙った。意味不明だと感じただろうか。高三になったばかりの女子生徒どうしに、さして意味がある会話など必要ない。そんな世間並の常識を、ただ実践したかった。

できた。結衣は左手で装置を握った。スイッチは親指を這わせる位置にあった。チョコレートバー大の直方体の先に、尖った金属片が突きだしている。オンにすると青白いスパークが強烈に閃いた。すぐにオフにする。出来に感心したのか、ヨンジュが低く唸った。

どうしてもたずねたかったことを、いまならきけそうな気がした。結衣はヨンジュに問いかけた。「詠美を知ってる？」

「誰？」

「わたしの妹」

「ああ。話にはきいた。パグェが預かってるとか」

「なんでパグェが……」

「過去の抗争で、パグェがクロッセスや死ね死ね隊を圧倒したから。田代ファミリーからの信頼が厚い」

「詠美に会った？」

ヨンジュは首を横に振った。「オッパ班のなかでも年長者が管理してるんだろ。大人たちのやることはよく知らない。どこにいるかも」

かえって胸を掻きむしられるような感覚にとらわれた。きくべきではなかったのかもしれない。結衣は手製スタンガンをスカートベルトに挿した。セーラー服の裾で覆い隠す。

「結衣」ヨンジュの表情が険しくなった。「パグェに身内を人質にとられてるからって、わたし相手に手を抜くな」

「心配ない」結衣は鼻を鳴らした。「そんな気はさらさらない」

ふいにナムの声が甲高く響き渡った。「ああ！　おまちしておりました。こちらへどうぞ」

田代美代子が部屋に入ってきた。困惑ぎみに室内を見渡すと、その場にたたずんだ。ソファに腰かけようともしない。

美代子の連れは刈りあげた頭に一重まぶたの男だった。年齢は三十代半ば、高そうなスーツを着ているものの、ネクタイは締めていない。餃子（ギョーザ）店での集会では見かけなかった。あとから合流したのだろうか。

不安げな面持ちで美代子はきいた。「ここは安全？」

「ええ」ナムがうなずいた。「もちろん零時前に限りますが……」

「優莉結衣さんがここにいることを、伊賀原先生はご存じなのかしら」

「そこが疑問です。彼女の所在を把握しておかないと、核爆発圏内におさめるのも困難なはずですが」

ヨンジュが立ちあがった。「伊賀原はたぶん、結衣が原爆の在処（ありか）を探し、自分から近づいていくと踏んでいます。宇都宮で核爆発が起きるのを承知で、結衣が逃げたりはしないと確信してるんです」

周囲の目がいっせいに見つめてきた。結衣も腰を浮かせた。「美代子さん。ききたいことがあるんですけど」

「なんですか」

「長男の勇太……ハンはあなたが智沙子を飼ってるとかいってた。ペット同然に」

たちまち美代子が顔をしかめた。「とんでもない。智沙子さんは主人がポロスヨンソと呼ぶ場所にいます。それがどこかはわからないのですが」

トーが眉をひそめた。「ポロスヨンソ?」

ヨンジュが応じた。「韓国語で捕虜収容所の意味です」

凜香は腑に落ちない顔になった。「マジで? 智沙子姉ちゃんって生きてるの?」

巨漢の篤志が凜香を見下ろした。「いったとおりだろうが」

結衣は美代子を見つめた。「詠美のことは……」

「知ってます。やはりポロスヨンソにいるとききました」

思わず目をつむった。心が果てしなく膨張していき、鈍重な痛みが尾を引く。こんな感覚にとらわれるとは予想もしなかった。

あの薄汚い路地裏、苦しそうに横たわった詠美の姿が忘れられない。生きているなら幸せな道だけを歩んでほしい。

篤志の声が呼びかけた。「結衣」

結衣は目を開いた。表情を悟られまいと率先していった。「篤志兄ちゃんや凜香は外をほっつき歩いてられるのに、智沙子や詠美はポロスヨンソで囚われの身。ちがいはなによ」

凜香がいらっとした顔になった。「なにその言い方。わたしより智沙子や詠美が大事みたいじゃん」

だが篤志のほうは思いのほか冷静だった。「俺には新しい人生があった。凜香も表向き児童養護施設で暮らしてる。裏ではどちらも田代ファミリーの一員だったがな。でも智沙子たちは別だ。六本木オズヴァルドの陥落後、まだ幼くしてパグェに拉致された」

やはり納得がいかないと結衣は思った。「機動隊が突入した日、智沙子はクロッセスのメンバーに連れられ、銀座の現場近くにでかけてた。だからそこでパグェに誘拐された可能性がある。でも詠美はちがう。警察が遺体を収容してる」

「細けえことが俺たちにわかるわけがねえ。そうだろ？　みんな幼かった。大人たちがなにしてるかまったく理解できなかった」

凛香が醒めた顔でささやいた。「篤志兄は十三歳だったんだから、ちょっとぐらいわかっとけよ。それともまだ幼かったってのかよ」

篤志はまた凛香に食ってかかった。「いいかげん口の利き方をおぼえやがれ。次は容赦しねえぞ」

美代子が結衣を見つめてきた。「公園でも話しましたが、智沙子さんを見かけたのはいちどきりです。あなたと同じ制服を着せられ、日比谷の映画館に向かわされました。すごく痩せていて、咳きこんでもいました」

暗澹とした思いにとらわれる。結衣は美代子を見かえした。「姉は病弱だから……」

「映画館で智沙子さんを見かけた人たちはみな、あなたがいたと証言しました。たしかにうりふたつですし、目にとめただけなら優莉結衣さんだと思うでしょう。でも智沙子さんの映像記録が残っていれば、ちがいは歴然としていると思います」

結衣は美代子を見つめた。「防犯カメラには映らないよう行動させたって、田代槇人がいってました。ただし日比谷ミッドタウン内のＴＯＨＯシネマズだし、周辺の街頭防犯カメラまで含めれば、まったく映っていなかったわけじゃないでしょう」

「ええ。遠目にとらえただけの映像も、本気になれば解析できるはずです。ただしそれ以前に、智沙子さんの座席から採取された毛髪や汗のDNA型が、あなたと一致したとの鑑識結果がでて……。警察はそれ以上の捜査を断念しました」

一卵性双生児をDNA鑑定で区別することは困難だが、不可能ではない。育った環境や生活習慣によって遺伝子配列が化学反応を起こす。すなわちDNAメチル化現象に差が生じる。指紋も異なる。

だが智沙子は死亡したとの報告がなされていた。よって警察は、双子ゆえ酷似したDNA型により、映画館にいたのは結衣だと結論づけた。

清墨学園でパグェは結衣を血祭りにあげんとした。田代槇人はその犯行を隠蔽(いんぺい)するため、智沙子を替え玉として日比谷に向かわせた。結衣が清墨学園で殺された、そんな可能性を打ち消すためのアリバイ工作だった。パグェが智沙子を捕らえているからこそ実現できた。美代子の説明には筋が通っている。凛香や篤志の証言とも一致している。

信憑性(しんぴょうせい)は高い。けれどもまだ気になることがある。結衣は美代子を見つめた。「こうしてわたしと口をきいてる時点で、旦那(だんな)と息子を裏切ってることになりますけど?」

「やむをえません」美代子の目は潤みだしていた。「あの人は狂気にとらわれています。もう愛想が尽きました。わたしに宇都宮へ向かうよう勧めつつ、恐ろしいことを考えていたのですから」

「本心ですか」

「わたしは異常な家族とともに暮らしてきました。あなたも同じでしょう」

誰かのスマホが短く鳴った。みないっせいに自分のポケットに触れた。凜香がスマホの画面を食いいるように見つめている。SMSに着信があったらしい。

凜香が声を弾ませた。「ガルダの網島って奴からメッセージが入った」

「ああ」篤志が画面をのぞきこんだ。「ガルダってのは田代ファミリーでも末端の半グレ集団だ。人員削減の対象になって当然の落ちこぼれだぜ」

「篤志兄もここにいるってことは同じでしょ」凜香はからかうような口ぶりでいうと、画面に表示されたメッセージを読みあげた。「泉が丘石掛工業高校に不審な物の搬入があったとの情報あり」

泉が丘には学校が多い。地価が安いせいかもしれない。石掛工業高校といえば、たしか二丁目、中久保寄りに位置する。

「まって」凜香がスマホ片手に眉をひそめた。「院丈団って半グレ集団の杉下からも、ほとんど同じメッセージが来てる。グランXとか餓狼隊からも……。どいつもこいつも、自分の手柄みたいにほざいてやがるけど、こりゃたぶんほとんどが後追い」

　ナムが難しい顔になった。「手柄の奪いあいですか」

「あ」凜香が目を輝かせた。「さっき餃子店で、村山ってのがいたでしょ。眼鏡かけてた奴。ガイガーカウンター持って、のこのこ前にでてきてたじゃん。あいつからもメッセージが入った。石掛工業高校の校門付近で、高い放射線量を観測したって」

　ヨンジュが冷静にいった。「おそらくそれが決定打になって、ほかの奴らも石掛工業高校に群がりだしてる」

　結衣は壁の時計に目を向けた。午後十一時近い。あと一時間強しかない。腹をくくっていたこととはいえ、あらためて現実を突きつけられると、鳥肌が立つのを禁じえない。

　ナムが緊張のいろとともに、結衣をじっと見つめてきた。「クルマならすぐにだせますが」

「誰かひとりだけ運転して」結衣はささやいた。「わたしが行く。死にたくない人はここに残るか、もっと西に退避して」

　篤志がしかめっ面できいた。「ここは安全なのかよ」

「泉が丘二丁目からの直線距離で、三・五キロをほんのちょっと上まわってる。ただし」結衣はドアに向かいだした。「即死を免れるだけでしかない。そのぶん長く苦しむだろうけど」

10

田代ホールディングス本社は、武蔵小杉駅に近い市ノ坪交差点から、府中街道を南下した道沿いに位置する。ガラス張り五階建ての巨大な社屋は、タワマンを望む近代的な街並みの一角、公園に見まがう広々とした敷地内にある。

最上階は田代家の住居として用いている。もともとこの建物が、半導体メーカーの社屋兼工場だったころから、五階は社長一家の住まいになっていた。豪華な造りの16LDK、部屋はどれも充分なゆとりがあり、建具にも最高級品が採用されている。

いまリビングルームを飾る調度品のうち、祖国ベトナムを思い起こさせるのは、いくつかの漆器だけでしかない。ほかのアンティークやビンテージの品々は世界じゅうから買い集めた。国際人として誇りを持ち、より大物として君臨したい、そんな意思の表れだった。

田代槇人は鏡の前に立ち、慎重にネクタイの結び目を正した。

じきに四十三歳になる。年齢のせいか父の顔に似てきたと感じる。喋り方や声もうりふたつになってきた。去年まではそんなことを露ほども自覚せずにいた。

心境の変化について、理由は深く考えるまでもない。ベトコンだった父は戦争終結後、ひとり追い詰められていた。現在の槙人も似たような境遇にあった。自分ばかりか家族を命の危険に晒している。

槙人はいった。「ベトナム戦争が終わって数年後、母は俺を産んだ。無事出産できたのが奇跡だったらしい」

沈黙がかえってきた。リビングルームには槙人のほかにもうひとり、伊賀原璋がいる。だが伊賀原は八十五インチのテレビをいじくりまわすのに忙しかった。ノートパソコンをケーブルで接続し、テレビのわきに4Kカメラの三脚を据えている。

教員らしい地味なスーツ姿が、気どった長髪にそぐわない。伊賀原は手を休めず、ぼんやりと応じてきた。「槙人さんは生まれたときから幸運だった。そういうことだな」

「幸運？」槙人は力なく笑った。鏡に映るその顔を眺めた。「南ベトナム解放民族戦線にいた父は、米軍とサイゴン政権から悪魔と恐れられてた。父は無差別爆弾テロが得意でな。市民も容赦なく巻きこむ。父の活躍で密告者や動揺分子は激減した」

「ベトコンなら戦争に勝った側か。終戦後は金持ちになって当然だ」

ふいに心が冷えていく。槇人は伊賀原を振りかえった。「教員のくせに歴史に疎いな」

「俺は化学の教師だよ。世界史はざっと勉強したていどだ」

「ベトコンは中国寄りだった。統一後のベトナムでは中国との対立が深まったから、元ベトコンは疎ましがられた。北ベトナム軍ばかりが優遇され、そこで父たちは格下の扱いを受けた」

「社会主義国で、しかも軍人としちゃ底辺。賃金は格安ってことか」

「それでもまだ赤ん坊の俺を養う必要があった。父は軍から逃亡し、元ベトコンの仲間たちを束ね、非合法活動に従事しだした。戦争での経験が存分に役立った」

「息子のあんたは後継者になった」

「物心ついたときには銃の撃ち方をおぼえてた。爆竹と空き缶と小石で爆発物を作るのも得意になった。読み書きより先に身についたよ」

「そのころにはホーチミン市は発展してたんだろ?」

ホーチミン市か。ずっとサイゴンと呼びつづけている。家族もその影響を受けていた。槇人にとってサイゴンは永遠の戦場だった。

嘆かわしい記憶ばかりが呼び覚まされる。槇人はつぶやいた。「中越戦争の混乱に乗じ、父の一派がハノイで物資をかすめとってたのは、幼いころの記憶に残ってる。国がいちおう安定してからも、銀行や外資系企業を片っ端から襲った」

「あんたの長男がプロの傭兵に育つわけだ」

槇人のなかに不快な痺れが走った。思わず伊賀原を睨みつけた。伊賀原も失言を悟ったらしい。すまない、真顔でそうささやいた。

息子の死はいまだ受けいれられない。覚めない悪夢のなかにいるようだ。ひどく気が塞ぎこむ。槇人はソファに腰かけた。「若いうちに富を得て、早めに足を洗いたいと思ってたが、そこそこ成功できたのは三十を過ぎてからだった。しだいにベトナムには居づらくなった。だが日本との経済協力が加速している最中で、まさに渡りに船だった」

家族で履歴を偽り、日本政府に帰化申請した。申請が認められ、日本に移住してきて三年、勇次がバドミントン選手として有名になった。槇人も勇次の父として顔を売り、政財界にコネを得て、投資家として権力を拡大していった。

ベトナム時代、非合法活動で稼いだ金だけでは、もちろん元手が足りない。槇人は国際闇金融機関シビックとつながりを持った。シビックと日本国内の投資先との橋渡し役になることで、出資面で優遇を受けてきた。

借りた金はむろん返さねばならない。当初は順調だった。表向き勇次の人気もあり、事業の健全さを装えた。田代ホールディングス傘下の企業は、どこも経常利益の拡大に恵まれた。

暗雲が垂れこめだしたのは武蔵小杉高校事変からだ。独自の武器密輸ルートを失い、兵庫県警のならず者に協力を求めるしかなくなった。甲子園球場を一時的にでも支配下に置けるという、不良警官どもの売りこみに関心を抱いたのが、今年の二月。結果、長男の率いる最後の武装支援部隊を失った。

闇社会での影響力も急激に減退した。半グレ集団の離脱に歯止めがかからず、いまや使える頭数は三百足らずになった。

伊賀原が声を弾ませた。「映った」

テレビ画面に現れたのはモノクロの映像だった。定点カメラがとらえた、コンクリート壁に囲まれた室内のようす。窓はひとつもない。モノクロなのは暗視機能に切り替わっているからだ。無人だった。長テーブルの上に大きな段ボール箱が横たわる。

「準備完了」伊賀原は満足そうにいった。「国家公安委員会委員長の死体を沈めるのに、三十ミリ目の防鳥網でくるんだのを思いだすな。今度はそんな心配はない。優莉結衣は熱線で骨まで溶けてなくなる」

「そうか」槇人はなにげなく右手で上着のポケットに触れた。シグザウエルP365、コンパクトな拳銃がおさまっているのを確認する。

使用人に防鳥網の用意もさせてあった。これを失敗すれば伊賀原は生きて帰せない。伊賀原は死の予兆など微塵も感じていないようすだった。核爆発に自信を持っている証でもあるだろう。伊賀原は4Kカメラの調整を始めた。

「なあ伊賀原」槇人はささやきかけた。「おまえはどうなんだ。人生に後悔はないか」

「後悔って」伊賀原は苦笑した。「まだそんな歳でもないし」

優秀な大学院生だった伊賀原も、社会人としては順風満帆ではなかったはずだ。無政府主義者として活動に没頭し、危険物の開発に明け暮れた挙げ句、逮捕されそうになった過去がある。

田代ファミリー傘下の半グレ集団からの推薦で、槇人は伊賀原の雇用をきめた。伊賀原は教員免許を持っていた。優莉結衣の殺害も請け負うと約束した。原爆を使いたいと伊賀原がいいだしたときには驚いた。だがじきにそれが妥当に思えてきた。

ドアが開いた。ノックもせず入室するのは勇次ときまっている。

　日焼けした小顔に引き締まった身体、Tシャツ姿の勇次が足ばやに近づいてきた。

「メールが入った。優莉結衣はトイコエってベトナム料理店の二階に潜んでる。東武宇都宮駅の近くだ」

　槇人は勇次を見つめた。「料理店の二階だと？」

「ディエン・ファミリーの息がかかった店だよ」勇次が不満をあらわにした。「ナムたちが手引きしたんだろ。だからいったじゃないか。老舗だからってあんな弱小団体とつきあうなって」

　息子に複雑な経緯を説明する気にはなれない。いずれ後を継がせるときには教える必要がある。いまはそのときではない。

「お父さん」勇次が力説する口調で告げてきた。「場所が判明してるんだから、誰かを向かわせるべきだ。優莉結衣を殺すチャンスを逃す気かよ」

「焦るな」槇人はうんざりしながら息子を制した。「いままでそういう安易なやり方をとってきて、どれだけ多くの損害をだしたと思う」

「だからって宇都宮全体を核爆発で吹っ飛ばすなんて」

「反対か？」

「いや」勇次の表情は冷やかだった。「日本の進駐軍占領下のベトナムで、二百万人が餓死した。人口五十万人ていどの宇都宮が消えても、そんなに突飛なことじゃないよ」

ベトナムにおける二百万人という餓死者の数は、ホー・チ・ミンの主張に基づいている。実際にはそこまでではなかっただろう。だが槇人は息子ふたりの育成に際し、ベトナム人の被害者意識を徹底的に刷りこんできた。虐げられてきた民族という自覚が、あらゆる行為の免罪符となる。国家権力から社会常識まで、すべてを悪とみなせばこそ、大量殺戮へのためらいが生じなくなる。金権政治への最強の反撃、それはみずからが富を勝ちとることにある。でなければ人生に安らぎは訪れない。グエン家から田代家と名を変えても、家訓というべき信条は不変だった。

夢を達成するには、人生は短すぎる。子供に夢を引き継がせるという意味では、ごく一般の家庭と同じだ。

作業中の伊賀原が軽い口調でいった。「勇次君。お父さんは商売人だ、常に損得を考えてる」

「知ってるよ」勇次が醒めた顔で応じた。「オリンピックを中止させるため、兄貴がウイルスを持ちこんだ。予備の手段が濃縮ウランで製造できる核爆弾。北関東で爆発が起きればオリンピックどころじゃなくなる」

「バドミントン選手として出場できるかもしれなかったのに、残念だな」

勇次がちらと槇人を見た。ひとりごとのようにこぼした。「それはもういい」

この春、政府はまだオリンピックについて延期としている。来年の開催が困難になるなか、いまこそが本当に最後の機会だった。地球の反対側では株式市場が開いている。株の空売りの効果はたちまち現れる。

「先生」勇次が仏頂面で忠告した。「不発にならないようにね」

「だいじょうぶだよ。ひょっとして俺の身を案じてくれてるのか？　偉いね。でも平気だ。俺とお父さんは友達だしな」

槇人はまた勇次と顔を見合わせた。しらけたような勇次の表情に、同感だと目でうったえる。人材は道具と同じだ。友達なら雇わない。

ノックの音がした。戸口に使用人が立った。「失礼します。勇次様、真向定華さんという女子生徒が訪ねてきております。武蔵小杉高校二年C組だったとか」

勇次が妙な顔をした。「真向……」

槇人はいった。「明日のファンミーティングの参加者じゃないのか？　個別には会うなよ。いろいろ面倒だ」

「いや。武蔵小杉高校の元生徒には、僕のファンミーティングに出席する奴はいない」

「そうなのか？」

「前はちがったけど、いまはそうだよ」勇次は戸口をでていった。伊賀原が勇次を見送ってから、4Kカメラに向き直った。「世間の風当たりが強くなっても、案外しっかりしてるね、勇次君は」

槇人は黙っていた。部外者にわかりはしない。日本はもう安住の地ではなくなった。父子は今夜に人生のすべてを賭けている。明日集まるファンの数など、勇次は気にもとめやしない。宇都宮が消滅した翌日、高校生バドミントン選手のファンミーティングなど開かれるはずもない。

計画は完遂してこそ意味がある。今度こそ抜かりがあってはならない。槇人は使用人に指示した。「ついてこい」

伊賀原を残し、槇人は下り階段へのドアを開け放った。使用人を連れ、四階の収納庫へと下りていく。ここは五階からのみ入れるスペースだった。窓はいっさいなく、ウレタン吸音材を内蔵した壁ばかりが連なる。

薄暗い室内に小娘の呻き声だけがこだまする。声質は優莉結衣そのものに思える。いつものことだが、苦しげな発声に耳を傾けるだけで癒やしになる。

酢酸のにおいが濃厚に漂う。金髪でパンクのヘアスタイル、身体じゅう白いペンキを塗りたくった、異常な五人が激しい運動に興じているからだ。ヘロインの常習者でも、汗をかかずにいれば無臭だが、いまはちがう。裸体を真っ白に染めた五人の若い男らは、床に敷かれたマットの上に寝そべったり、膝立ちになったりして忙しい。

優莉結衣にうりふたつの女は、肌にペンキを塗られていない。五人に弄ばれるぶざまな姿は、全裸の結衣にしか見えないものの、身体つきだけは異なる。痩せすぎて骨が浮きあがっていた。脚の長さは同じぐらいでも、太股がずいぶん細い。尻も肉付きに乏しい。それでも怯えきった青白い顔はまさしく結衣だった。あらためて眺めるうち、思わずため息が漏れる。目鼻立ちがミリ単位で結衣と共通している。

智沙子は四つん這いを強要され、後ろ髪を手綱のように握られながら、パンクのひとりにバックで衝かれていた。だが槇人が近くに立つと、五人のパンクがさっと反応した。智沙子をマットの上に仰向けにし、大の字に寝かせる。五人はマットを囲み、智沙子の両腕両脚をそれぞれ押さえこんだ。いずれも献上品を捧げるかのように、うやうやしい態度で槇人を見上げてくる。

ひとり智沙子だけは、恐怖に満ちたまなざしで槇人を眺め、呻きながら顔をそむけた。痩せ細っていても、ふたつの胸は適度に盛りあがり、無防備な乳輪の大きさとちょうどいい比率を保つ。そこからずっと下に視線を移すと、股のあいだの茂みが目にとまった。こちらも猫のように整った美しい毛並みを誇る。顔がまったく同じということは、結衣もきっとこうにちがいない。

槇人は使用人にいった。「あとでこの女を都内に捨ててこい」

「あとで？」使用人がたずねた。

「しばらくしてから、もういちどこの部屋を訪ねろ」

使用人は察したようにかしこまった。「上着をお預かりしましょうか」

「頼む」槇人はポケットから拳銃をとりだすと、脱いだジャケットを使用人に引き渡した。「膣内は洗浄しとけよ。俺のDNAを残すな」

立ち去る使用人の靴音をききながら、智沙子を見下ろす。パンクたちが智沙子の両膝をつかみあげ、股を大きく開かせた。女がけっして人目に晒したがらない部分があらわになった。智沙子の顔が紅潮しだした。涙を浮かべ首を横に振る。何度犯されても抵抗の素振りは消えない。往生際の悪さも結衣に重なる。

これまで多大なストレスを抱えこみながら、槇人がなんとか精神状態の安定を保てたのは、この結衣そっくりの玩具で憂さ晴らししてきたからだ。優莉結衣のあられもない姿を、いままのあたりにしている、そんな実感が湧く。本物の結衣にも、辱めを受けさせてから死ぬ機会を、あとわずかな時間に託してある。最期は核爆発でなにもかも吹き飛ぼうとも、あの小娘の痴態の生中継だけは見逃せない。

槇人は智沙子の上に覆い被さった。いまにも泣きだしそうな結衣そのものの顔を、息がかかるほどの間近から眺める。槇人は拳銃を突きつけた。銃口を智沙子の乳房に這わせる。智沙子がびくっと裸体を痙攣させた。

きょうで終わりだ、徹底的に楽しんでやる。妻のペットだが、かまいはしない。美代子も承知しているはずだ、優莉結衣の一卵性双生児、智沙子が夫の慰みものになっている事実を。

11

勇次はエレベーターで一階に下りながら、兄と過ごした日々を思いだしていた。

グエン・ヴァン・ハン。帰化後は勇太と名乗るはずだった。兄は父と対立し、家を飛びだし、タイで傭兵になった。だが何年後かに帰ってきた。真っ先に兄と会ったのは勇次だった。兄も両親との仲を取り持ってほしかったのだろう。意外にも父は寛容な態度で兄を迎えた。母も心から喜んでいるようすだった。

いまにして思えば、父は傭兵になった兄を通じ、タイの武装勢力と結びつきたかったのだろう。打算がともなうのはやむをえない。うちはそういう家族だった。

忙しい父に代わり、兄がボビナムの練習相手になってくれた。ボビナムはベトナムの実戦的な格闘技だ。近所の不良にいじめられることが多かった勇次に、兄は反撃の技を教えた。ホーチミン市ビンタイン区のニエウロック運河沿い、バラック小屋の狭間に立ち、兄は勇次にいった。チェット、身体が小さくても、ボビナムなら敵をねじ伏せられる。敵の重心を見きわめ、脚を使って支点と力点、作用点を瞬時に形成しろ。細いトングで挟んだだけでも大木は倒せる。

人生初の殺しも、兄と一緒にいたときに経験した。スラム街の長屋を襲い、一千万ドンを奪った。日本円で四万六千円ていどだった。それでも住人たちにとってはなけなしの稼ぎになる。ナイフで必死に反撃してきた大人を、勇次はヤオガンという技で返り討ちにした。気づけば胸部を刺された大人が、勇次の足もとに横たわっていた。幼児たちの泣き声が間近に響きつづけていた。

エレベーターが一階に着いた。会社のほの暗いエントランスホールに、勇次は降り立った。補助の照明のみが点灯している。ガラス張りの壁面に囲まれた吹き抜けの空間、待合のソファに、同世代の少女がひとり座っていた。

真向定華は勇次を見ると立ちあがった。ウィゴーのストリート系ファッション、スカート丈は短く、すらりとした長い脚が伸びている。プロポーションは抜群だった。

勇次はようやく思いだした。ああ、真向定華。噂だけはきいた。慰安所になった図書室で、二年A組の啻山里緒子と人気を二分したという女だった。たしかに性欲をかきたてるルックスをしている。

だが勇次は下世話な感情を隠蔽し、ひたすら明るく声をかけた。「やあ。C組にいた定華さんだね。クラスはちがったけどおぼえてるよ」

苗字でなく下の名前で呼ばれたからだろう、定華はどきっとした反応をしめした。「や、夜分遅くすみません。会えなかったらあきらめようと思ってたんだけど、警備の人が連絡してくれて」

「このところデモも鳴りを潜めてるからね。定華さん、どうぞ座って」

「あ、はい。どうも……」定華がソファに腰かけた。

勇次は定華の隣りに着席した。身を寄せあうほどに距離を詰める。定華が目を丸くして勇次を見つめた。息が吹きかかる近さだったが、勇次は平然と見かえした。ごく自然に振る舞えば、これが異国の習慣だと、日本人の女は勝手に解釈してくれる。

定華も嫌がる素振りはしめさなかった。「あの、勇次君。話したいことがあって」

「どんな話？」勇次は定華が膝の上に置いた手をとった。「震えてるじゃないか。なにかあった？」

手をひっこめようとする定華に対し、勇次は軽く力をこめ逃がさないようにした。このやり方はいつも効果的だった。定華の顔は真っ赤になったものの、それ以上の抵抗はなかった。

ひどく緊張した面持ちの定華がささやいた。「わたし、例の図書室にいたんです」

知っている。勇次は微笑を絶やさなかった。「それがなに？」

「軽蔑しない？」

「するわけがない」勇次は同情のいろを浮かべてみせた。「溝鹿先生の勧めで、僕は退避させられたけど、いまでも申しわけなく思ってる。居残ってみんなと一緒にいたかった」

「そんな。勇次君が無事だっただけでも、みんな喜んでる」

それは数か月前までの風潮だ。田代ファミリーと権晟会のつながりが発覚してからは様相が異なる。宇都宮にいる優莉結衣が核爆発で死なないかぎり、疑惑は払拭できない。

勇次はため息をついてみせた。「僕もいろいろ偏見の目を向けられるけど、気にしちゃいないよ。だからきみも元気だして」

「はい……。わたしはなんとか。でも一個下の吉崎紗紀は深刻で」

「吉崎紗紀。一個下ってことは、いま二年になったばかりか」

「武蔵小杉高校の生徒、周りの学校に散りぢりになっちゃったでしょ。紗紀はわたしと同じ幸西高校に編入された子だけど、いまも抗うつ薬が欠かせなくて」

「PTSDか。気の毒に」

「紗紀は以前から勇次君のファンで……。学校でいちども話しかけられなかったことを、いまでも悔やんでるみたい。きょうも本当は、わたしと一緒に来たがってたんだけど」

めずらしいと勇次は思った。慰安所で被害に遭った女子生徒らは、勇次に黒い噂がささやかれて以降、みな露骨に遠ざかっていった。今後は高校事変被害者救済基金に協力しないとの声が、保護者らを通じ寄せられている。ファンミーティングの参加者にも、元武蔵小杉高校の女子生徒は皆無だった。

勇次はあえて恐縮したような素振りをしめしてみせた。「その紗紀さんって子、僕なんかに会ったら、いっそう症状がひどくなるよ」

「そんなことない」定華は涙ぐんでいった。「紗紀は勇次君の潔白を信じてる」

「ふうん。で、僕はどうすればいい？」

「よければ電話してあげてほしい」

「こんな夜遅くに？」

「紗紀は勇次君を励ましてあげたいっていってる。でもきっと本心は逆。自分が勇次君に励ましてほしいんだと思う。今晩は寝ずにまってるっていってた。電話がだめならメールでもいいから……」

「こうしよう。明日、僕のファンミーティングがある。偏見にとらわれない人たちが、僕を支えようと集まってくれるんだよ。きみもそこに来てくれないか、紗紀さんを連れて」

「え……。だけど……」

「川崎市内の公立校なら、明日からもしばらく休校だろ？　もうウイルス騒動も収まってきてるのに、大人は慎重すぎるよね」

「ファンミーティング、どこで開かれるの？」

「環境のいい場所だよ、きっと落ち着く」勇次はスマホをとりだした。ラインのＱＲコードを表示し、画面を定華に向ける。「あとで情報を送るよ」

定華はあわてたようにスマホを操作した。カメラで勇次のスマホをとらえる。無事に読みとったらしい。定華が嬉しそうに目を輝かせた。「ありがとう。紗紀もきっと喜ぶ」

「後輩思いなんだね、定華さんは」

「あ、それともうひとつ……」定華はなにかいいかけたものの、不安げな表情で口をつぐんだ。「いいえ。やっぱりいい。なんでもない」

「なんだよ？　どんなことでも話してよ」

「そのう、よく考えると失礼だし」

「そんなふうに思うなよ。武蔵小杉高校の元生徒どうしじゃないか」

「怒らない？」

「絶対に怒らない」

「じゃあ……。敷島和美先生おぼえてる？　二年C組の担任だった」

優莉結衣のいたクラスの担任だ。勇次はうなずいた。「英語の先生だよね」

「そう。紗紀のこと、最初は敷島先生に相談したんだけど、なにもしないでっていうの。勇次君のところに行きたいっていったら、絶対に行くなって」

勇次は笑ってみせた。「先生はただ、きみを心配してるんだよ。つまらない世間の噂に振りまわされてる。仕方ないよ、先生も人間なんだし」

定華が安堵のいろを浮かべた。すぐに申しわけなさそうな表情に転じる。「ごめんなさい。わたし、勇次君を疑ってたわけじゃなくて……」

「わかってるよ」勇次はふたたび定華の手をとり、恋人つなぎで握った。定華の素足の太股にそっと載せる。「疑ってたら、こんなふうに会いに来てくれるはずがない」

ふいに定華は泣きだした。「ありがとう。わたし、とても心配だった。敷島先生は、わたしが自分から図書室へ行ったのが、どうも気にいらないみたい。でもあのときはほかにどうしようもなかった。わたし、ほかの子たちには申しわけないと思ってる。紗紀にも。だから武蔵小杉高校の慰霊祭にも出席したんだし」

自己正当化が延々とつづく。女はすぐこれだ、勇次は軽蔑とともにそう思った。売春を生き延びるための手段にする女は、どの戦場にも現れる。武装勢力に全身で媚びて優遇されておきながら、いまになって涙に暮れるとは調子が良すぎないか。もともとそんな女なのだろう。

勇次は穏やかにいった。「生きるためにしたことなのに、教職にある大人は認めてくれない。辛いよね」

定華は頬をこぼれ落ちる涙をぬぐった。やがて微笑が浮かんだ。「よかった。勇次君に会えて。なんだかほっとした」

売春行為を責めた敷島和美がまちがっていた、定華はなによりそう信じたがっている。もともと身体を売ることに自信がある女は、うぬぼれも相応に強い。肉体的価値が金に換算された経験があるからだ。その手の女は、自分が否定されるのをひどく恐れる。心が弱いぶん操りやすい。

勇次は定華の手を握ったまま立ちあがった。「もう遅いし、ご両親も心配するよ。明日また会おう。紗紀さんにもよろしく伝えておいて。家まで送ろうか？」

「いえ」定華も笑顔で腰を浮かせた。「だいじょうぶ、近所だし。本当にありがとう、勇次君。あの……」

「なに？」

「いまご両親っていったけど、わたし、両親はいないの。父親だけしか……。どうでもいい話だよね、ごめんなさい。じゃ、ラインの連絡まってるから」

「ああ……」勇次は曖昧に応じた。

定華はエントランスのガラス戸を押し開けた。勇次に手を振りながら、夜の闇に消えていった。勇次は定華を見送ったあとも、ひとりその場にたたずんでいた。

核爆発で日本じゅうが大騒ぎになる。明日はファンミーティングどころではなくなる。

だがもし伊賀原がしくじったとしたら。無関係なのにイベント中止とは不自然に思われる。予定どおり開催を余儀なくされる。あとわずかで優莉結衣が死ぬのだろうか。どうにも信じがたいことだ。勿体なくも思える。この手で恥辱を味わわせてやりたかった。

12

結衣はセダンの後部座席から、夜風のなかに降り立った。時刻は午後十一時半をまわっている。さすがに寒気が全身を包みこむ。伊賀原が午前零時に核爆発を起こすつもりなら、残り時間は三十分もない。

ドアを叩きつけようとしたとき、同じく後部座席にいた美代子が、車内から不安げに見上げてきた。「本当に降りるんですか。このまま全速力で走れば、なんとか十キロは遠ざかれるかと……」

結衣は美代子を見下ろした。「あなたはそうしてください」

美代子が絶句する反応をしめす。結衣はそれ以上なにもいわずドアを閉じた。運転席でステアリングを握っているのは刈りあげの一重まぶただった。クルマを急発進させ、暗がりのなかを猛スピードで走り去っていく。

後続のセダン二台は、ディエン・ファミリーの若手による運転だった。ヨンジュと凜香、篤志が車外に飛びだしてくる。

誰も避難を望まなかった。店に留まったのはナムら高齢者だけだ。二台のセダンも遠ざかっていくと、辺りに静けさがひろがった。

泉が丘二丁目、低層の家屋ばかりの住宅街。民家の狭間に空き地や駐車場もめだつ。結衣たちが降り立った路地には、石掛工業高校の校門があった。明かりの消えた校舎のシルエットが夜空に浮かんでいる。

一見ひとけはなさそうに思える。だが校舎の窓を観察すれば、懐中電灯の光が複数、あちこちを駆けまわるのが見てとれる。田代ファミリーから無用扱いされた落ちこぼればかりとはいえ、半グレの端くれに変わりはない。侵入盗は基本中の基本だった。そろって気配を消すぐらいは造作もないことだろう。

校門は鉄格子の扉に閉ざされていたが、傍らの通用口が半開きになっている。結衣はわざと声をかけた。「入る」

闇のなかに息を呑む気配があった。結衣はかまわず通用口をくぐった。すぐわきに潜んでいた人影が、即座に銀いろの刃を突きだしてきた。きわめて迅速な急襲だった。

だが結衣はその手首をつかみ、足払いをかけ敵の体勢を崩させた。腕ごと巻きこみ、刃物の切っ先を敵の喉もとに突きつける。ひっと悲鳴に似た声を発し、敵がすくみあがった。

暗がりに目を凝らすと、二十代の半グレとわかる。餃子店でも見かけた顔だった。藪のなかには、ほかに三人ほど潜んでいた。

通用口をくぐってきた篤志が訝しげにいった。「なんだ？　また零時前に結衣を殺そうとしたか。俺らが見てるぞ」

若い男はうわずった声で応じた。「そんなつもりはありませんよ。部外者かと思って」

勝手な言いぐさだった。学校からすれば全員が部外者だ。結衣は男にきいた。「半グレたちは校舎のなか？」

別の男も臆したようすで応じた。「そうです。どのグループも見張り数人を外に配置し、あとは校舎内の捜索を始めてます」

「はん」凜香がせせら笑った。「お巡りを警戒してるんだろうけど、こんな頼りない見張りじゃ先行き不安」

いまのところ周辺にパトカーは見かけない。集団で校舎に忍びこんだわりには上出来だった。付近住民にも気づかれずに済んでいる。

下っ端と小競りあいしている場合ではない。結衣は男を突き飛ばすように解放した。ヨンジュはすでに校舎へと向かいだしていた。結衣もヨンジュを追いかけた。凜香と篤志が後ろにつづく。

「静かね」ヨンジュが足ばやに歩きながらささやいた。「百人近くが校舎のなかを走りまわってるわりには」

結衣はいった。「工業高校だから遮音対策がとられてる。窓も二重になってる」

「とはいえ発砲すれば近所に丸聞こえになる」

「清墨学園みたいに建設工事の音でカモフラージュもできないし」

「嫌なことを思いださせるな。零時前に殺したくなる」

「ならさっさとやれば?」結衣はひとり歩を速め、開放された昇降口を入った。

靴を脱がず板張りの床にあがりこむ。呆れたことに校舎内は、文化祭の準備に追われているも同然の騒々しさだった。廊下を半グレどもが駆けめぐり、教室に出入りし、階段を上り下りする。スマホライトや懐中電灯の光が、無数に闇のなかを動きまわる。

ガイガーカウンターの音が近づいてきた。村山の眼鏡がじっと結衣を見つめる。放射線量の高さを検知し、ただちに急行したものの、結衣だと気づき落胆したらしい。

深くため息をつきながら、またガイガーカウンターをかざし、廊下を走り去っていった。

凜香がしらけ顔で結衣に歩み寄った。「わたしたちが来なくても、誰かが見つけるんじゃね？」

同行した篤志が頭を掻きむしった。「原爆が見つかったとして、その後どうするんだよ」

ヨンジュが上り階段に向かった。「ブツを見なきゃ打つ手もわからない」

結衣もヨンジュにつづき階段を上りだした。周囲からの視線を感じる。誰もが結衣の存在に気づくと、警戒するように立ちどまり、敵愾心に満ちた目を向けてくる。

二階に着いた。廊下の壁を細い塩ビパイプが何本も這っている。ふつうの学校では見かけない設備だった。飲料水でなく工業用水が通っている。

辺りは喧噪に包まれていたものの、みな結衣を見たとたん沈黙した。全員が両脇にどき進路を空ける。

廊下の行く手では、黒ずくめの集団が円陣を組んでいた。どこの教室で入手したのか、校内の図面を囲んでいる。

ヨンジュが声をかけた。「ジニ」

スプキョク隊のリーダー格、ジニが振りかえった。殺気に満ちた目を結衣に向け、次いでヨンジュに視線を移す。ジニがいった。「ヨンジュ。三階まではだいたい調べた。四階も空き教室ばかりで、ろくに調べようがねえ。だが地下があるみてえだ」

「地下？」

「ボイラー技士やガス溶接技術者の資格をとるための特別教室だとよ。いまホジンが職員室に鍵をとりに行ってる」

階下からかすかに重低音が響いてくる。鉄製の扉をスライドさせるような音だった。昇降口が閉じられた、結衣はそう察知した。

凜香がやれやれという声で告げてきた。「結衣姉ちゃん。これやばくね？」

結衣は振りかえった。廊下の後方から十人ほどの群れが近づいてくる。やはり餃子店にいたグループのひとつだった。上着はばらばらだが、インナーのシャツはエンジいろで統一している。年齢は二十代から三十代、全員が日本人のようだ。みなオートマチック拳銃を手にしていた。田代ファミリー御用達のベレッタやグロックだとわかる。

篤志が凄んだ。「おい、礒山。なんの真似だよ」

礒山と呼ばれた先頭の男は、拳銃の扱いを心得ている。前進しながらも身体を横に向け、拳銃は両手で胸の前に抱えこむ。狭い場所、至近距離の敵に武器を奪わせない、理想的な構え方だった。

一定以上は距離を詰めようとせず、礒山は足をとめた。仲間たちもそれに倣った。ひとりも銃を下ろそうとしなかった。すべての銃口は結衣に向けられている。

ジニが苛立たしげに歩みでた。「礒山。おまえら淫銅鑼は四階を調べるはずだろ。さっさと上に行け」

「断る」礒山が結衣を狙い澄ましながらいった。「このチャンスは逃せねえ。いますぐ優莉結衣を仕留めてやる」

「気はたしかか。まだ十一時四十分だぞ」

「銃を突きつけたまま二十分まってもいいが、どうせ誰も見てねえ」

「俺たちをなんだと思ってる」

「屍だろ。一緒に地獄に送ってやる」

ヨンジュがじれったそうに抗議した。「礒山。仲間に銃を下ろさせてよ。こんなことしてる場合じゃないでしょ。零時になったらみんな終わりなのに」

「なにも起きやしねえよ。原爆なんて馬鹿げてる。ありゃしねえぜ、そんなもん」

近くの教室から別の集団がでてきた。先頭のスキンヘッドは、金の刺繡が入った派手なジャケットを羽織っていた。仲間を引き連れ、礒山の淫銅鑼に対峙した。「なにやってやがる。いま優莉結衣を撃ったら、ぜんぶ無駄になっちまうだろうが」

礒山は拳銃でスキンヘッドを威嚇した。「榊本。おめえらの集団、なんていったっけ、ああブレンダか。低能なブレンダのクズどもにもわかるようにいってやる。ここに原爆はねえ」

榊本と呼ばれたスキンヘッドが目を剝いた。「なんの話だよ、そりゃ」

二階の誰もが動きをとめている。静寂が包む廊下に、スマホの着信音が響き渡った。銃を手にした一群を前に、凜香は臆することなくスマホをいじった。「結衣姉ちゃん。電話がかかってきた」

「スピーカーにして」結衣はいった。

廊下に響く音量で、田代美代子の声が呼びかけた。「凜香さん。結衣さんはいる？」

結衣は平然と応じた。「あんたの口車に乗った淫銅鑼とかいう奴らが、零時前にわたしを殺してもかまわないとかいってる」

しばし沈黙があった。ヨンジュやジニが鋭い視線をあちこちに配る。篤志も顔をひきつらせ周囲を警戒していた。

凜香だけがひとり驚きのいろを見せずにいる。市村凜の娘だけに、裏切り行為も日常茶飯事に思えるのだろう。

美代子の低くつぶやくような声がこだました。「零時前に射殺してもかまわないんじゃない？　目撃者さえ残さなきゃ」

結衣は動じなかった。「みんなが原爆探しを始めちゃった以上、そういって馬鹿な奴らをそそのかせば、わたしを殺してくれるって？」

「思ったより冷静ね」

「市村凜と柚木大臣につづいて、ババアの三文芝居は三人目。しかもだんだん演技力が低下してる」

憤りに息を呑んだとおぼしき間があった。美代子の声はかすかに震えだした。「ぜんぶわかってたってフリをしたところで、もう遅いんじゃない？　核爆弾なんて戯言で周りを押さえこめると思って？」

「犯罪一家の過去を偽って帰化したからには、そりゃあんたもゴミみたいな旦那や馬鹿息子どもと、同じ穴の狢だよね」

「長男を殺された恨みを忘れるはずがない。百倍の苦痛を味わわせて地獄に突き落としてやる」

「あんたこそ地獄の釜で煮えたぎったフォーでも食いなよ、でき損ないの息子ふたりと一緒に」結衣は返事をまたず、凜香に指で合図した。

凜香がスマホの通話を切った。また静寂がひろがった。

美代子が公園に会いに来たのは、見せかけの譲歩でしかなかった。あのとき美代子は、田代ファミリーがもう銃器類を入手できないと嘆いていた。なのに数週間後、甲子園球場を臨時ヘリポートとし、勇太率いる武装勢力が大量の武器を運びこもうとした。美代子が無知か嘘つきかだった。無知ならまだ人間として信用できると思った。ただし嘘つきだったと判明したところで、さしてちがいもない。

礒山は油断なく拳銃を結衣に向けたまま、廊下じゅうに響く声で怒鳴った。「みんなきいたか。田代夫人のいうように原爆なんかありゃしねえ。いますぐ優莉結衣を仕留めても、みんなで口裏を合わせりゃ、零時すぎに殺したことにできる」

周りの半グレたちが徐々に反応しだした。いくつかのグループが結衣への敵意をしめし、少しずつ包囲を狭めてくる。淫銅鑼と異なり銃は手にしていないが、代わりに刃物類をちらつかせる。

ジニが吐き捨てた。「よせ！　もし原爆がなかったとしても、零時前に殺ったらルール違反だろうが」

礒山は口もとを歪めた。「パグェは哀れだな、温度データロガを持ち帰らなきゃ信用すらされねえ。俺たちにはな、十五分や二十分ていどの時間差なんて関係ねえんだ」

スキンヘッドの榊本が歯ぎしりした。「おい、全員きけ！　淫銅鑼なんかに耳を貸すんじゃねえぞ。零時前に優莉結衣を殺したとして、この校舎に盗聴器が仕掛けられてねえって、どうして断言できる？　ほんのちょっとまたなかっただけで大金がパァだぜ」

誰もが盤上の駒のように少しずつ位置を変え、来たるべき全面衝突に備えだす。榊本らブレンダに同調する者たちが、淫銅鑼派と対立を深めだす。互いに飛び道具で威嚇しあう。

凜香がけたたましく笑った。「いい！　こういうの最高。でもわかりにくいからさ、いますぐ結衣姉を殺したがってる奴ら全員、マーカーペンで額に〝今〟とでも書いてよ」

淫銅鑼のひとりが脅した。「クソアマ、なにがおかしいってんだ。ふざけたことほざくな、黙ってろ」

「あ？」凜香が目を怒らせた。「モブがサラブレッドに口きいてんじゃねえよ。おめえら赤シャツはぶっ殺すとして、その仲間も区別できるようにしとけってんだよ」

篤志がわずかに不審げな表情をのぞかせた。「おい、だけどよ……。本当に原爆でみんな吹っ飛ばす気なら、伊賀原が零時をまつ必要はどこにある？　あいつはもともと誰とも競うレベルじゃなかったんだろ？　零時決行なんてルール、最初から伊賀原にはありゃしねえんじゃねえのか」

　当然そのとおりだと結衣は思った。結衣は醒めた気分で儀山にいった。「あんたさ、なんでいま美代子が電話してきたかわかる？　わたしが校舎内にいて、あんたたちに釘付けにされてるのをたしかめるため。伊賀原はたぶん田代親子と一緒にいる。美代子の乗ったクルマが、安全な距離まで遠ざかりしだい、遠隔操作で核爆発を起こす。午前零時の前か後かに関係なく」

　ヨンジュが緊迫したささやきを漏らした。「ありうる。っていうより、それしかない」

　儀山の顔は汗だくになっていた。「俺は信じねえ。馬鹿げた嘘を振りまく奴らは、優莉結衣と一緒に蜂の巣にしてやる」

「いや」男の落ち着いた声が廊下に反響した。「信じろ」

淫銅鑼のメンバーらがぎくっとして、いっせいに背後を振りかえろうとする。

だがすかさず別の男の声が飛んだ。「こっちを向くな！　そのままでいろ」

四十代半ばの男ふたりが、廊下の端に立っていた。淫銅鑼の背に拳銃を向けている。弥藤と磨嶋だった。

磨嶋は涼しい顔でいった。「田代夫人はぎりぎりまで状況を見届けていった。優莉結衣だけじゃなく、殺しに群がった奴らも全員吹き飛ばされる。いま予定どおりの状況になったわけだ。俺たちゃ踊らされてるだけなんだよ」

弥藤も低い声で呼びかけた。「礒山。銃を下ろせ」

十人ほどがひとかたまりになった淫銅鑼は、いまや石のように凍りついていた。とりわけ後方にいるメンバーは、弥藤と磨嶋の銃に背を狙われ、動揺を隠しきれずにいる。

淫銅鑼のひとりが震える声でささやいた。「礒山。どうするんだよ」

礒山の荒い呼吸が、廊下の静寂にこだました。誰もがしきりに視線を交錯させる。銃ばかりか無数の刃物が、いたるところで敵対者の隙をうかがう。一触即発の危機が急速に高まっていく。淫銅鑼の持つ拳銃は、ひとつ残らず小刻みに震えだしていた。

意を決したように礒山が怒鳴った。「優莉結衣は俺たちの敵だ！　ぶっ殺せ！」

一斉射撃の銃声が耳をつんざいた。銃火は閃光となり絶え間なく明滅する。だが結衣は一瞬早く動きだしていた。姿勢を低くし、前方の敵に突進する。敵は淫銅鑼ではない、刃渡りの長いブッシュナイフを振りかざした、名もなき半グレだった。その男の正面に潜りこむことで、淫銅鑼の銃弾を避けるための盾にする。男は背に銃撃を食らい、呻きながらのけぞった。

　鼓膜が破れそうな音量で銃声が反響する。淫銅鑼は結衣をろくに狙えずにいる。弥藤と磨嶋が後ろから撃ってくる以上、そちらに向き直り応戦せざるをえない。奴らにとっての脅威はそれだけではなかった。零時前に結衣を殺させまいとする半グレたちが、淫銅鑼の前にいっせいに躍りでた。拳銃が奪われるたび、撃ち合いの規模が拡大していく。遮蔽物もなにもないため、たちまち血飛沫があちこちに撒き散らされた。

　強烈な風圧を残し、巨体が素早く敵陣に突進していく。篤志の身のこなしのすばやさを、結衣は初めてまのあたりにした。幼少のころから身軽ではあったものの、いまも反射神経と瞬発力は鈍っていなかった。振りまわす腕と脚は異様に長く、リーチが驚くほど伸びる。そのさまも猿人のようだった。猪突猛進のそばから、拳銃や刃物が次々と床に投げだされ、首の骨を折られた赤シャツが突っ伏していく。

　結衣の前後から敵が襲いかかった。拳銃を突きださず、あくまで胸の前に留めているのがこざかしい。結衣は低く突っこんでいき、スカートベルトから手製スタンガンを抜くと、尖端を敵の腹に押し当てた。スイッチをいれると敵の身体が激しく痙攣した。市販品とちがい即死に至る。口から泡を噴き、敵が倒れてくる。結衣は銃を奪わなかった。直前の発砲を最後に、スライドが後退したまま固まったのが見てとれたからだ。もう弾を撃ちつくしている。敵が床に横たわるより早く、結衣は別の敵に向き直った。ダガーナイフが結衣の喉もとを斬り裂くべく、水平方向に猛然と迫った。

だが結衣は動じなかった。ヨンジュの右のこぶしから突きでた刃が、その敵を刺し貫いた。三枚刃のジャマダハル、中央の刃の鋭い尖端だった。目を剝いた敵が、結衣の鼻先でくずおれた。

　ヨンジュは左手に、淫銅鑼から奪った拳銃を握っていた。近場の敵に四発、連続して発砲した。全員が頭を撃ち抜かれ、脳髄を撒き散らし倒れていった。

　阿鼻叫喚の混乱のなか、結衣はおおよその時間の経過を計っていた。銃声をきいつけた近隣住民の通報から、パトカーが駆けつけるまで、あとどれくらい余裕があるだろう。爆心地からできるだけ遠ざかったほうが、警察も無事でいられる。しかしあいにくそんな事実は知れ渡っていない。

　廊下側面の引き戸が開いた。いつしか教室に逃れていた凛香が、ヘアードライヤーに似た物体を突きだし、至近の敵のこめかみに当てた。それは工業高校の備品、電動ドリルだった。甲高いモーター音とともに赤い液体が散布される。頭蓋骨を貫かれた敵がつんのめった。

凜香は結衣に目をとめ、なにか金属製の道具を投げよこした。結衣はそれを受けとった。ハンディタイプのガスバーナーだとわかった。凜香は教室内から米袋のような物を引きずってくると、ナイフで切り裂き、中身の粉末を廊下に撒き散らした。

なにを狙っているのか結衣には理解できた。結衣は壁に飛びつき、細い塩ビパイプを引っぱって外した。凜香が撒いたのは尿素の化学肥料だった。結衣は床に塩ビパイプを投げつけた。さらにガスバーナーの炎を噴射する。

たちまち白煙が立ちこめ、廊下は視界不良の濃霧に包まれた。塩化水素とアンモニアが水に触れ、即席の煙幕を発生させる。状況は一変し、結衣は敵に視認されにくくなった。

凜香は床に転がると、死体の手からナイフを奪い、四足動物のごとく駆け抜けていった。淫銅鑼の脚を切り裂き、落下してきた拳銃をつかみとるや、容赦なく敵の眉間に銃撃する。凜香はすかさず跳躍した。スカートから繰りだされた細く長い脚が、別の敵の首に巻きつく。膕を敵の喉仏に押しつけ、太股と向こうずねで圧迫しながら、身体の落下を利用し首の骨を折る。この喧噪のなかでも鋭い音が結衣の耳に届いた。

弥藤の怒鳴り声が廊下に響いた。「優莉結衣！」

煙の向こうから拳銃が一丁投げよこされる。結衣は左手でキャッチした。グリップの感覚からグロック17だとわかる。これまでの経験から、田代ファミリーの供給するグロックは、一発目がブレがちだと知っていた。連射すれば二発目以降は問題なくなる。結衣はただちにトリガーを引き、一発目の薬莢を放出すると、あらためて二発目から敵を狙い撃った。赤シャツがいっせいに拳銃を向けてくる。結衣は三人の顔面を連続して撃ち抜いた。

振りかえったとき、ブレンダのリーダー格、スキンヘッドの榊本と目が合った。榊本の背後で、淫銅鑼の赤シャツがナイフを振り上げた。結衣は間髪をいれず赤シャツの額を銃撃した。

榊本は後ろに敵がいたことを悟り、結衣に向き直った。ほっとしたような表情はない。そんな暇などなかった。榊本はナイフを拾うと、結衣に襲いかかろうとするドレッドヘアの半グレを刺殺し、さらなる敵に突進していった。

篤志が別の教室の前に立ち、大声で呼びかけた。「結衣！」

結衣の残弾はゼロだった。拳銃を投げ捨て、篤志のもとに走った。周りも銃声が徐々に途絶えだしている。みな弾を撃ち尽くしつつあるのだろう。だが刃物を持った敵勢が結衣を追いあげてくる。いまだ数十人はいる。狭い廊下の幅いっぱいに広がり、津波のごとく押し寄せる。

引き戸には工作実習室と記されたプレートがあった。結衣は篤志とともに教室内に駆けこんだ。

がらんとした部屋の真んなかで、凜香がしゃがんでいた。ガスのカセット式カートリッジ缶を床に立て、その上にトーチバーナーをセットしている。

凜香が声を張った。「篤志兄。カーバッテリー！」

壁ぎわにカーバッテリーが堆く積みあげられている。かなりの重量のはずだ。しかし篤志は、なかでも大きな一個を両手で抱えあげ、凜香のもとに走った。カーバッテリーが地響きとともに床に転がされる。凜香がトーチバーナーの青白い炎を近づける。カートリッジ缶は自立した。凜香が手を放しても、炎がカーバッテリーの側面を焦がしつづける。

立ちあがった凜香が後ずさりながらいった。「鉄の弾ける音がしたら、そこからは息をとめて」

「わかってる」結衣は応じながら凜香の横に立った。篤志も並んだ。三人で廊下に面した引き戸に向き直る。

敵勢がわめき声とともに教室内に飛びこんでくる。それを追ってブレンダのメンバーたちも現れた。

篤志が引き戸に駆け寄りながら怒鳴った。「榊本！　味方を廊下にだせ」

榊本は呼びかけた。「引き揚げろ！」

ブレンダらが廊下に戻っていく。教室内に敵勢が残った。赤シャツが数人、それ以外の半グレも交ざっている。篤志が引き戸を閉じ、内側から施錠した。ブレンダの襲来を警戒する必要がなくなった敵勢は、結衣に猛然と襲いかかってきた。

結衣は長さ五十センチほどの鉄製の棒を手にとった。タイヤレンチ用のスピンナハンドルだった。柄をスカートの裾にくるめて握る。こうすれば低く構えられるうえ、水平方向のスイング時に大振りせず、動作を理想の回転半径内におさめられる。スピンナハンドルで最初に到達した敵のナイフを横方向に弾き、薙刀の要領で打ち下ろす。凶器を落下させた敵の腹部に突きを浴びせた。無駄な動きを抑えれば余分な遠心力を生まずに済む。

凛香と篤志も敵のナイフを奪い、それぞれ巧みな体術で応戦していた。けれども多勢に無勢、長くは持たないのは自明の理だった。充分だと結衣は思った。もとより全員と喧嘩しようとは思っていない。

カーバッテリーが鋭い音を立て破裂した。結衣は最後のひと息を深く吸いこみ、わずかに吐きだしてから呼吸をとめた。

たちまち卵の腐ったような悪臭が充満しだした。敵はなおも襲いかかってくるものの、腕力はあきらかに減退し、動きも鈍くなった。結衣は息をとめたまま、至近の数人を打ち倒した。それ以上の対処は必要なかった。敵勢はばたばたと床に倒れていった。誰もが喉もとを掻きむしり、苦悶に満ちた絶叫を発した。みな口から泡を噴きだしている。

バッテリー液を沸騰させると希硫酸が発生、化学反応を起こし硫化水素の噴出が始まる。この教室の容積なら、たちまち８００ｐｐｍ以上に達する。意識喪失、呼吸停止、死に至る。

引き戸が蹴破られた。さらなる敵勢が突入してきた。だが結衣のもとに達するより早く、そろって足がもつれだし、前のめりに突っ伏していった。硫化水素を吸いこんだせいだった。たちまち十数人がうつ伏せに折り重なった。結衣はそのわきを抜け、足ばやに戸口へと向かった。

目が痒くなった。喉にも焼けるような痛みが走る。たとえ息をとめていようと、硫化水素は粘膜から体内に滲入してくる。凛香と篤志も同様らしい。青い顔をしながら結衣を追い抜き、戸口へと駆けていった。

ふたりが廊下に転がりでた。凜香が肩で息をしながら床にのびた。篤志もぐったりして床に横たわった。結衣は引き戸を閉めてから、ようやく廊下の空気を胸いっぱいに吸いこんだ。

榊本らブレンダのメンバーらが、啞然とした表情でこちらを見ている。しかし廊下の反対側には、まだ赤シャツに率いられた敵勢が居残っていた。最後の二十人足らずだった。

凜香と篤志に危害を加えさせるわけにいかない。結衣は走りだした。廊下の中央階段に駆け寄ろうとしたものの、敵勢がいっせいに群がってくる。

ヨンジュが飛びこんできて、ジャマダハルで半グレを次々と斬り裂いた。制服が血で染まっている。敵の返り血を浴びたのか、それとも負傷したのか、動作からは判然としない。榊本が仲間を引き連れ加勢した。弥藤と磨嶋は銃弾を撃ち尽くしたらしく、ふたりともボウイナイフを逆手に握っていた。敵勢を結衣に到達させまいと抗いつづける。

血なまぐさい闘争がスローモーションのように感じられてくる。憐れみともそれ以外の情ともつかない、どこか涙ぐましい気持ちが胸の奥にひろがる。だがそれは一瞬の感覚にすぎず、結衣はただ全力で階段を駆け上っていった。

三階廊下にひとけはなかった。敵勢が追いあげてくるまで一分とかからない。結衣は腕時計に目を走らせた。午後十一時五十一分。あと九分しかない。

廊下を走りながら教室名のプレートを見上げる。高圧実験室、電気計測室、アプリ応用室。備品が多ければクズどもを一掃できる機会も増える。そもそも人の殺し方を熟知しているなら、どんな状況だろうと活路は開ける。二十人足らずなど敵ではない。

電気機器室を見つけた。直感がここだと告げる。引き戸を開けるやなかに飛びこんだ。床に円柱形の物体が置いてあった。高さは約五十センチ、直径約二十センチ。アクリルパイプの表層を巻きつけたコイルが覆い尽くしている。円筒の上部にはひとまわり大きなアルミ製の輪が載せてあった。

共振型変圧器(テスラコイル)。使えると結衣は思った。テスラコイルの魔改造ならD5から教わった。円筒の下に敷かれた高周波パワーアンプのヒューズをオフにした。電解コンデンサーに接続された半導体スイッチング素子を外し、基板上のFFEと記された箇所に挿しこむ。近くにあったヒドラメチルノン入り殺虫剤を基板に噴きつけた。

ほとんど間を置かず、引き戸の外に敵勢の怒号が反響した。廊下を靴音の群れが迫ってくる。

放電には媒介が必要だ。自分の身体を使えばいい、結衣はそう判断した。

テスラコイルの電源をいれた。生徒用の机をひとつ持ちあげ、テスラコイルにかぶせるように置く。結衣は軽く跳躍し、机の上に乗った。とたんに全身の皮膚を静電気が駆け抜けるのがわかる。髪が逆立つほどではないが、風を受けたときのようになびいた。同様にスカートの裾もふわりと浮きあがる。

両手を近づけてみる。軽い痺れとともに、左右の五本指のあいだに青白い稲妻が走った。

真っ先に駆けこんできたのは礒山だった。淫銅鑼の生き残りはわずか数人でしかない。しかし同調する半グレどもを十数人も引き連れている。大半の凶器は刃物だが、礒山の手にはまだ拳銃があった。

結衣は机の上に立ち、礒山ら敵勢を見下ろした。

「このブス」礒山が吐き捨てた。「てめえ目障りなんだよ！　優莉匡太の娘だからって調子に乗りやがって。俺たちはてめえを殺して金持ちになってやる」

「あんたたちが金持ちに？」結衣はささやいた。「笑わせんなよ」

礒山が憤りに満ちた目で睨みつけてくる。銃口が結衣に狙いを定めた。「死にやがれクソアマ！」

だが結衣は臆することなく、両足で机をしっかり踏みしめ、すばやく両腕を前方に突きだした。両手の十本指をまっすぐ敵勢全体に差し向ける。

とたんに結衣の指先から稲妻が放射状にほとばしった。電圧は十万ボルト以上あるものの、テスラコイルの高周波電流は身体の表層を流れるため、結衣自身は感電しない。だが金属製の凶器を握った敵勢は別だった。結衣からの先駆放電を受け、それら凶器に避雷針同様のストリーマが発生する。魔改造済みのテスラコイルが、電流を空気中で飛距離に比例し増幅させる。ほんの二メートルで〇・一アンペア以上に達する。

結衣の十本指から放射されたすべての稲妻は、さらに分岐しながら、教室内にいる敵の金属製凶器を残らず直撃した。目もくらむ閃光の明滅のなか、礒山が絶叫に似た悲鳴を発し、全身を激しく痙攣させる。ほかの全員も同じありさまだった。

稲妻を放射すること数秒、結衣は両手をひっこめた。放射は途絶えた。敵は音を立てて倒れていった。

仰向けに横たわった礒山の顔は極端にむくみ、血管が黒く浮きあがっていた。感電し内部から火傷がひろがったのがわかる。絶命はあきらかだった。教室内で生き残っているのは結衣ひとりだけになった。

廊下に靴音が響いた。先陣を切って戸口に駆けつけたのは凛香、そして篤志だった。

ヨンジュや榊本は唖然とした表情を浮かべている。

篤志が死体を眺め渡した。「おまえ大人たちに教わったことをよくおぼえてるな。こっち指差すなよ」

結衣は机から飛び降りた。近くの棚に予備のコイル用銅線のリールがあった。結衣は銅線を引っぱりだした。手製スタンガンの電池を交換し、先端部に銅線を巻きつける。

凜香が神妙に告げてきた。「結衣姉ちゃん。午前零時まであと六分」

「美代子はまだ安全圏まで到達してない」

「そうじゃなくてさ。零時になったら核爆発が起きなくても、みんなが結衣姉ちゃんを殺すよ?」

「なんで心配してんの」

「心配なんかしてない。わたしが真っ先に殺ってやんよ。ほかの奴らになんか殺させない」

「なら準備したら?」結衣は銅線を巻きつづけた。「わたしも来るべきときに備えてる」

13

普久山教諭ははっとした。ぼんやりと意識が戻るとか、そんな感覚はなかった。人間ドックの内視鏡検査を嫌い、全身麻酔を頼んだときもこうだった。いきなり気を失い、次の瞬間には別の場所にいる。

見慣れない天井に蛍光灯、けれどもいまは消灯していた。点滴スタンドが目に入った。ベッドに寝ているようだ。暗い室内はなんらかの光に照らされ、しきりに色彩を変えている。

ほどなくテレビが点いているからだとわかった。わずかに頭を起こすと、殺風景な部屋の片隅に、壁掛けタイプの小さなテレビがあった。ふたりのスーツが腕組みをしながらたたずみ、画面に見いっている。

映しだされたのは、夜の闇に建つマンションだった。六階か七階ぐらいの高さだった。見おぼえがあると普久山は感じた。記憶を呼び覚まそうとしていると、テロップが表示された。〝伊賀原璋さん（35）のマンション――宇都宮市陽東8丁目〟。

「ああ！」普久山は思わず声をあげた。

ふたりのスーツが驚いた顔で振りかえった。宇都宮東署の生活安全課少年係、刑事の尾神と山下だった。

尾神がほっとしたように歩み寄ってきた。「目が覚めましたか。よかった。いま奥さんもこっちに向かってますよ」

「ここは」普久山は見まわした。「……病室ですよね？」

「宇都宮東病院の入院病棟です。驚きましたよ。爆発と火災が起きた現場近くで、クルマのなかで寝ておられて」

「なにがあったんですか」

山下がきいた。「教え子の優莉結衣さん、ご一緒じゃなかったですか」

反応しかけて、ふと口をつぐんだ。意識が朦朧としているうちに真実をききだそうとしている。普久山は首すじに手をやった。「さあ」

「医師の話では、睡眠薬を注射された可能性があるそうです。たぶん首の小さな傷は注射痕だろうと。注射器も針も見つかっていませんが」

首を撫でまわすと、たしかに点ほどの傷痕の感触があった。思いだしてきた。優莉結衣は助手席のドアを開けたものの、なぜか乗りこもうとしなかった。記憶はそこで途切れていた。

尾神は椅子を引っぱってきて、ベッドのわきに腰かけた。「先生。なぜあんなところにいたんですか」

「三年生の米谷智幸がいなくなって、手分けして捜してたんです。現在の担任、伊賀原先生に電話したんですが、スマホが通じなくて。どうしているのかとマンションを訪ねました」

「爆発の記憶はない？」

普久山はとぼけてみせた。「爆発？　甲子園球場はたしかに、戦場みたいなありさまでした」

「甲子園じゃなく、伊賀原先生のマンションですよ」

「さあ……。どうも頭がこんがらがってしまって」

「優莉結衣には会っていないんですか」

「会ってませんよ。でもなぜ？　彼女がどうかしたんですか」

ふたりの刑事は顔を見合わせた。尾神が苦い表情で普久山に向き直った。「半グレとおぼしき若者たちが、都内からこっちに乗りこんできてるようです。餃子(ギョーザ)店で一部を捕まえましたが、宴会を開いてたというばかりで」

「その若者たちと、優莉結衣になにか関係があるんですか」

山下が首を横に振った。「わかりません。でも彼女の住む児童養護施設で殺人があったばかりです。子供たちは優莉結衣がいなかったとの一点張りですが……」

尾神はため息をついた。「逃げ延びた半グレたちと同様、優莉結衣の所在も不明です。伊賀原先生の部屋が爆発、本人も行方知れず。近くのクルマであなたが寝てた。いったいなにがどうなってるんですか」

ふたりの刑事が凝視してくる。普久山は口ごもった。あきらかに疑惑の目を向けている。黙秘を貫くべきだろうか。だがよけいに怪しまれる。

ドアが開いた。刑事たちの上司、北原係長が足ばやに入室してきた。テレビに駆け寄りながら北原がいった。「優莉結衣にアリバイがあった」

尾神と山下は驚きの反応をしめした。山下がきいた。「なんですって?」

北原がじれったそうに振りかえった。「リモコンは?」

テレビのリモコンが北原に渡される。チャンネルが替わった。やはりニュース番組、夜間の映像だったが、場所はまるでちがっている。テロップには六本木からの生中継とあった。

女性リポーターの声が興奮ぎみに告げた。「いまできました。六本木交差点に近い雑居ビルの屋上で、女子高生が飛び降りようとしているとの一一〇番通報があり、警察と消防が駆けつけ説得と救助にあたりました。望遠レンズでとらえた映像について、視聴者から優莉匡太元死刑囚の娘、優莉結衣さんではないかとの問いあわせが殺到し……」

歩道に報道陣が押し寄せる。だが警察により接近を阻まれている。ビルの狭間から、ふたりの女性警察官に挟まれた女子高生が現れた。げっそりと痩せ細っていた。足もともおぼつかない。髪型は優莉結衣と重なる。カメラがズームした。その顔が大写しになった。

泉が丘高校のセーラー服を着ている。

尾神が茫然とつぶやいた。「信じられない。たしかに優莉結衣のようです」

画面にもテロップがでた。〝優莉結衣さん（17）とみられる女性〟。

さかんにフラッシュが焚かれるなか、衰弱しきった顔が青白く明滅する。目の焦点が合わず、生気がまるで感じられなかった。警察官らは報道陣を下がらせつつ、女子生徒を救急車へといざなう。路上をパトカーが埋め尽くしていた。

北原が普久山を振りかえった。「優莉結衣ですね？」

「ええ、あの」普久山は咳ばらいをした。「はい……」

「ずいぶん痩せ衰えてるみたいだ。始業式に出席した彼女は、あんなふうだったんですか」

思わず否定しかけて、普久山は平静を装った。「大勢の生徒がいましたし、今学年はもう私のクラスじゃないので……。でも優莉結衣なのはたしかでしょう」

山下が北原に歩み寄った。「なにがあったんですかね？　半日かそこいらで」

北原は難しい顔で応じた。「よくわからんが、放射能と関係あるのかもしれん。いまの担任は伊賀原先生だ、やはり行方をつかめないことには……」

戸口に制服警官が現れた。「石掛工業高校で銃声です！」

「銃声」北原が緊張の面持ちで動きだした。「尾神、来てくれ。山下はここに残れ」

山下はテレビに目を向けているが、普久山の見張りを命じられたのはあきらかだった。

画面のなかの女子生徒は、すでに救急車に乗せられていたが、ついさっきの映像が何度もリピートしている。たしかに優莉結衣にうりふたつだ。彼女が数日間、山で遭難したのち救助されたら、こんな風体になるかもしれない。目鼻立ちはそっくりだった。

しかしやはりちがう。痩せている以外どこがどう異なるか、明確に指摘はできない。それでも別人にちがいなかった。クローンのように酷似していても優莉結衣ではない。

普久山は固唾を呑んでテレビ画面を見つめた。この少女はいったい何者だ。

14

結衣は石掛工業高校の地階に降りていた。午後十一時五十六分。一階からの下り階段、暗闇に半グレがひしめきあっている。

人混みのなか、ジニが怒鳴った。「ホジン！　ドアはここだ」

鍵束の奏でる金属音が前方に移動していく。混雑を掻き分け、ホジンと呼ばれたスプキョク隊の一員が、突きあたりのドアに達した。ドアは鉄製だった。ホジンが次々と鍵をあてがい、やがて解錠に至った。開放されたドアに集団がなだれこんだ。

結衣は闇のなかに目を凝らした。コンクリート壁に囲まれた地下室は、特別教室ていどの広さだとわかった。長テーブルとホワイトボード、五十インチのテレビが据えてある。通常の授業に使われているらしい。長テーブルの上には大きな段ボール箱があった。

いたるところに太い支柱が立つ。半グレたちが懐中電灯で支柱の蔭を照らしながら、さらに奥へと捜索範囲をひろげる。

ヨンジュが脇腹を押さえながら、片脚を引きずって歩く。結衣は駆け寄り、ヨンジュの片腕を支えた。

だがヨンジュは顔をしかめた。「傷そのものは浅い。これ以上傷口が開かないよう気をつけてるだけ」

「ここをでたらすぐ手当てをする」

「零時まであと三分だろ。自分の心配をしろ」

篤志の緊迫した声が呼びかけた。「結衣！」

結衣は駆けだした。篤志と一緒にいた凜香が、支柱の蔭を指さした。

思わず鳥肌が立つ。パイプ椅子に制服の男子生徒が座っていた。ロープで全身を縛られたうえ、口をガムテープでふさがれている。米谷智幸は目を剝き、唸り声で必死になにかをうったえていた。顔は擦り傷だらけ、服も埃まみれだった。

ただちにガムテープを剝がす。次いでロープをほどきにかかった。結衣はきいた。「怪我はない？」

米谷は涙声を絞りだしたものの、なにを喋っているか明確ではなかった。

篤志が苛立ちをあらわにした。「おい、なにをいってやがる。わかるように話せ」

「いいから」結衣は篤志を制した。米谷に向き直りロープの完全除去を急ぐ。「もう心配ない、落ち着いて。なにがあった？」

「伊賀原先生が」米谷は怯(おび)えきった顔で、声を震わせながらささやいた。「あんな物を作ってるなんて思わなかった。原爆……」

ようやくロープをほどききった。結衣は米谷の手をとった。「立てる？」

米谷はうなずき、ゆっくりと腰を浮かせた。だが足もとがおぼつかず、たちまちその場にへたりこんでしまった。

尻餅(しりもち)をつく寸前、結衣は米谷を抱きとめながらしゃがんだ。「原爆はどこ？」

「すぐそこだよ」米谷の目にうっすら涙が浮かんでいた。「でも動かせない。ジャイロを内蔵してた」

「遠隔操作のほかにも起爆装置があるわけか。傾きを感知する？」

「そう。熱も感知する。時限式でもあるって……」

「何時にセットしたか、伊賀原はいってた？」

「夜中の零時十五分とか」

十五分超過してから爆発。それだけ余裕があれば、美代子が安全圏まで逃げられるからだろう。零時ジャストの爆発でないだけでも幸いだった。こちらにとってもゆとりが生じる。

ふいに伊賀原の声が地下室に反響した。「優莉」

ざわっとした驚きがひろがる。誰もが固唾を呑んで立ち尽くした。

結衣は顔をあげた。いつしか授業用のテレビが点灯している。伊賀原の無表情な顔が、画面に大写しになっていた。

その手前でスプキョク隊が、長テーブルの上にあった段ボール箱を切り裂いた。ジニがこわばった顔で結衣を振りかえった。

刺すような顫動が胸のうちにひろがる。段ボール箱のなかから、くだんの物体が出現した。横たわっているのは長さ一メートル、直径三十センチほどの円筒、両端は半球状に丸くなっている。赤と白のツートンカラー、まるで巨大なカプセル錠剤だった。

村山がガイガーカウンターを近づけた。電子音がけたたましく鳴り響く。数値をきくまでもない。村山の表情は凍りついていた。

弥藤や磨嶋がテレビに駆け寄った。半グレたちもテレビを取り巻く。榊本のささやきがきこえた。「こいつが伊賀原かよ」

するとテレビのなかの伊賀原が反応した。「そういうおまえはブレンダの榊本だな？　槇人さんの評価は最低に近いぞ。いちいち楯突いて厄介だから、もう用済みだそうだ。自業自得だな」

コミュニケーションカメラとマイクを内蔵するテレビだった。ささやき声も拾うとは、マイクの感度もかなり高い。もう内緒話はできそうにない。

それにおそらく、伊賀原の目と耳の代わりになっているのは、カメラとマイクだけではない。

凛香が結衣をうながしてきた。「わたしたちも行こ」

結衣は米谷の顔を見下ろした。米谷は床に仰向けになったまま、ほとんど脱力しきっている。

その手に護身用の手製スタンガンを握らせた。高電圧コンバーターに、リチウムイオンバッテリーを接続しただけの代物。さっき銅線を巻きつけたものの、現状それ自体はなんの意味もなさない。

だが米谷は手もとを眺めるうち、神妙な面持ちになった。

なにもいう必要はない。会話をマイクに拾われたくもない。結衣は立ちあがった。米谷をその場に残し、凛香や篤志とともにテレビのほうへと向かう。

集団が結衣に目をとめた。結衣の行く手で人垣が左右に割れる。長テーブル上に横たわる原爆、その向こうにテレビ。画面いっぱいに拡大された伊賀原の顔があった。

凛香がスマホカメラのレンズをテレビに向ける。動画を撮影しているらしい。伊賀原に動じる気配はない。どうせ間もなくすべてが吹き飛ぶ、そう考えているのだろう。

伊賀原の目が結衣をとらえた。「優莉。リモート授業は先生、あまり好きじゃなくてな。でもいまはどうしても必要なんだ」

結衣は伊賀原の手製原爆を眺めた。金属のカバーは丁寧に溶接され、いっさいの隙間がない。完全な密閉状態だった。外からは手がつけられない。

ここは工業高校だが、原爆を旋盤加工用の機械がある教室に運ぼうとしても、ジャイロセンサーが反応し爆発に至る。バーナーで焼き切ろうとすれば熱を感知し、やはり同じ結果になる。なによりもうそんな時間は残されていない。

画面のなかの伊賀原がいった。「どうにもならないとわかったようだな。あと二分で零時を迎える。ケータイ電波やワイファイを使ったリモート起爆も可能なんだが、タイマーはもう少し先にセットしてあってね」

半グレのあいだに動揺がひろがった。スプキョク隊の何人かがうろたえる反応をしめし、じわじわと後ずさった。これまで半信半疑だったのが、ようやく原子爆弾の実在を悟ったらしい。

ジニが一喝した。「いまさらひるむな!」

結衣はテレビに映った伊賀原の顔を見つめた。「先生。こんなことする理由は?」

「仕事でね」伊賀原が平然と応じた。「俺は教師である以前に、槙人さんの親友だ。

厄介な女子生徒について相談を受けてた。先生も化学の才能に恵まれたはいいが、教員免許を取得するぐらいじゃ満足できなくてね。かといって活動家をつづけるのも時代遅れだし」

「お金がほしかっただけでしょ」

「そりゃ人は誰でも一生遊んで暮らせる金がほしいもんだよ。貯蓄は大事だ」

「わたしを殺すつもりなら、宇都宮ごと吹き飛ばす必要はないのに」

「そうはいかないんだ。槇人さんはおまえを殺害するため、小国なら攻め落とせるぐらいの武力を注ぎこんだそうだな。なのにおまえはまだ生きてる。ちまちました暗殺計画など、いまさら実行に移すだけ無駄だ。やるなら奔放なぐらい強力で、確実な方法でないとな」

「それで核兵器?」

「確実を突き詰めた結果こうなった」

「お金かかりすぎでしょ」

「経費の心配は無用と槇人さんがいってね」

「なわけない」結衣はあえて挑発した。「莫大な負債の穴埋めを図るつもりでしょ。そのための核爆発でもある」

「はて。宇都宮に核爆発が起きて、槇人さんが儲かる？　餃子不足になったら転売でもする気かな」

「あの馬鹿はもともと東京オリンピックを中止に追いこんで、株の空売りで大儲けしようとしてた。なのに自然発生したウイルスのせいで、オリンピックの延期がきまっちゃって、しかも来年の開催も困難ってきいて四苦八苦」

とぼけるのも無意味と悟ったらしい。伊賀原が真顔になった。「このままいくと、なにもしなくてもオリンピック中止が濃厚になってくる。まだ延期とされている現状こそ、中止に追いこんで株価を操作しうる最後のチャンスだろうな」

「北関東で核爆発があれば、誰も東京に来たがらなくなる」

「爆心地がもっと東京に近いほうが、より確実に中止となるんじゃないのか？」

「首都壊滅なら日本経済が破綻しちゃって、円が紙切れ同然になるでしょ。あらゆる取引が意味をなさなくなったんじゃ、田代槇人も困る」

「正解だ」伊賀原がため息をついた。「おまえは優秀な生徒だな。授業をできなかったのが心残りだよ」

結衣はわざとからかうような口ぶりでいった。「経営が崖っぷちの田代家。悪あがきすればするほど、日本じゅうから悪者扱い」

ふいに田代槇人の声が告げてきた。「それはきみだろ。優莉結衣の過去の犯罪も暴かれる。智沙子を解き放ってやったからな」

地下室に衝撃の反応がひろがった。テレビ画面のなかに動きが生じた。伊賀原が戸惑いがちに身を退かせる。背景が見てとれた。花柄の壁紙に優雅な調度品、どこか豪邸の室内らしい。

代わって田代槇人の顔がフレームインした。無精髭のみならず、目の下のくまがめだった。槇人が淡々といった。「世間はショッキングな真実を知る。清墨学園事件における優莉結衣のアリバイは、双子の替え玉のおかげだったと」

凜香と篤志が緊張した顔を見合わせた。結衣は瞬時に内なる動揺を抑えこんだ。

「それって」結衣はきいた。「あなたにとっても不利になるんじゃなかった?」

「そうでもない。宇都宮で核爆発が起きれば、それどころではなくなるよ。今夜、智沙子が都内にいたのは、優莉結衣のアリバイ工作だったと発覚する。原爆を仕掛けたものの、本人はなにかの手ちがいにより爆心地で死亡」

「世間の疑惑の目はまたわたしに向くって?」

「そのとおりだとも。優莉結衣は核爆弾で宇都宮を壊滅させた。名実ともに戦後最悪のテロリストになる。智沙子が保護され、清墨学園事件の犯人もきみだったと発覚する。武蔵小杉高校事変を始めとする、一連の武装事件も……」

「勇次が怪しいって噂が飛び交ってるけど」

「最近はな。でもまた元どおりになる。優莉結衣の仕業だったと世間は信じる。私たちはきみに濡れ衣を着せられただけとの見解が広がる」

「土壇場でオリンピック中止確定、大儲けで田代家の借金帳消し。そんなにうまくいく?」

「いままさにそうなろうとしている歴史的瞬間だ」槙人は腕時計を一瞥した。「あと十七秒で零時だぞ」

「タイマーは十五分後にセットしてあるんでしょ」

「いつでも遠隔操作で起爆できる。零時になったら、いいかね諸君。優莉結衣を殺せ。零時十五分までに殺せたら、核爆発は起こさない。勝利者に約束どおり懸賞金を進呈しよう」

半グレたちが目を泳がせた。張り詰めた空気のなか、鋭い視線が結衣に投げかけられる。

槙人が声高にカウントした。「あと五秒。四、三、二、一。時間だ。カーン！ ゴングが鳴ったぞ」

地下室は静まりかえっていた。なんの変化もない。誰もひとことも発さない。身じろぎひとつ見あたらなかった。

「おい」槇人が血走った眼を見開いた。「なにしてる。試合の残り時間は十五分だ。ぼうっと突っ立ってる場合じゃないだろ」

磨嶋がテレビの前に歩みでた。「槇人さん。あんたに扇動されそうな連中は、もうみんな死んじまった。むやみに優莉結衣を殺したがってる輩は残ってない」

「なんだと？　おまえら零時になるのをまってたんじゃないのか」

ジニがため息まじりにささやいた。「最初はそうだった。でも槇人さん。あんた使い捨ての駒だけを宇都宮に送りこんだんだよな？　俺たちはみんなパグェに尽くしてきた。あんたはパグェの指導者だろう。なんでこんなことしたんだよ」

槇人の声は苛立ちの響きを帯びだした。「指導者は烏合の衆を統制する。スプキョク隊のなかで、日々のノルマが未達成なのはおまえらだけだ」

「新大久保の貧しい韓国人家庭を襲って、生活保護費を巻きあげるなんて、パグェがやることじゃねえ。日本の国家権力を打倒するのが究極目標だろうが」

「方針を決定できる立場か。分をわきまえろ」

「ああ、そうかよ。よくわかった。あんた結局、金儲けがすべてなんだな」

「おいジニ。身寄りのなかったおまえらに、誰が生活を保障してきたと思う」

「核爆発で俺らを皆殺しにしようとしたよな？　っていうより、これからそうするつもりだろ？　なにが十五分間の試合だよ。そこにいる化学の教師がボタンを押したら、すべて決着じゃねえか」

槇人の鼻息が荒くなった。「ボタンを押されたくなきゃ優莉結衣を殺せ！」

やはり地下室は無反応だった。なおも沈黙が長くつづいた。

静寂を破ったのはヨンジュだった。抑制のきいた声がこだまする。「わたしたちは最高顧問から、指導者は神と同じだと教わってきました。これがその仕打ちですか」

全員の射るような視線がテレビに突き刺さった。槇人が表情をこわばらせた。

「そうか」槇人は憤怒（ふんぬ）のいろとともに吐き捨てた。「なら望みどおりにしてやる」

後方に引き下がった槇人の代わりに、ふたたび伊賀原がフレームインしてきた。

伊賀原の顔は気色ばんでいた。手にしたスマホを操作しつつ、興奮ぎみにまくし立てた。「やっとこのときを迎えた。優莉結衣、悪態をすべてぶつけきれないのが残念だよ。ひとことだけいわせてもらう。消えてなくなれ」

「先生」結衣は低い声を響かせた。「始業式で会っただけなのに、わたしのなにがわかるの」

「すべてだ。俺はもっと前からおまえを見てきた。なにもかも知ってる。おまえは低俗で安易、父親から人殺しの知恵と凶暴性を受け継いだだけの、ただの安っぽい不良だ」

「わかってない。父ですら子供を理解できてなかったのに、担任教師ごときには無理でしょ」

「ごときだと?」伊賀原が目を怒らせた。

「先生もいままで死んでいった馬鹿たちと同じ。わたしのことをわかってれば、失敗せずにすんだ」

ふいに背後から男子生徒の声が飛んだ。米谷の声だった。「優莉さん!」

結衣はわずかに振りかえった。半グレたちが左右に身を退く。あいだを割って米谷が小さな物体を投げつけてきた。結衣は左手でキャッチした。さっきまでは手製スタンガンだった。いまはもうちがう。米谷がさらにいじっていた。ぐるぐる巻きにした銅線の端をちぎり、高電圧コンバーターの端子に絡みつけてある。

その物体の先端をすばやく原爆に叩きつけた。むろん金属の外殻は凹みすらしない。結衣はただちにスイッチをいれた。鋭く甲高いノイズが一瞬だけ響いた。

ほぼ同時に、テレビのなかの伊賀原がスマホの操作を終えた。目を輝かせながらこちらに向き直る。

数秒が経過した。伊賀原が妙な表情になり、さかんに瞬きをした。ふたたびスマホをいじる。核爆発が起きないことに動揺を隠しきれずにいる。なにやら別の機器をとりだし、スイッチのオンとオフを繰りかえした。遠隔機能のバックアップ装置かもしれない。だが無反応と知るや、伊賀原は愕然とした面持ちになった。

汗だくになった伊賀原が、絶望の面持ちでささやいた。「なぜ……」

結衣は米谷に振り向いた。米谷が息を切らしながら立っている。消耗しきってはいるものの、かすかに安堵のいろが浮かんでいた。

やはり米谷は結衣の意図を正確に読みとった。巻いた銅線はコイルとなる。コイルと高電圧コンバーターの隙間にスパークが発生するよう、配線を二箇所だけつなぎ換えた。きわめて高い周波数、マイクロ波の電磁場が、ごく狭い範囲に形成される。

ボウルの下は配線で埋め尽くされている、普久山はそういった。受信装置を交換しようと、火薬に点火する仕組みは電子回路でしかない。電磁パルスの発生により、金属容器内の電子回路は焼き切られる。ＦＢＩが研究する爆弾処理の最新の手段だった。

「おい」弥藤が信じられないという顔で声を張った。「俺たち助かったのかよ！」

半グレがいっせいに歓声をあげた。雄叫びをともなう喝采が地下室を揺るがした。

伊賀原の死刑宣告を受けたような顔に、ひきつった微笑が浮かんだ。「そんな手が……。優莉。おい優莉結衣！」

周りが静かになった。結衣はテレビにまっすぐ向き直った。震える声で伊賀原がいった。「なぜか伊賀原は感涙に似た反応をしめしていた。「なんて優秀な生徒だ。化学はまちがいなく最高点……」

ふいにけたたましいノイズが轟いた。銃声にきこえなかったのは、テレビのスピーカーを通じたからだった。伊賀原の頭部が砕け、カメラに鮮血が飛散した。半グレたちがいっせいにどよめいた。

真っ赤に染まったカメラレンズが槇人をとらえた。手にした拳銃から煙が立ち上っている。

さも忌々しげなまなざしがこちらに向いた。槇人が唸るようにいった。「凜香。スマホで一部始終を撮影したようだな。それを外に持ちださせるわけにはいかん」

凜香が鼻を鳴らした。なおスマホをテレビに向けたまま、皮肉めかした口調で応じた。「原爆で吹っ飛ばせなくてお気の毒」

結衣は凜香を見つめた。「気をつけて。いまのは誰かに対する指示」

「はあ？　指示ってなに？」

「わたしはスタンガンの改造をこっそり米谷君にまかせた。伊賀原が油断しきってたのは、わたしがなんの対処もとってないと信じてたから」

「ってことは……。このなかに誰か見張りがいる？」

そのときスプキョク隊のひとりが凜香に飛びかかり、スマホをひったくった。

ジニが面食らったようすで怒鳴った。「ホジン!?」

想定の範囲内だと結衣は思った。地下室の鍵を探すため職員室に向かった男だ。戦線を離脱しているあいだ地下室に関われた。

スプキョク隊が行く手を塞いだが、ホジンはテコンドーの連続蹴りを浴びせ、道を切り開いた。戸口に向かい逃走した。半グレの群れがいっせいに追いかける。

ところが突如、雷鳴のような閃光とともに、銃声が地下室に反響した。

戸口に達する直前、ホジンは両膝をつき、前のめりに突っ伏した。その行く手に白髪頭のスーツが三人立っていた。オートマチック拳銃を手にしているのはナムだった。

倒れたホジンに凜香が駆け寄り、スマホを取り戻した。ナムに警戒の視線を向けながら後ずさる。

ナムは一同に声を張った。「学校の周辺にパトカーが集結しつつあります！　私どもが脱出経路にご案内します」

結衣の不審を察したらしい。ナムは歩み寄ってくると、拳銃のグリップを結衣に向けた。受けとるよう仕草でしめす。結衣は拳銃を握った。年季の入ったマカロフPMだった。田代ファミリーの装備品とは異なる。

穏やかに目を細めるナムを、結衣は黙って見かえした。まだ事情がわからない以上、心を許すわけにはいかない。

篤志が近づいてきた。「結衣。どうする?」

警察による包囲は事実だろう。最初の銃声以降、それだけの時間が経過している。ディエン・ファミリーは信用できないが、いまはほかに逃れる方法もない。

フエとトーが溶接バーナーを手に、長テーブルの上に乗った。熱感知センサーを炎で炙る。

突如のように豪雨が降り注ぎ、半グレたちがどよめいた。スプリンクラーが作動している。ベルの音もけたたましく鳴り響いた。

工業高校のスプリンクラー設備は、火災を感知した階から上、全フロアで作動する。地下室で火の手があがったなら、校舎の隅々までが洗い流される。指紋や汗、血液、皮膚片も採取不能になる。

ナムの対処法は適切だった。だがぐずぐずしてはいられない。消防が突入してくる。

ジニがスプキョク隊に怒鳴った。「ここから抜けだすぞ、急げ！」

どしゃ降りも同然の環境下、五十人近くの移動が始まった。結衣は米谷に駆け寄った。いまにもくずおれそうな米谷を支え、結衣はゆっくりと歩きだした。

米谷が憔悴（しょうすい）しきった表情でささやいた。「いま……人が撃ち殺された？　っていうかさっきも、伊賀原先生が……」

「核爆発が起きてれば、それどころじゃなかった」結衣は心からいった。「米谷君ならできると思った」

「あれしかないと思ったんだよ。もともと僕が馬鹿をやったせいだ」

分刻みで馬鹿をやる自分は、意見できる立場にない。それでも結衣はささやいた。

「あなたはまちがっちゃいない」

「先生から金を受けとるべきじゃなかった」

「人生少しぐらい、はみだしたっていいでしょ。あなたのおかげで助かったんだから」

米谷は結衣を見つめてきた。結衣が見かえすと、米谷は照れたように下を向いた。

「なあ」米谷がささやいた。「そのピストル、『天気の子』で帆高（ほだか）が撃った……」

「そう。マカロフＰＭ」

「あの場面、うちの親には不評だった」

「わたしはべつにかまわないと思う」

後方から水飛沫をあげながら、凜香が追い越していった。「結衣姉ちゃん、先に行く」

「まって。凜香。スマホの動画、コピーさせて」

「だめ。あれはわたしの切り札。自分でもバックアップは絶対にとらない。お宝アイテムは一個だけ、このスマホ」

「あんたの身が危険でしょ」

凜香は鬱陶しげに見かえしたが、同時に多少の戸惑いをしめした。「胃にやさしい」

そうつぶやくと凜香は背を向け、豪雨のなかを走り去っていった。

もとより期待はしていなかった。いかにも凜香らしいと結衣は思った。

ずぶ濡れのヨンジュが歩調を合わせてきた。「またおまえに助けられた」

結衣は首を横に振った。「わたしがいなきゃ、そもそも原爆なんか仕掛けられなかった」

「それでもおまえのおかげで真実が見えた」

左手にぶらさげていたマカロフを、結衣はヨンジュに引き渡した。ヨンジュが妙な顔をしながら受けとった。

「いいのか」ヨンジュがきいた。「おまえにとっちゃ自殺行為だろ」

「同情する」

「なにを」

「十二億七千万円あれば、バラいろの人生だったでしょ」

ヨンジュが力なく鼻を鳴らした。「三度も救われれば、恨みの感情もだいぶ薄らぐ」

「三度って?」結衣はたずねた。

「DVは本当だった」

結衣は黙って歩いた。ヨンジュも無言のまま歩きつづけたが、少しずつ前のめりになっていく。脇腹の負傷が痛むのだろう。

戸口に差しかかったとき、ナムと目が合った。結衣はナムにいった。「ヨンジュの手当てをしてほしい」

ナムがうなずき、ベトナム語で指示を発した。白髪頭のふたりが駆け寄った。フエとトーがヨンジュを両脇から支える。

ヨンジュはようやくほっとした顔になり、歩くペースをいくらか落とした。うつむきながら結衣を見つめてくる。哀感の漂うまなざしだった。わずかに目が潤みだしている。

結衣は一瞥し、すぐに視線を逸らした。ヨンジュは情を拒絶したがるだろう。自分も同じ性格だからよくわかる。

米谷がきいた。「いまのは友達?」

「さあ」結衣は虚空を眺めていた。「どう思う?」

「友達だよ」米谷が静かにささやいた。「一緒に歩いてるから」

15

結衣は米谷と別れ、半グレの群れとともに、地階の暗い通路を抜けていった。ほどなくスプリンクラーとは別に、穏やかな水流の音を耳にした。

泉が丘二丁目の東側には用水路が流れている。住宅地よりも低く掘られた壕の底部には、コンクリートで固められた高水敷が存在した。半グレの群れは高水敷を足場に、ほぼ一列になり走りつづけた。

頭上に目を向けると、壕には蓋がなく、夜空がひろがっていた。赤色灯が大気をうっすらと明滅させる。近くに複数のパトカーが停車しているようだ。ひとことも発するべきではないが、それさえ守ればさほど脅威でもない。半グレはみなゴム底の靴を履いている。足音は壕の内部に反響するのみで、地上にはまず届かない。

凜香も篤志も集団内にいるはずだが、いまは離れていた。ヨンジュの姿も至近には見あたらない。もともと結衣を殺しに来た人間ばかりが周りにいる。誰と一緒にいようと安心など得られない。

ずぶ濡れのせいで寒い。用水路を北に向かうと、泉が丘通りの下をくぐり抜け、親水広場に達した。壕の幅が広がり、頭上の堤防敷には並木が連なる。住宅地に延びる浅い谷底をひたすら走った。

ときおりサイレンがきこえるたび、先行する一群が足をとめる。しかし田代ファミリー傘下の半グレは、さほど慎重な行動を義務づけられてはいないらしい。無音が一秒つづけばふたたび駆けだす。あと一秒はまつべきだろう、結衣はそう思いながらも、後続のため流れを堰きとめられない。集団のペースに合わせるしかなかった。

四百メートルほどでまた用水路の幅が狭まった。行く手は北西から北東へと緩やかにカーブしている。越戸通りの下をくぐり抜けた先、いっそう狭くなった用水路の底から、ようやく階段を上った。

地上にでた。明かりひとつない駐車場だが、付近に家屋のシルエットが連なる。幌つきのトラックが何台も横並びに停まっていた。半グレたちが続々と荷台に乗りこんでいく。

ずいぶん手まわしがいい。ディエン・ファミリーは逃走用車両まで手配済みだったようだ。田代ファミリーの下位組織のわりに、人も物資も充実している。

一瞬も気が抜けないと結衣は思った。幌のなかで半グレたちとひしめきあう。ここにも顔見知りはいない。のみならず、みな状況がわからないまま、ディエン・ファミリーのトラックに乗せられていた。

運転席の小窓からドライバーが顔をのぞかせた。「誰も校舎に居残ってないか」

半グレのひとりが応じた。「米谷だっけ、あいつだけは留まってる。俺たちの仲間じゃねえからな。警察に保護されてもかまわねえ」

エンジンがかかり、荷台が激しく揺れだした。外は見えないものの、トラックが公道にでたのがわかる。

夜道を延々と走る気配があった。結衣は感覚を研ぎ澄ましていたが、不審なようすはいまのところない。ときおり耳にするサイレンも遠ざかっていく。警察の警戒網からはすでに外れているようだ。

やがてトラックは砂利を踏みしめながら停車した。荷台の後部から半グレたちが降車する。結衣も車外に降り立った。

新たな駐車場にはトラックのほか、コンパクトカーやSUV車が二十台前後も並んでいる。旅館に似た大きな建物があった。エントランスから光が漏れている。誰もが吸いこまれるも同然に、ぞろぞろと建物内に向かう。

暗がりのなか、いつしかナムが結衣に歩調を合わせていた。ナムがささやいた。「うちの関連企業の福利厚生施設です。もとは〝かんぽの宿〟だったんですが、閉鎖後に買いとりましてね。結衣さんには個室をご用意……」

「凜香と一緒の部屋にして」

「それがご希望なら」ナムは気を悪くしたようすもなくつづけた。「ただしあいにく、ここで一泊というわけにはまいりません。急なことですし、身支度だけしていただき、夜のうちにそれぞれ出発していただかないと」

むろん結衣には長居するつもりなどなかった。ナムが東南アジア系の若手に、ベトナム語で話しかける。結衣を案内するよう命じたらしい。だが結衣はナムに部屋の場所だけきき、ひとりで向かう意思を伝えた。ご自由にどうぞとナムが肩をすくめた。

二階の端の部屋で、結衣は凛香と再会した。互いに口をきかないのは、むろん盗聴を警戒してのことだった。室内を手早くたしかめる。六畳の和室と檜風呂からなるシンプルな間取りとわかった。隠しカメラはなさそうだった。

ナムは細かく説明しなかったが、泊まらず身支度をするというのは、すなわち入浴を意味している。血や汗のにおいを放っておいたのでは、職質されたが最後、ただちに連行されてしまう。

すなわちこの宿は、ディエン・ファミリーにとってのナスだろう。けれども敵の巣窟も同然の場所で、のんびり風呂に入る気にはなれない。凛香も同感らしい。結衣と交替で入浴し、ひとりが見張りを務めた。言葉は交わさずとも暗黙のうちにすべてを了解しあった。

風呂は驚いたことに掛け流しの温泉だった。湯が傷口に沁みるが、それもいつものことでしかない。さほど時間もかけず、ふたりともさっさと入浴を終えた。髪は不本意ながら自然乾燥にまかせることにした。ドライヤーの音は七十デシベルに達する。廊下の靴音も、鍵をまわす音もきこえなくなる。いまはそんな状況に身を置けない。

せっかく入浴したにもかかわらず、まだ濡れたままの制服に袖を通す。結衣はセーラー服、凛香がブレザーを着た。ふたりはひとことも発さないまま、部屋をでて階下に向かった。

エントランスロビーには、すでに支度を終えた半グレたちが集結していた。ソファはすべて埋まり、残りのほとんどは立っている。みなフロアの隅にあるテレビを注視していた。ニュース番組が流れている。誰もが結衣の姿に気づくたび、黙って見つめてきたのち、またテレビに視線を戻す。

ソファに腰かけたヨンジュと目が合った。顔いろは悪くなさそうだった。背筋の伸びた姿勢から察するに、傷口を縫い終えたのだろう。ヨンジュはテレビに顎をしゃくった。

ニュースキャスターの声が耳に届いた。「繰りかえしお伝えします。昨夜遅く、都内で保護された優莉結衣さんとみられる女性の映像について、別人ではないかという声が複数の視聴者から寄せられています。警察によりますと、すでに同様の情報をいており、女性の素性について確認を急ぐとともに、これまでの経緯についても解明を……」

結衣は頭のなかが真っ白になった。テレビにひどく痩せ細った女子高生が映しだされた。結衣とまったく同じ、泉が丘高校のセーラー服を着ている。

かつてオズヴァルドがあった六本木交差点付近、ビルから飛び降りようとしていたところを保護されたらしい。ふたりの女性警察官が、女子高生の両脇を支えている。長い髪はぼさぼさになっているが、本来は結衣と同じヘアスタイルだったとわかる。血の気が引いた青白い肌、虚ろなまなざし。目鼻立ちは結衣にうりふたつで、まさしく鏡を見ているかのようだ。強いて自分とのちがいを探せば、極端に不健康そうだった。身体を鍛えていないどころか、栄養も足りていないとわかる。拒食症患者の外見に近い。実際には高校に通ってもいないのだろう。

それでもいちど顔を合わせただけなら、優莉結衣に見まちがえることは充分にありうる、そんな外見だった。映像はだませないが印象は似通っている。一卵性双生児のなせるわざだ。幼少のころのふたしかな記憶に残る智沙子。いま十七歳になった姿をまのあたりにした。

鏡ごっこをして遊んだのをおぼえている。笑いあう機会はそのときだけだった。まだ幼かったせいか、自分にうりふたつの姉の存在を、なんの違和感もなく受けいれていた。翌日も一緒に遊ぼうとしたが、智沙子は具合が悪いから寝ている、大人からそう告げられた。あのときの大人は誰だっただろう。思いだせない。

その後も智沙子の姿は何度か見かけた。痩せこけた顔で、いつも咳きこんでいた。智沙子はいつも大人たちに囲まれ、ときおり六本木オズヴァルドを訪ねるだけだった。

一緒に寝泊まりする兄弟姉妹のなかに智沙子はいなかった。たまに現れても、みな智沙子を敬遠した。結衣に似ていることを、兄弟姉妹の誰もが気味悪がった。

そっくりの姉が、自分の知らない大人の世界に通じている。結衣は落ち着かない気分になった。智沙子がいれば自分はいらなくなるのでは、たぶんそんな不安に駆られていたのだろう。だがあるとき父がいった。智沙子は病弱だ、結衣の代わりは務まらん。

優莉匡太は文字どおり、双子を犯罪に利用できるかどうか、そこにしか価値を感じていなかった。病弱という言葉はあのときおぼえた。

いつごろからか、智沙子という姉の存在を思いかえすようになった。自分が重なった。生まれつき病弱だとしたら、あれが結衣自身の姿だった。大人たちから無価値と判断される、そんな恐怖のなかで日々を過ごさねばならない。

篤志の声が結衣を我にかえらせた。「なあ。ニュースを観た誰が通報した？　これが優莉結衣じゃねえなんて」

凜香が平然と応じた。「そりゃ結衣姉ちゃんのクラスメイトや元クラスメイト、施設の職員に施設住まいの子、いくらでもいるじゃん。直接会ったことがあれば違和感を抱いて当然。報道で写真を見ただけとか、うろ覚えていどならだまされるだろうけど」

スキンヘッドの榊本がタバコの煙をくゆらせていた。「清墨学園事件の容疑者として、優莉結衣の指名手配も近いな」

弥藤がソファに身をあずけながらいった。「映像解析による顔認証で、一卵性双生児の区別もつくようになった。アリバイは確実に崩れるだろう」

美代子が嘘つきだった以上、智沙子に関することも事実に反していたにちがいない。智沙子の境遇は詠美と異なる。パグェに囚(とら)われてなどいなかった。勇太のいったとおり、ほかならぬ美代子のペットだった。

テレビのなかで、ニュースキャスターが解説員と会話していた。「きのう栃木県宇都宮市の児童養護施設で、女性職員が殺害された件について、この件との結びつきが指摘されていますが」

「そうですね」初老の解説員が深刻そうに応じた。「保護された女性が優莉結衣さんでないとすれば、泉が丘高校の制服を着ているのは変です。素性はまだわかりませんが、仮によく似た女性がアリバイ工作に利用されていたのだとすると、宇都宮市の殺人事件は……」

ブレンダのひとり、鼻ピアスの男がいった。「智沙子はまだ口を割ってねえってことだ。自分が何者なのかゲロしてねえ」

篤志がしらけた顔になった。「口を割らねえのは当然だ。智沙子は失語症だよ。ずっと喋れねえ」

結衣のなかに鈍く重い感情が渦巻いた。たしかにそうだった。智沙子の話す言葉をきいたおぼえがない。ふふっと笑った声だけは耳に残っている。

ジニがアーミーナイフを顔の前にかざし、ひとりごとのようにつぶやいた。「因果応報だな。アリバイ工作も優莉結衣のしわざだと世間は思う」

ヨンジュが不快そうにいった。「馬鹿な頭でもいい加減わかりなよ。ここにいる全員、田代槇人に殺されそうになった。それが今夜のできごとでしょ」

しばし沈黙があった。ナムが咳ばらいをした。「あのう、みなさん。昨晩のことは、田代ファミリーにとって最後の賭けだったはずです。彼らはシビックという、もぐりの国際機関から巨額の融資を受けています。いまはまさしく瀕死の状態でしょう」

磨嶋が冷静な声でささやいた。「だからって俺たちに手をだしてこないとはかぎらない。ディエン・ファミリーも槇人さんには頭が上がらないんだろ？　俺たちを売る可能性もある」

ナムの眉間に深い縦皺が刻まれた。「わざわざここにお迎えして、そんなことはいたしません。外をご覧なさい。みなさんの逃走に使える自家用車を用意してあります」

「やけに準備が行き届いてるな。俺たちを助ける気があるなら、槇人さんの寝首を掻いてきちゃどうだ」

「そんなことはとても……」

いっせいにブーイングがあがった。榊本が不満げに声を張った。「田代槇人に面と向かって逆らえないってか。やっぱ飼い犬も同然だぜ」

「いえ」ナムは頑なに否定した。「彼に刃向かえないのはあなたがたも同じでしょう」

ニュースキャスターの切羽詰まったような声が響いた。「新たなニュースが入りました。殺人事件のあった施設の近く、泉が丘二丁目の石掛工業高校で火災報知器が作動、消防が突入したところ、別の高校の男子生徒をひとり保護。ほかに多くの死体を発見。さらに捜索した結果、非常に危険な物が発見されたとのことです」

面白くもなさそうな笑い声が沸き起こった。弥藤がからかうようにいった。「非常に危険な物。ずいぶん控え目な表現だぜ。穴のあいたコンドームていどにしかきこえねえ」

警察は当面、核爆弾を発見した事実を伏せるだろう。結衣にはそう思えた。住民のパニックを避けるためだけではない。非核三原則の国だけに、海外にも配慮する必要がある。矢幡総理が頭を抱える姿が目に浮かぶ。

篤志がナムを睨みつけた。「おっさん。タイミングもなにもかも見事すぎねえか。どうも腑に落ちねえ。やっぱ田代槇人が後ろで糸を引いてるんじゃねえのか」

ナムは片方の頰筋をひきつらせ黙りこんだ。同じく白髪頭のフエとトーが、硬い表情でナムの両脇に立った。これ以上の質疑には応じかねる、三人の顔にそう書いてあった。

榊本はタバコを床に落とすと、靴底で踏みにじった。「こうしちゃいられねえ。槇人さんの息がかかった連中が、いつ俺たちを殺しに来るかわかったもんじゃねえからな。お開きにしようぜ」

ジニもスプキョク隊に指示を発した。「できるだけ安全なところに潜め。パグェのナスやキュウリは駄目だ。身内や知り合いを頼れ。自己責任でな。きょうのことは誰にも話すな」

半グレたちがロビーから退去し、エントランスから外にでていく。ナムら三人は見送りの意思もしめさず、背を向け階段を駆け上っていった。

ヨンジュが腰を浮かせた。「警察の目がある。なるべくばらばらに行動したほうがいい」

篤志が辺りを見渡した。「凜香は?」

凜香の姿はなかった。さっさと抜けだしたらしい。金があるだけにひとりで行動できるのだろう。千葉の施設には帰らないにちがいない。

結衣も泉が丘の施設には戻れない。陰鬱な気分とともにいった。「ヨンジュ。悪いけど乗せてって。千葉と東京の境目あたりで降ろしてくれればいい」

16

勇次は田代ホールディングス本社、五階建てビルの屋上にいた。

漆黒の空にはまだ夜明けの兆しすらない。間もなく午前三時を迎える。屋上では使用人と、多摩川沿いから赴いてきた半グレたちが、伊賀原の死体を防鳥網にくるんでいた。錘のバーベルを結びつけ、全体を大きなビニール袋におさめる。これからクルマで東京湾に運ぶことになる。

屋上で作業する理由は、五階の住まいに悪臭が沁みつかないようにするためだ。リビングルームではいま消毒と清掃が進められている。ただし今後も居住しようというのではない。警察が踏みこんできた場合に備え、事態の発覚を遅らせる、それだけが目的だった。そのとき一家はもうここにいない。

父の槇人は両手で頭を抱え、屋上に座りこんでいた。勇次は心を痛めた。やはりこうなった。担任教師ごときに優莉結衣の命など奪えない。

伊賀原も泉が丘高校に赴任などせず、ただ宇都宮に核爆弾を仕掛けていれば、結衣を吹き飛ばせていたかもしれない。いまになってみればそう思う。だが結衣は常に意外なやり方で罠(わな)を嗅(か)ぎつける。父は及び腰になっていた。よって慎重に慎重を期した。逆に核爆弾を餌にし、結衣に探させ、発見したところで爆発させる計画を立てた。至近距離なら外さないと考えた。半グレ集団の人員削減と、オリンピック中止に至る大災害までも欲張った。二兎(にと)どころか三兎を追った結果、一兎も得られなかった。

ヒールの音があわただしく響いた。階段塔から屋上に、母の美代子が駆けだしてきた。

勇次は向き直った。「お母さん」

だが美代子は勇次のわきを通り過ぎた。言葉にならない悲痛な声を発し、槇人のもとに走り寄った。美代子は槇人に寄り添うように座ると、すがるも同然に泣きじゃくりだした。

寂寥の風が吹き抜ける。勇次は両親を眺めた。いまは仕方がないのかもしれない。けれども息子の孤独も察してほしかった。兄を失い、勇次はもうひとりきりだった。

美代子はハンカチで目もとを拭い、涙ながらにわめいた。「槇人さん！　ディエン・ファミリーの連中、いつの間にか姿を消してた。たぶん石掛工業高校に戻って、優莉結衣たちに手を貸したのよ。いつもへりくだってたくせに、あの裏切り者ども」

使用人が困惑ぎみに歩み寄った。「奥様。ここは屋上です、近所にも声が届きます。どうかお静かに」

憤然とした美代子が、丸めたハンカチを使用人に投げつけた。「さがって！　もうほっといてよ」

槇人は項垂れたままつぶやいた。「もう終わりだ。シビックに金を返せん。俺を殺しに来る」

勇次のなかで苛立ちが募った。父の弱音などききたくない。家族に選択肢をあたえず、ここまで好き勝手してきて、いまさら怖じ気づくのか。これでは父の我が儘に振りまわされただけではないか。

美代子は槇人に抱きついた。「まだ希望はあるんでしょ？　味方になる連中を呼び集めて、反撃にでればいい。そうよね？」

「無理だ」槇人は顔をあげなかった。「残存勢力は三百人ほど、そいつらも金が払われないと気づけば、そのうち離れてく。いまのうちしかだませない」

「闇社会で追われても、合法事業で各方面とつながりがあるじゃないの。そっちに助けを求めれば……」

「凜香が撮影したスマホにすべての証拠が残ってる。あの小娘は権晟会の顧客名簿も握ってる。いまや結衣以上の脅威だ」

美代子がうろたえだした。「なら凜香を殺しに人を送るべきでしょ」

「宇都宮方面に向かった味方は全滅した。ひとり残らずだ。結衣や凜香の行方もわからない」

「心あたりのある場所に半グレたちを散らせて、隈なく捜させれば……」

「三百しかいないんだ！」槇人が血相を変え怒鳴った。「たった三百人でなにができる。関東地方の隅々まで当てもなく駆けまわらせて、小娘どもの尻尾がつかめると思うか」

美代子もヒステリーを起こしだした。「やってみなきゃわからないでしょ！」

「わかる。偶然にでも優莉結衣にたどり着いたとしても、そいつは殺される。その繰りかえしじゃないか」

「在日ベトナム人の闇社会には、精鋭が多くいるはずでしょ」

「ほとんどが何世代も前から、ディエン・ファミリーに忠誠を誓ってた。うちが力を失ったいま、誰も手を差し伸べん」

「まって。三百って、日本人の半グレばかりなの?」美代子は信じられないという顔になった。「ひょっとしてクラギゾンを含んで三百?」

「クラギゾンがほとんどだ」

「ろくな連中が残ってない!」

「ああ、そのとおりだ。場合によっちゃ三百を大幅に切るだろうな。きょう宇都宮で生き延びた半グレたちは、俺に恨みを持ってる。そいつらがそれぞれの巣に戻り報告する。結果すべてのグループが敵と化す」

「槇人さん。あなた、王族のような暮らしを約束してくれたじゃないの。ほんの数年で実現して、こんなお城に住んで、でももう終わりだっていうの? 十年どころか五年も経ってない。人を操り、国をひっくりかえすほどの大騒動を引き起こして、しこたま儲けるはずだったでしょ。なにもかも水泡に帰したっていうの」

「だからそういってる! これまでの暮らしは忘れろ。むかしおまえと出会ったころに戻ったんだ。生き延びることだけ考えてくれ」

「……じゃあどうするの。どこへ行けばいいっていうの」

「残されたわずかな資産を利用する。船舶会社のクテラ海運はまだ自由にできる。会社所有のフェリーは明日、横浜から出港予定だ」

勇次は戸惑いとともに歩み寄った。「お父さん。あのフェリーは僕のファンミーティングのために、港湾局に入出港予定を提出してあっただけだ。航路も洋上をひとまわりして、すぐに戻ってくることになってる」

槇人は座りこんだまま勇次を見上げた。「そのままどっか遠くに行っちまえばいい」

「燃料は……？　航続距離はたいしたことないよ」

「予定を大幅に上まわる燃料を積めばいい。航路を外れ、日本の領海の外にでる」

「追われるよ。すぐ発見される」

「そうでもない。勇次、海は広い。マレーシア航空の旅客機が消息不明になったのをおぼえてるだろ。墜落したにしても残骸がまるで見つからない。そういうものなんだ。各国の衛星が連携してたちまちキャッチだなんて、映画のなかだけの話だ」

「フェリーでのろのろ逃亡する気かよ。女たちはどうする？」

「女だと?」

「フェリーはファンミーティングの会場だよ。参加者たちに中止を伝えたら、たちまちSNS上に拡散して、警察がこっちの異変を察知する。逃亡する気かもと早々に手を打ってくる。イベントは決行するしかない」

美代子が槇人にささやいた。「この会社も、幸いいまはテレワークがほとんどでしょ。出社は最小限に留めて、いかにも通常どおり業務をおこなってるように見せかければいい」

「そうだな」槇人の瞳孔は開ききっていた。「会社も平常運転、フェリーも勇次のファンミーティングを実施するだけ。不審がられるところはなにもない。だが俺たちはフェリーに潜んで国外脱出する」

勇次は耳を疑った。「女たちも連れてくのかよ」

「人質になる。どこかの国に亡命するとき、入国を阻まれないようにな。国際社会は人権を無視できない。港に接岸してしまえば船から抜けだせる」

ふと真向定華の顔を想起した。PTSDにおちいった後輩を連れてくる、定華はそういった。

彼女たち全員が二度と帰れなくなる。あまりに理不尽な気がする。勇次は槇人を見つめた。「お父さん。俺、思うんだけどさ。ファンミーティングに集う女たちは、少なくとも俺の味方だ。でも犯罪についてはなにも知らない。事情を打ち明けて、味方についてもらうのはどうだろう」

「なに?」槇人は頓狂(とんきょう)な声を発した。「おまえのファンに事情を話す? そんなことをしてなんになる。役立たずの一般人どもだぞ」

「予定どおり彼女たちを家に帰し、親なり知人なりを説得してもらう。徐々に支持者が増える。味方を完全に失うよりましだろ? あちこちで支持者が火種となって、さらに勢力を拡大していくかも……」

「あのな、勇次」槇人は忌々しげにいった。「ったく、まだ子供だな。ファンミーティングに集まる女どもは、総じて世間知らずで頭が悪い。メディアを通じたおまえの虚像に惚(ほ)れこみ、現実の報道を無視してるんだからな。ブームが去ったあとは、ポピュリストのなかでも馬鹿だけがファンをつづける。それがあいつらだ」

美代子も同意をしめした。「勇次。あなたにとっては支持者かもしれないけど、ファンはファンでしかない。しかもほとんどが中高生でしょ。周りを説得するほどの知性があるわけがない」

勇次は納得できなかった。「大人の女もいるよ。一流企業勤めや教職員もいる」

槇人が頭を掻きむしった。「人気が下がったおまえを応援しようと上から目線だ。おまえのルックスに惹かれ、疑似恋愛に浸ってるだけの女どもに、こっちの内情を打ち明けるなど言語道断だぞ。意味のない行為だ。断じて控えろ、わかったな」

使用人が槇人に頭をさげた。「搬出の準備ができました」

槇人は立ちあがった。「よし。出発しよう。クルマをまわせ」

ビニール製の繭かミイラのような死体がひとつ、屋上に横たわっている。半グレたちがそれを持ちあげた。階段塔へと運んでいく。

美代子が槇人に寄り添う。勇次の両親ふたりが歩きだした。夫婦の愛情は持続しているようだ。だが父も母も自分のことしか考えていない、勇次にはそう思えた。

ベトナムではかつての、貧しさをわかちあう社会主義、そんな概念が失われた。腐敗していく祖国を捨て、日本に新天地をみいだそう、かつて父はそういった。勇次は父こそ正しいと信じた。後継ぎにふさわしい男になる、それだけをめざし精進した。嘘も欺瞞も犯罪も、向かい風に抗い、目的を果たすための正当な手段だった。

けれどもここにきて、おぼろげにわかってきた気がする。優莉結衣がなぜ頑なに実父を嫌ったか。兄の仇、憎らしい女だが、思考だけは読めてきた。

父の教えのとおり、大勢の人間を殺害してきた。絶えず世間を欺いた。血で血を洗う抗争も、自分の人生であり運命だと受容した。

その先になにがある。見せかけだけのバドミントン選手には戻れない。誰ひとりとして通じあえない。どこにも真の心の交流がない。

槇人が振りかえった。「勇次」

「いま行く」勇次は歩きだした。屋上から眺める夜景も、午前三時にはさすがに光を減らしている。

なにもかも見納めだというのに、ふしぎと侘しさは感じない。ここを立ち去るのなら早くそうしたい。そんな思いに急かされるだけだった。

17

午前三時すぎ、結衣は寝静まった住宅街の路地でクルマを降りた。ヨンジュの運転するクルマは、東北自動車道を南下し、いま結衣が望んだとおりの場所に停車していた。

江戸川区北篠崎二丁目。都内にもかかわらず、泉が丘の景観とあまり変わりばえしない。古びた家屋に、幅の狭い生活道路、いたるところにある空き地のせいだろう。

商業施設のなさも共通している。

ヨンジュはなにもいわず、さっさとクルマを発進させた。無免許運転の赤いテールランプが、路地の暗がりを遠ざかり、やがて視界から消え失せた。闇の静寂だけが残される。

結衣は歩きだした。問題は相手が受けいれてくれるかどうかだった。事前にはなんの連絡もしていない。突然の訪問は非常識にちがいない。しかしほかに行く当てもなかった。

二階建て木造アパートの外階段を上った。訪ねるのは初めてになる。けれども部屋番号はきいていた。表札のでていないドアの前に立ち、チャイムを鳴らした。

かなりの時間が経過し、ようやく窓に明かりが灯った。やがて覗き穴から漏れる光が暗くなった。住人が外のようすをうかがっている。驚きの声がドア越しに耳に届いた。解錠されたドアが開く。

少女は痩身をパジャマに包んでいた。中二になったばかり、年齢はまだ十三歳のはずだ。当然ながら寝ていたのだろう、ナチュラルボブの髪は乱れがちだった。ただし眠気は一瞬にして吹き飛んだらしい、いまや目を瞠っている。

嘉島理恵は息を呑んだ。「結衣さん!?　どうして?」

「こんな時間にごめん」結衣はささやいた。「朝までいさせてほしい。キッチンの床にゴロ寝でかまわないから」

理恵は興奮ぎみに応じた。「そんなところに寝なくても、一緒に部屋で……。どうぞ入って」

結衣は靴脱ぎ場に立った。後ろ手にドアを閉める。施錠のためサムターンをひねるが、縦から横にせず、斜めの位置に留める。こうしておけば合鍵を挿しこまれずに済む。理恵は奥に駆けていった。お姉ちゃん、結衣さんが来た。

磨りガラスの向こうで照明が点灯する。結衣は靴を脱ぎ、フローリングにあがった。ほどなく理恵が姉を連れてきた。

やはりパジャマ姿の嘉島奈々未が現れた。色白でほっそりした体型に、なにひとつ変化がなかった。さほど久しぶりという気もしない。彼女が葛飾東高校を卒業するまでのあいだ、ときどき会っていたからだ。理恵との約束に反し、結衣は目黒区に引っ越さざるをえなかったが、その後も嘉島姉妹とはラインでやりとりをしてきた。休日には原宿で落ち合い、一緒にモンスターカフェで昼食をとったりもした。

奈々未は目を丸くした。ふと我にかえったように、流しのわきにある洗濯機の蓋を開けた。「服を脱いで。すぐ洗うから」

理恵が部屋に駆け戻っていく。「お姉ちゃんの寝間着、もう一着あったよね」

返り血を浴びた制服に驚かない。この姉妹なら当然のことだった。

高校を卒業し、社会人になったのを機に、奈々未は児童養護施設〝きずな〟から独立した。妹の理恵も一緒に暮らし始めた。〝きずな〟はここからそう遠くない。ふたりはいまでもときおり施設長の世話になっているときく。

奈々未が結衣にきいた。「お風呂は？」

「入ってきた。こんな服なのに奇妙だろうけど」

理恵が畳んだパジャマを持ってきた。結衣はさっさと服を脱ぎ、パジャマを着こんだ。洗濯機は理恵の担当らしかった。結衣は奈々未とともに、磨りガラスの向こうに足を運んだ。

四畳半の和室は居間と寝室を兼ねていた。フトンが二床並んだだけで、もうスペースは埋め尽くされている。奈々未がフトンの上に正座した。結衣も少し離れて腰を下ろした。

奈々未は伏し目がちにしている。そこもいままでと変わらない。ときおりすがるようなまなざしを向けてくるものの、結衣が見かえすとまたうつむいてしまう。あまり言葉も交わさない。よってなんとなく距離が縮まらない。

出会いが特殊だった。初めて目にしたとき、奈々未は全裸にされ草むらに横たわっていた。辻舘鎚狩に連れまわされたうえ、数日にわたり陵辱された挙げ句、殺害される一歩手前だった。結衣は辻舘を八つ裂きにした。奈々未は力尽きて失神してしまった。次に結衣が会ったのは、彼女が入院中の病室だった。

奈々未が事件を振りかえる気になれないのも当然のことだ。結衣も触れなかった。唯一の接点について話題にしない以上、交わす言葉も見つからない。

理恵はマグカップが三つ載ったトレーを運んできた。「お茶飲む？　お姉ちゃんもどう？」

「ありがとう」奈々未が腰を浮かせた。

トレーがフトンの上に置かれたものの、どうにも居場所が定まらない。理恵の勧めで、三人とも壁にもたれかかることになった。結衣の右が理恵、左が奈々未。困惑をおぼえる。こういうときは端がいい。

理恵がおずおずといった。「結衣さん。あのう、さっきニュースで、結衣さんにそっくりな人が……」

巻きこむわけにはいかない。結衣はささやいた。「知らないほうがいい」

戸惑い顔で理恵がたずねた。「朝は何時起き？」

「陽が昇らないうちに消える。あなたは？」

「休校中だけど、いつも七時起きなの。お姉ちゃんは会社」

奈々未が表情を和ませた。「わたしも入社以来テレワークがつづいてて、あまり出勤の機会がなくて」

ふいにスマホの振動音がきこえた。理恵は充電器からスマホを外し、画面を眺めた。とたんに表情が曇りだした。

奈々未が不審そうにきいた。「こんな時間にメール？」

理恵は文面を読みあげた。「お休みのところ失礼します。優莉結衣さんに関することでございますが、本日午後、検察審査会への申し立てをおこなう運びとなりました。結衣さん本人に連絡がつかないこともあり、不躾ながら過去に関わりのあった皆様宛てに、本メールを送信しております。もし結衣さんとつながりがおありでしたら、以下についてお伝えいただきたく存じます……」

別のスマホが短く鳴った。奈々未もスマホを手にとった。憂鬱なまなざしで画面を眺める。「同じ文面。……申し立ての特別公開手続きをおこないたく、優莉結衣さんの弁護士に出席を求めました。つきましては結衣さん本人にもご同席願いたく……」

結衣も画面をのぞきこんだ。送信者は警視庁生活安全部少年事件課、梶園宗司となっている。

やれやれと結衣は思った。智沙子の存在を知った警察がさっそく動きだした。

奈々未が当惑のいろを浮かべた。「あのう、検察審査会への申し立てって……？」

結衣は説明した。「検察が不起訴に終わらせたのを、不服に思った人が審査を要請する。再捜査させるためにおこなうの」

理恵がうなずいた。「ドラマで観たことがある。でも申し立ての特別公開手続きなんて、きいたおぼえがない」

毎度お馴染み（なじ）みの行事だった。去年から今年にかけても何度か経験した。結衣はいった。「マスコミに日時を事前通告したうえ、審査申立書の提出に容疑者立ち会いを求める。警察の捜査関係者も出張ってくる」

理恵がふしぎそうな顔になった。「なんで？　審査申立書の提出って、ただ裁判所へ行って紙を渡すだけじゃないの？　ドラマでも提出してたのは警察じゃなかったような」

「もちろん申し立てが可能なのは、告訴者や告発者、事件の被害者あたりにかぎられる。書類も原則、本人が書かなきゃいけない。でも容疑者が未成年者で、申し立ての特別公開手続きをおこなう場合のみ、警察官が提出を代行できる」

「書類を書くのは中立人だけど、書類を裁判所へ持っていくのは警察官でいいって話?」

「そう。あまり知られてないけど、二〇一一年から申し立ての特別公開手続き制度が始まったの。事件の地域が都内の広範囲に及ぶ場合、たいてい警視庁の人間が代行する。未成年犯罪なら生活安全部少年事件課」

「検察審査会に申し立てをするだけの場に、警察が介入してきて、しかも容疑者を立ち会わせようっての? マスコミまで呼ぶって、なんの目的でそんなことするの?」

「脅し」結衣はため息まじりにいった。「呼びだし自体に法的拘束力はないけど、未成年の犯罪者に対し、心理的に追い詰める効果がある。再捜査をおこなうと揺さぶりをかけることで、その場での自白を狙う」

「結衣さんにそんなもの通用しないでしょ」

やはり打ち明けざるをえない。結衣はいった。「ニュースに映ってた、わたしによく似た子だけど、名前は智沙子。わたしの双子の姉」

嘉島姉妹はそろって驚きの声をあげた。理恵が目を見開いた。「ほんとに?」

「ええ」結衣はうなずいた。「双子の存在があきらかになったいま、不起訴を起訴にできるって、警察は自信満々。だからこそ特別公開手続きをおこなう。智沙子とわたしが別々に存在することを、世間にアピールする狙いもある。わたしが出席しなかったら、さも逃げを打ったかのように吹聴して、マスコミに批判させるよう仕向ける」

「どういう意味？　お姉さんがいたら、不起訴が起訴になるって」

清墨学園事件のことを嘉島姉妹は知らない。結衣はつぶやいた。「姉がわたしのふりをして、アリバイの立証につながったことがある」

「警察に再捜査されたらヤバかったりする？」

「致命的」

事件後、清墨学園の校舎は清掃済みだったが、与野木農業高校ほどには洗浄されていない。微にいり細にいり科学捜査を実施すれば、結衣のDNA型は随所で発見されるだろう。

これまで徹底した科学捜査がなかった理由は、結衣に確固たるアリバイがあるからだ。しかし日比谷にいたのは智沙子だったと判明すれば、検察が起訴を見送った理由も失われる。

結衣は逮捕こそされていないものの、書類送検は何度も経験している。清墨学園事件でも書類送検されたが、検察官は結衣のアリバイを認め、不起訴の決定を下した。検察審査会は無作為に選出された国民、十一人から成る。その十一人は今回どのように判断するだろうか。

不起訴は期待できないと結衣は思った。結衣そっくりの智沙子が現れ、世間は衝撃を受けただろう。再捜査により結衣は確実に起訴され、有罪判決が下る。

理恵が表情をこわばらせた。「警察が起訴できたとしても、そのお姉さんが身代わりをしてくれた事件だけでしょ?」

清墨学園に限っても大勢殺している。結衣はつぶやいた。「それだけで無期懲役」

室内は静まりかえった。有罪が下るのは清墨学園事件のみでも、世間は武蔵小杉高校事変から泉が丘施設職員殺人まで、すべて結衣のしわざだったととらえるだろう。田代槇人が意図したように、疑惑はふたたび結衣に押しつけられる。田代親子は濡衣(ぬれぎぬ)を着せられたと主張する機会を得る。

だがあいつらの誤算は、結衣を核爆発で殺せなかったことにある。生きてさえいれば、法には抗(あらが)いきれずとも、田代親子に対し反撃できる。

凜香がスマホで撮影した動画をネットに流せば、田代槇人を社会的に葬れる。伊賀原の罪もあきらかになる。だが凜香はそのようにいいださなかった。結衣も納得していた。警察に田代親子を逮捕させたのでは、直接殺す機会が失われる。

奈々未が結衣の手を握った。結衣は奈々未を見つめた。奈々未も結衣を見かえしてきた。

不安にとらわれたせつないまなざしが、結衣にまっすぐ向けられていた。「結衣さん。わたしは地獄を見た……。命が助かってからも、死にたいと思うような日がつづいた。いまわたしがここにいるのは、結衣さんがいたから」

結衣は視線を逸らした。「いまはそんな話……」

「裁判所になんか行っちゃ駄目。この部屋に隠れてて。いつまでもいていいから」

理恵も泣きだしそうな顔でいった。「そうだよ。難しいことはよくわかんないけど、自分から捕まりにいくなんて、そんなことする必要ない」

結衣は首を横に振った。「特別公開手続きに出席する。わたしからそう伝えられたと返信して」

奈々未が啞然としたようにきいた。「どうして……」

「欠席すればそれを理由に、警察は捜査関係者を増員してわたしの行方を追う。いまはそうあってほしくない」

検察審査会に申し立てても、決議までは日数がある。そのあいだに田代親子とのケリをつけられる。

「まって」奈々未が切実にうったえてきた。「結衣さん。絶対に捕まってほしくない」

結衣はうつむいたまま応じた。「無意味に逮捕されはしない」

理恵が身を乗りだした。うっすらと涙を滲ませている。「死ぬつもりにきこえる」

思わずため息が漏れる。結衣はいった。「二対一は困る」

「そんな……」

「ふたりとも仲がいいんだね」

すると理恵の目が奈々未に向いた。涙に暮れながらも微笑が浮かんだ。「むかしは喧嘩ばっかりだったけど、いまは……」

話題を逸らす好機だと結衣は感じた。純粋にききたいことでもある。結衣はたずねた。「どうやって乗り越えた？　姉妹の確執」

「どうやってって」理恵はしだいに落ち着いた態度をしめしだした。「お姉ちゃんは大人に向きあってくれて、頼りになるし」

奈々未が照れくさそうにささやいた。「いちおう社会人になって、わかってきたことがあるの。姉妹はどちらも自分こそが大人から愛されようとして、小さいころは競いあったりする。それを含めて、ぜんぶ将来のための予行演習だったんだなって」

結衣はつぶやいた。「予行演習……」

「分けあったり譲りあったり、自分を抑えて人と協調性を持つことを、成長とともに学べるでしょ。意見が食いちがっても、そのうち妹の考えを尊重できるようになってくる。同じ境遇で育った妹だからこそ、幸せでいてほしいと感じたり……」

理恵は顔を赤らめながらマグカップに触れると、トレーごと持ちあげた。「お茶がぬるくなっちゃったから、いれなおしてくるね」

奈々未も恥ずかしそうに腰を浮かせた。「わたしも手伝う」

嘉島姉妹はキッチンへと消えていった。結衣は戸口の向こうを眺めた。奈々未と理恵は微笑しあっている。ヤカンを火にかける奈々未に、理恵は後ろから抱きついた。

結衣はうつむいた。また深く長いため息をついた。意見が食いちがっても、そのうち妹の考えを尊重できるようになってくる。奈々未はそういった。

たしかにいまは以前のように、凜香を殺そうとまでは思っていない。凜香も結衣に対し同じ心境だろう。学ぶのが極端に遅い優莉姉妹にしてみれば、重大な進歩にちがいない。

18

昼下がりの都心は晴れていた。結衣はタクシーの窓から警視庁本部庁舎を眺めていた。幼少のころ、この建物にも連れて来られた記憶がある。以後は近寄りたいとも思わなかったが、こうして何度も目にすることになるとは皮肉だった。結衣が頻繁に呼びだされる場所が、このすぐ先にあるからだ。

皇居を取り巻く内堀通りを、桜田門の交差点で折れる。霞が関の官庁街に入った。公園のように緑地化された区画に、巨大にして無骨な直方体が建つ。高さは九十二メートルあるらしいが、横幅はそれよりさらに長い。

東京高等地方簡易裁判所合同庁舎。内部には東京高等裁判所、東京地方裁判所、東京簡易裁判所を備える。法廷の総数は百五十を超える。優莉匡太や半グレ集団幹部らもここで出廷した。結衣自身、父の人生をたどっているようにも思えてくる。運命に身をまかせれば、最期にまつのはやはり死か。

正面玄関前に報道陣が集結していた。タクシーは車寄せに近づききれなかった。ここでいいですと結衣はいった。なによりドライバーが緊張しすぎて危なっかしい。優莉結衣を乗せていると気づいてから、ステアリングを握るドライバーの手がずっと震えていた。

支払いを済ませ、開いたドアから車外に降り立つ。セーラー服の胸もとにそっと指を這わせ、スカーフが曲がっていないことを確認する。

さすが霞が関、制服警官による厳重な警備のおかげで、マスコミは定位置に留めら れている。記者が押し寄せてくる状況にはない。ただし喧噪はむろんのこと耳に届く。女性リポーターの声がひときわ大きかった。「ただいま優莉結衣さんが庁舎前に姿を見せました！　昨日の児童養護施設での殺人事件に関し、宇都宮東署は優莉結衣さんの行方をつかめずにいるとのことでしたが、たったいま……」

結衣が歩を進めるうち、別の男性リポーターの声量が上まわった。「本物の優莉結衣さんです！　昨夜遅く保護された優莉結衣さんとみられる女性は、いまも赤坂署内にいるとのことで、現在ここに現れたのが正真正銘、優莉結衣さん本人です」

小走りに駆けてきたのは、真っ白な頭髪と眼鏡が特徴的な、痩せたスーツ姿の男性だった。大きな事務カバンを携えている。いつもどおり笑顔が愛想よさげではあるものの、どことなく頼りなくも感じられる。

人権支援団体の宮園弁護士は、周りの騒々しさに掻き消されまいと、よく通る甲高い声で告げてきた。「よく来てくださった！　結衣さん、なんの心配も要らないからね。きょうはあくまで手続きへの立ち会いであって、それ以上のことはなにもない」

電話ではけさ話している。なにをすべきかも伝達済みだった。結衣は黙って歩きだした。

宮園が並んで歩きながらいった。「泉が丘の施設では、子供たちがみんな、きみはいなかったとの証言を曲げていない。石掛工業高校で保護された米谷智幸君は、きみも一緒にさらわれた被害者だといってる」

思わず苦笑したくなる。いないといってくれてもよかったのに、米谷は気遣いがすぎる。結衣は携えてきた薄い大判の封筒を渡した。

それを受けとり宮園はつづけた。「昨晩、伊賀原教諭がきみと米谷君を連れまわしてた以上、警察はきみの逮捕になど踏みきれない。むしろ被害者だよ。せいぜい任意で事情をきかれるぐらいだ。堂々としてりゃいい」

遠巻きに見守る記者たちが、質問を矢継ぎ早に浴びせてくる。優莉結衣さん、きのうはどこにおられたんですか。お住まいの施設で起きた事件をご存じですか。石掛工業高校でなにがあったんですか。都内で保護された、結衣さんにそっくりの女性は誰ですか。アリバイ工作との噂もありますが。

世のなかはかなり平和だと結衣は思った。宇都宮市街が核爆発で消し飛んでいれば、こんな騒ぎでは済まなかっただろう。報道陣は結衣の返答になど期待していない。ただ沈黙を貫く、ふてぶてしい女子高生の姿をとらえたいだけだ。

宮園が小声で悪態をついた。「ハイエナどもが。未成年者の実名報道を控える原則はどこへいった？　いつぞやの新聞にも、結衣さんの兄弟姉妹の実名が列挙されてた。倫理もなにもあったもんじゃない」

そんな扱いには慣れている。ただし結衣を犯罪者ときめつけるようなマスコミの攻勢には、ひさしぶりに身を晒した気がする。武蔵小杉高校事変の直後に戻ったかのようだ。

今度は総理の指揮権発動で助けられることもない。矢幡総理にしろSPの錦織警部にしろ、清墨学園事件の犯人が優莉結衣とは知らずにいた。双子の姉が生きていて、替え玉を務めたという事実も併せ、寝耳に水だろう。韓国系半グレ集団と抗争し、十代メンバーを皆殺しにした結衣を、国のトップが庇えるはずもない。今回ばかりは権力者による救出は絶対にありえない。十七歳は死刑にならないぎりぎりの年齢だが、清墨学園事件で起訴されれば、確実に一生刑務所暮らしがまっている。

誰も恨む気にはなれない。マスコミの憶測はすべて正解だからだ。自分がいちばんよくわかっている。優莉結衣は大量殺人魔でしかない。

エントランスを入ると、そこは大理石に囲まれた広大なロビーだった。マスコミをシャットアウトするや静寂が漂いだした。緊張が解けたわけではない。いたるところに制服の警察官が配置されている。宮園は職員と言葉を交わしていた。

この建物内には第一から第六までの検察審査会がある。だが申し立ての特別公開手続きとなると、毎回異なる場所が用意される。きょうは吹き抜けの天井を有する、奥に長く延びる部屋だった。

大勢のスーツが左右の壁に並んで立っていた。私服警官か裁判所の職員かさえ判然としない。注目を浴びるなか、結衣は宮園とともに前方へと歩いていった。

特別公開手続きといっても、報道陣や傍聴人が立ち会うわけではない。ここにいるのは内々の関係者のみだった。本来必要のない儀式だが、警察は結衣にプレッシャーをかけようとしている。許される最大限の頭数をかき集めてきたようだ。

いきり立つのも無理はない。いまだマスコミには公表されていないが、石掛工業高校の地下から核爆弾が発見された。警察は全力で伊賀原の行方を追っているだろうが、優莉結衣の共犯も疑っているにちがいない。半グレが大量死している点で、清墨学園事件に状況が重なる。

ただしスプリンクラーにより、校舎内は徹底的に洗浄されてしまった。防犯カメラもなく映像の記録も残っていない。都内にいた智沙子について、警察は結衣のアリバイ工作と睨んでいるものの、捜査はこれからになる。より早く決着をつけるため、警察は清墨学園事件を争点とするつもりだ。清墨学園事件で結衣を有罪にできれば、石掛工業高校事件の捜査にも弾みがつく。

結衣ははっとした。顔見知りがふたりいたからだ。五十前後の恰幅のいい口髭は梅田浩介、二十代後半の華奢な色白は綾野敬一。以前に会ったときは、ふたりとも公安の刑事だった。いまはおそらくちがう立場だろう。

若手の綾野は感慨深げに結衣を見かえした。ベテランの梅田は体裁悪そうに視線を落とした。そんな梅田を横目に見て、綾野も気落ちしたような表情になった。

地獄の戦場と化した清墨学園で、結衣は彼らふたりとともに、かろうじて死地を切り抜けた。すなわち彼らは真実を知る警察官だった。ここに居合わせているということは、すべてを自白してしまったのだろうか。

いや。それならふたりとも逮捕されているはずだ。彼らへの取り調べはこれからにちがいない。ふたりが引っぱりだされたのは、あくまで結衣に動揺をあたえんがためだろう。いまはひたすら沈黙を守るしかない。

前方に木製デスクが三つ、横一列に並んでいた。それぞれにひとりずつ、高齢のスーツが着席する。背筋を伸ばして座るさまは、法廷の裁判長や裁判官を彷彿させる。彼らは国民から選ばれる検察審査員ではなく、検察審査会事務官だった。吉森事務局長、島浦総務課長、鯨井審査課長と紹介された。

三つのデスクを前に、左右に二脚ずつの椅子が用意された。そこも法廷における検察側と弁護側の配置に近い。裁判を連想させることで、いっそう容疑者の不安を煽る狙いがあるのかもしれない。特別公開手続きとは心理戦術の見本市だった。

大勢詰めかけたスーツの群れが位置を変える。壁ぎわから部屋の後方に移り状況を見守る。梅田と綾野もそのなかにいる。結衣は振りかえらなかった。いまは裁判ではない。審査申立書の提出の場でしかない。

結衣は宮園とともに、右側の二脚に着席した。左側の二脚には、中高年のわりに体格のよいスーツがふたり座る。警視庁生活安全部少年事件課の梶園課長と阿蛭係長、そう教えられた。いずれも使命感に燃える厄介なタイプに思えた。

阿蛭係長が一枚の書類を手に立ちあがった。事務官らに頭を下げる。「本日、検察審査会への申し立てといたしまして、審査申立書を提出させていただきます。事件の重要度に鑑み、特別公開手続きを要請しました。承諾していただき感謝申しあげます」

宮園弁護士がむきになり食ってかかった。「特別公開手続きがいかに重大なことか、よくご存じでしょうな。マスコミを煽った以上、決議も大きく報じられるんですよ」

「もちろん承知しています」阿蛭は顔いろひとつ変えなかった。「起訴の見込みが立ち、再捜査ということになれば、全国民がその事実を知るでしょう」

「不起訴に終わっても広く知れ渡る。警察の不名誉となり、同一の被疑者に対する、類似した申し立ては事実上不可能になる」

特別公開手続きは、検察審査会への申し立て自体を大々的に喧伝(けんでん)するため、警察にとっては諸刃(もろは)の剣となる。検察官の名誉を傷つけておいて、勘ちがいでは済まされないという意味だ。通常の審査申立書の提出なら、ふたたび起訴が見送られようと、誰も責めを負わない。だが特別公開手続きに踏みきれば、それだけの謂(いわ)れがあったかどうか、申し立てた側に絶えず責任がついてまわる。起訴相当あるいは不起訴不当との決議に至らなかった場合、警察は同じ被疑者の別件の不起訴に対し、同様の申し立ての代行はおこなえなくなる。制度の乱用を防ぐための取り決めだった。

梶園課長が悠然と腕組みをした。自信に満ちた声を響かせる。「宮園先生。特別公開手続きが私たちにとって不利になるかどうか、ぜひ審査申立書をご確認ください」

阿蛭係長は一枚の書類を渡すべく、宮園弁護士に近づいた。だが宮園の手に渡る寸前、阿蛭が書類をひっこめた。「ああ、そうそう。優莉結衣さんには書類を触らせないでください。横から見るだけで文面は確認できるでしょう。破かれると再発行が必要となります。また後日同じことを繰りかえさなきゃならないので」

宮園は憤然と書類をひったくった。「彼女はそんなことしませんよ」

ふんと鼻を鳴らし、阿蛭が梶園課長のもとに引き揚げていく。宮園は老眼鏡をかけ、書面に目を通しだした。結衣は隣りの席からのぞきこんだ。

お馴染みのレイアウトだった。審査申立書は裁判所ホームページからPDF形式でダウンロードできる。見出しに審査申立書、検察審査会御中とある。

申立人の資格は遺族となっていた。氏名欄に増倉孝三と記されている。何者なのかは知らない。だが清墨学園では、パグェのメンバーが大勢死んだ。誰の身内であろうと申立人になれる。警察が急遽せっついて申立人になるよう依頼したにちがいない。

申立代理人、資格は委任。警視庁生活安全部少年事件課、梶園宗司。被疑者、優莉結衣。不起訴処分にした検察官名も記載されている。

宮園が書類を裏がえした。〝被疑事実の要旨〟という欄には、優莉結衣が清墨学園で大量殺戮に及んだ一部始終が綴られていた。警察はかなり正確に事実をつかんでいるようだ。

〝不起訴処分を不当とする理由〟の欄には、一卵性双生児の姉について生存があきらかになった、そう明記してあった。よって優莉結衣のアリバイが崩れたとある。

備考の欄に『日比谷映画館周辺の防犯カメラ映像の専門家による再鑑定を求む』

『日比谷映画館で採取された生体情報の、DNAメチル化現象に絞った再鑑定を求む』とも書かれている。これらが実施されれば、映画館で目撃されたのが結衣でなく智沙子だった、確実にそう証明されるだろう。

結衣は顔をあげた。宮園と目が合う。渋い表情だった。状況は結衣の圧倒的不利、この申立書が提出されれば起訴は免れない。

宮園が事務カバンを開け、そそくさと書類をしまいこんだ。「じっくり読ませていただいてから検討することに……」

阿蛭係長が駆け戻ってきた。「なにをなさるんです！　宮園先生は特別公開手続きに同意なさったでしょう。いまさら提出を見送る気ですか。弁護士職務基本規程に反しますよ」

「いや、あの、そういうわけでは」宮園があわてぎみに書類を手もとに戻した。「しかしですね、特別公開手続きとなると、中立人にもデメリットが生じますよ。通常の申し立てであれば、検察審査会法第三十八条に基づき、警察は中立書とともに証拠資料を提出できる。でも特別公開手続きでは……」

「すべてを検察による再調査に委ねねばならない。もとより承知しています。検察が独自に調べようと、結論にいささかも揺らぎはないと、私どもは確信しております」

警察にそこまで自信があるのなら、検察審査会への申し立てなどせず、自分たちで物証をそろえ結衣の逮捕に踏みきればいい。それをしないのは、警察組織の上層部に慎重論があるからにちがいない。過去に何度も状況をひっくりかえされ、警察はメンツを失ってきた。今度はそうならないよう慎重にことを進める気だろう。

議論はつづいていた。阿蛭が声高にたずねた。「宮園先生はひょっとして、不起訴になる自信がおありでないとか？」

「とんでもない！」宮園は書類を阿蛭に突きかえした。「私は優莉結衣さんの無実を信じています。ええ、自信なら大ありですとも」

吉森事務局長が咳ばらいをした。「よろしいですか。特別公開手続きでは、書面の内容について、口頭での議論が禁じられています。理由はここが法廷ではないからです。中立書の記述以外に、先入観を生じさせる人為的誘導があってはなりません」

阿蛭係長がかしこまった態度に転じた。「もちろん理解しております。申しわけありません」

「結構」吉森の目が結衣に移った。「中立書の文面をよくご覧になりましたか？」

結衣はささやいた。「はい」

もとより容疑者が異議を唱えられる場ではない。だが結衣の返事により、容疑者側も納得のうえで検察審査会への申し立てがおこなわれた、そういう既成事実ができあがった。

審査申立書が吉森事務局長に手渡される。吉森は書類の表と裏を穴があくほど読みこみ、島浦総務課長に引き渡した。最後に鯨井審査課長が内容をチェックする。

鯨井は書類の裏、備考欄を眺めながらいった。「防犯カメラ映像の専門家による再鑑定。優莉結衣がいたとされる場所で採取済みの、生体情報の再鑑定。これらを検察がおこなうということでよろしいんですな」

「ええ」阿蛭係長が大きくうなずいた。「そのように要請します」

三人の事務官は互いに目で合意を確認しあっている。やがて書類が吉森事務局長のもとに戻された。吉森はゴム印を手にとった。受付印の欄に捺印(なついん)された。いまこの瞬間、検察審査会は審査申立書を正式に受理した。

法務大臣が死刑執行命令書に判子を捺(お)したに等しい。そんな重苦しい空気が漂った。警察関係者にとっては悲願達成のときというべきか。宮園弁護士は両手で頭を抱え、無言で項垂(うなだ)れていた。

結衣は宮園の肩に軽く触れてから立ちあがった。労をねぎらうすべはそれしかなかった。

事務官らに背を向け、結衣はひとり足ばやに歩きだした。後方に立つスーツの群れのなか、梅田と綾野のもとへまっすぐに向かう。

周りの誰もが忌避するように後ずさった。元公安のふたりだけはその場にたたずんでいる。どちらも困惑の表情で目を逸らした。結衣はふたりの前に立った。

ざわめく周囲を無視し、結衣はささやいた。「いまはどこで仕事を……」

綾野が笑顔になった。「もう公安じゃなくて、刑事警察に戻ったんだよ。所轄勤務だけど」

梅田は苦い表情になり、咎めるように声をかけた。「綾野」

会話を慎むべきと悟ったらしい、綾野が戸惑いのいろを浮かべた。三人に沈黙が降りてきた。

かまわず結衣は思いのままを言葉にした。「よかった。逮捕されてない。免職にもなってない」

張り詰めた空気が緩和したように感じられる。綾野は穏やかな面持ちになった。梅田は依然として視線をあげないものの、さっきほどの拒絶はしめしていない。

やがて梅田がおずおずといった。「力になれなくて申しわけないと思ってる。いちどは起訴が見送られて、俺たちもほっとしてたんだが……」

ふいに阿蛭係長の声が飛んだ。「そのふたりは小笠原署勤務の巡査だ。きょうは離島からはるばる飛んできてもらった」

靴音がせわしなく接近してくる。阿蛭は上司の梶園課長を連れていた。距離が詰まると、周りで見守るスーツらはいっそう遠ざかった。

阿蛭の冷やかな目が、梅田と綾野にかわるがわる向いた。「証拠がそろいしだい彼らへの追及が始まる。もうとぼけることは許されん。両名とも警察組織の一員だからな」

梅田がばつの悪そうな顔でうつむいた。綾野も同様だった。

結衣はしらばっくれながら問いかけた。「ふたりがなにかヘマをした？」

梶園課長が阿蛭係長を押しのけるようにして、結衣に歩み寄ってきた。深い年輪を刻んだ強面がささやいた。「優莉結衣。自分がいちばんよくわかっとるはずだな。逮捕は秒読みに入った。おまえは父親をも凌ぐ最低最悪の犯罪者だ。いったいどれだけ殺せば気が済む？　警察官にまで死傷者をだしておいて、尻尾をつかまれないとでも思ったか」

阿蛭も結衣への嫌悪を剝きだしにした。「元公安を引きこんだり、権力者を手なずけたり、卑劣な手段で延命を図ってきたのは承知のうえだ。父親のやり口にそっくりだな。だが悪ふざけもこれまでだ」

梶園がうなずいた。「検察審査会の決議までのあいだ、おまえを野放しにするわけにもいかん。姉の智沙子と同様、本庁で身柄を預かるとするか」

私服警官らしきスーツが数人、結衣に接近してきて、周りを取り囲んだ。

宮園弁護士が泡を食って駆けてきた。「おまちください！　連行するつもりですか。検察審査会による審査期間は、裁判中とはちがいます。未成年の優莉結衣さんには、普段どおりの生活が保障されます。逮捕されないかぎりは」

阿蛭が宮園に向き直った。「智沙子さんと同じく、警察のほうで保護するだけです」

少し走っただけで宮園は汗だくになり、息を切らしていた。「いや、それはですね、そんなのは困ります。優莉結衣さんは泉が丘の施設暮らしです。帰る場所があるうえ、保護者代わりもいるんですよ。亡くなったと思われていた智沙子さんとはちがいます」

「あの施設では殺人が起きました。しばらく閉鎖されるでしょう。優莉結衣も昨晩、施設に帰らず行方をくらました」

「殺人への関与など立証されていません。彼女はいなかったと子供たちが証言してるじゃないですか。石掛工業高校で伊賀原教諭に監禁されたことについては、宇都宮東署が任意で事情をきくでしょう。警視庁が身柄の拘束に及ぶのは、あきらかに行きすぎかと」

阿蛭が苦虫を嚙み潰したような顔になった。だが梶園課長のほうは無表情のままだった。梶園は宮園弁護士に対し、露骨なまでに背を向けながら、結衣の眼前に詰め寄った。

「優莉」梶園は蔑むような目で睨みつけてきた。「当時の捜査員が元幹部の証言をもとに、おまえの姉を死亡と判断したのは、あきらかに早計だった。さっきも留置場にいる智沙子に会ってきたんだがな。唸るばかりで、まるでメスザルだ。おまえそっくりのメスザル」

結衣は平然と応じた。「問題発言かも」

「いや。所感を述べてるだけだ。げっそり痩せ細って、檻のなかで半泣きになっとった。正直にいうとな、胸のすくような光景だったよ。顔がそっくりのせいか、おまえが飢えに苦しんどるようにしか見えん。哀れで情けない、優莉結衣の末路そのものに思えた」

「保護しただけなのに留置場送り？」

「ところがこちらの宮園先生も、これぱっかりは横槍をいれられんのだよ。こんなご時世だから、疫病感染について心配するのは妥当とされる。隔離もやむなしだろう。じつのところ智沙子は咳きこんでばかりいるからな」

「智沙子は生まれつき病弱だった」

「ほう？　医師の診断をどう解釈するかは、私たちしだいでな。いいか、優莉。おまえが真実を語れば、智沙子の待遇は改善する。姉を救えるぞ」

「もともと兄弟姉妹に会う自由はない」

「だから身を案じる気にもならんか。智沙子にそう伝えといてやる。さぞ感激するだろうな」

阿蛭が荒ぶる態度をしめしだした。「優莉、おまえは十七歳だ。人権派団体による抗議を受け、逮捕せず書類送検を優先してきた。だがもうおまえの味方は誰もいなくなる。逮捕まであとわずかの期間、せいぜい馬脚を現さないよう注意することだ」

宮園弁護士が血相を変えた。「さっきから言葉が過ぎます！　いい加減にしたらどうですか！　いまのは脅迫ととらえられてもおかしくありませんよ」

結衣は無言のままその場を離れた。ひとり歩を進めるだけで、行く手の大人たちが左右に退き、自然に道が開ける。

逮捕まであとわずかの期間と阿蛭はいった。警察の見解がどうであれ、一日か二日あれば充分だった。田代親子さえ葬り去れれば、とりあえずいまはなにもいらない。

19

結衣は庁舎をでた。春の穏やかな陽射しのなか、報道陣の喧噪に取り巻かれる。タクシーが待機していたが、結衣は徒歩で立ち去りだした。記者たちがどよめいた。クルマで逃げるように遠ざからないことが、よほど意外に思えたらしい。

官庁街の歩道は広く充分なゆとりがある。結衣は地下鉄霞ヶ関駅の入口をめざした。背後が騒々しい。マスコミの大移動が始まったようだ。しかし警察官らが立ちふさがり、後ずさりながら押しとどめようとする。報道陣は結衣に追いつこうと必死だが、なかなか距離が縮まらない。

ワンボックスカーが車道を徐行しながら結衣にすり寄ってくる。真横からテレビカメラがとらえる。リポーターがさかんに呼びかける。「優莉結衣さん、いまのお気持ちは？」

抜けがけするなとばかりに、別の車両が追ってきてクラクションを鳴らす。結衣の真横のポジションを奪いあっているようだ。パトカーのサイレンが間近に響いた。警視庁の目と鼻の先だけに、混乱を鎮めんと早々に駆けつけてきた。辺りはいっそう騒然としだした。

結衣はかまわず歩きつづけたが、ふと立ちどまらざるをえなかった。

行く手に女子高生がひとり立っていた。結衣の知らない制服だった。しかし黒髪ロングに大人びた猫目の美人顔には馴染みがあった。シルエットもモデル同然に見える。図書室で大勢の武装勢力をたらしこんだだけのことはある。

啻山里緒子がじっと見つめてきた。「帰るの？」

「当然でしょ」結衣はふたたび歩きだした。「なんでここに？」

里緒子が歩調を合わせた。「あなたに会いに来たにきまってるでしょ」

武蔵小杉高校で里緒子は二年A組にいた。チュオニアンでも再会した。いまやアサルトライフルの使い方も知っているが、世間に悟られてはいないだろう。

なおも後方で報道陣と警察のせめぎ合いがつづく。路肩ではテレビ局のクルマが次々と入れ替わる。祭のような賑わいのなかをふたりは歩いた。

結衣はきいた。「三年になった？」

「いったでしょ。勉強はできるほうだったし」

「ばっちりメイクしてる」

「テレビに映るのはわかってたから、これぐらいはね」

「わたしになんの用？」

いきなり前方に男性リポーターが現れ、結衣にマイクを突きつけてきた。「優莉結衣さん、ひとことお願いします。きょう検察審査会への申し立てが……」

制服警官がふたり駆け寄ってきて、リポーターの排除にかかった。むろんリポーターは激しく抵抗した。なんですか、ここは歩道ですよ。報道の自由があるでしょう。だがうったえも虚しく、警官たちはリポーターを後方へと連行していった。

里緒子が歩きながらたずねてきた。「報道の自由じゃないの？」

「路上インタビューは道路使用許可がいる」結衣はいった。「官庁街は特にうるさい。マスコミはわたしがクルマで帰ると予想して、付近の歩道については許可をとってなかった」

「へえ。人気者だけに慣れてるね」

「世間の鼻つまみ者ってだけ」

「優莉さん。あのさ、ゆうべのそっくりさんは……」

「あなたもインタビューしに来たの」

里緒子が苦笑した。本当にたずねたいのはそこではない、そんな口調で問いかけてきた。「同じクラスだった真向定華、おぼえてない？」

クラスメイトとしての印象は薄い。二年C組では濱林澪としか交友がなかった。真向定華については、武装勢力の制圧下、図書室で会った瞬間こそ記憶に残っている。定華は里緒子と一緒にいた。慰安所の指名数でツートップ、武装勢力からずいぶん贅沢な品々を贈呈されていた。

結衣はささやいた。「彼女がなに？」

「一年下の吉崎紗紀って子と、きょうの夕方からファンミーティングに行くって。田代勇次の」

思わず顔をしかめざるをえない。結衣は里緒子を見つめた。「ファンミーティング？」

「浮気し放題のジャニタレにも、一定数のファンが残るでしょ。田代勇次も同じ。いまでも熱心な支持者がいる。ファンは無罪を信じて、来年のオリンピック出場のために応援しようって一致団結してる。来年開催するかどうかも怪しいけど」

「カルト教団の信者そのもの」

「ほんとそう。最近の定華はそんな感じだし。高校事変の直後は平気そうだったんだけど、だんだん精神面に不調をきたしたみたい。わたしもやばかったからさ、よくわかる。チュオニアンで銃をぶっ放して、かえって心の安定につながった」

「吉崎紗紀って子は？」

「より純粋に田代勇次を慕ってる。ほとんど恋心。紗紀はもともと普通の子だったから、図書室でのできごとがショックで、いまも通院中なの。紗紀の話をきくうち、定華は罪悪感にさいなまれたみたい。ほら、わたしたち、神経図太く生き延びちゃったから」

罪悪感。里緒子と定華は解放後、自分たちは被害者だと声高に主張していた。紗紀のように、本当に心に傷を負った被害者に対し、申しわけなさが芽生えたのだろうか。

里緒子が小声でいった。「世間じゃ田代親子が高校事変を引き起こしたって、そういう見方のほうが有力だけどさ。一部にはまだ……」

「わたしのせいだったと思ってる人たちもいる」

「……そう。そいつらは田代勇次を信奉してる。いまでもファンクラブの会員数は百五十人ぐらい」

けさの報道によれば、田代ホールディングスはきょうも通常どおり営業、警察は静観しているとのことだった。田代槇人と伊賀原の関係をつかめていないのだろう、いまだ強制捜査に乗りだしていない。一家が建物内にいるかどうか、現状ではははっきりしないという。

勇次はファンミーティングに顔をだすつもりなのか。結衣はため息をついた。「そんなに大勢集まる?」

「ほとんどの親は引き留めてるみたいだけど、少なくとも定華と紗紀は行くつもり」

「場所は?」

「ファンクラブ会員には前もって知らされてる。定華たちは会員じゃないけど、勇次から招待されたって」

「どこで開催されるかは教えてくれなかったわけね」

里緒子は憂鬱そうにうなずいた。「でもわたし、定華が心配だって何度も伝えたの。そしたら最後に折れて、スマホのアカウントIDとパスワードだけ教えてくれた。GPSで位置情報が追跡できるように」

「勇次が集まった女たちを人質にとる前提なら、スマホなんか当然とりあげるでしょ」

「女子高生の常識。一個前の解約したスマホを持ってる。学校で預けなきゃいけないときとか、それを渡すの。定華ももちろんダミーのスマホを渡すでしょ」里緒子は小さく畳まれたメモ用紙を差しだした。「これがIDとパスワード」

結衣はすばやく受けとった。「なんでわたしに？」

「わたしも定華に同行して、目を覚まさせてやりたかったんだけどさ。チュオニアンから帰った子はみんな公安にマークされてる」

「わたしはもっと大勢からマークされてる」

「あなたはうまく尾行を撒けるでしょ」

田代一家はおそらく逃亡を図っている。これが勇次の居場所を突きとめる唯一の手段かもしれない。結衣は里緒子にささやいた。「わたしに期待しないで」

「悪いけど期待する。優莉さんはワルを更生させてくれた。わたしも生き方が変わった気がする」

「まさしく気のせいかも」

「ウリはもうやってない」里緒子は地下鉄の入口前で足をとめた。「優莉さん。あつかましいけど、定華を助けてあげて。わたしにそうしてくれたように」

里緒子のまなざしが切実ないろを帯びた。結衣の性格をあるていど承知しているらしい。返事はまたず、里緒子は歩道をさっさと立ち去った。

後方の報道陣が押し寄せてくる。クルマからもリポーターやカメラスタッフが降車してきた。警察官が抑えきれなくなっている。結衣は地下鉄への階段を駆け下りた。

駅構内の取材活動も、本来は無許可でおこなえない。だがマスコミに常識は通じない。報道の自由がフリーパスと同義だと信じている。追跡の手はやまないだろう。

下り階段の途中から先はエスカレーターだった。上りと下りの狭間を滑り台がわりに滑降した。これでかなり追っ手との距離が開いた。乗りいれ線は三本あるが、この時間帯の発着については頭にいれておいた。日比谷線の改札にパスモを押しつけ、瞬時に突破した。さらに階段を下るとき、後方をちらと見やった。マスコミはまだ追いつけずにいる。

結衣はホームに降り立った。人が少なく混雑はなかった。銀座・北千住・南栗橋方面の電車が停まっている。迷わず車内に駆けこんだ。ドアが閉まる寸前、大小ふたりの人影が乗車してきたのを、視界の端にとらえた。

電車がゆっくりと動きだす。結衣は車両を移動した。昼間だけに空いている。ほとんど乗客のいない車両に行き当たった。結衣は三人掛けシートの真んなかにおさまった。

足ばやに追いかけてきた大と小の人影が、結衣の両隣りに腰かけた。

篤志が不満げにいった。「結衣。もうちょっとそっちに詰めろ」

反対側で凜香が顔をしかめた。「デブは立ってろ」

「必要に応じて柔軟に対応しろってんだ。おまえらは幅を必要としないだろうが」

結衣は凜香のほうに、わずかにずれて座り直した。「どのへんで見張ってた？」

凜香が応じた。「すぐ近く。地下鉄の駅に向かいだした時点で、時刻表からこの電車に乗るってヤマを張った。先まわりして正解」

「駅の防犯カメラに映る」

「優莉匡太の子供どうしは会っちゃいけないって？　いまさらかよ。さっきの女、啻山里緒子だろ？　なに話してた？」

「夕方から勇次のファンミーティングがあるって」結衣は嘘をついた。「軽井沢で」

「本当はどこだよ」

「なに本当って」

「結衣姉ちゃんがふたつ返事で本当のことをいうわけがない」

「なんであんたに嘘つく必要があんの」

「さあ。結衣姉ひとりでどっかに乗りこもうとしてんじゃねえの。いざとなったらスマホの動画を公開すりゃ、田代槙人はおしまいだろ。命張る必要あんのかよ」

「嘘だと思うんなら、田代ファミリーの半グレ仲間にきけばいい」

凜香は舌打ちした。「知ってるだろ。みんなもう田代ファミリーとは縁が切れた。敵対してんだよ。コモンノウレッジにも情報は来ねえ」

「なら信じれば？　軽井沢」

篤志が唸った。「それが本当なら、勇次の両親も一緒じゃねえのか。数少ねえ田代ファミリーの残党が集結してるかも。詠美もそこに連れていかれてる」

「おい」凜香が声を荒らげた。「豚ゴリラは妄想を口にすんな。詠美が生きてるわけねえ」

「俺はちゃんときいた」

「姿は見てねえんだろ？　どうせわたしたちを田代ファミリーにつなぎとめとくために、兄弟姉妹の加入を水増ししやがっただけだよ」

結衣は詠美のことを思いだした。詠美が両手にひどい怪我を負ったことがあった。結衣はこっそり食事を持っていった。スプーンですくったお粥を詠美の口に運んだ。嬉しかったのだろう、詠美はうっすらと涙を浮かべ、力なく微笑んだ。

就寝時間を過ぎてから泣き声がきこえると折檻を受ける。詠美が泣きそうなときには、結衣が添い寝した。そんなに情を注いだつもりはない。泣かれると迷惑、当時はそう思っていただけだった。

けれどもいまになり、詠美のことばかりが頭に浮かぶ。環境に適応できなかった詠美が可哀想で仕方がない。

凜香がいっそう不満を募らせた。「結衣姉。なに黙ってんだよ」

「なんでもない」

「また詠美のこと？　死んだんだよ、詠美は」

「死んでないかもしれない」

「いい加減にしろよ！」凜香が苛立たしげにわめいた。「なんで詠美のことばっか、いつまでもくよくよ考えてんだよ。ほかに兄弟姉妹がいっぱいいただろうが。智沙子姉ちゃんをいままで見殺しにしてきたくせに、よく詠美詠美っていってられんな」

「兄弟姉妹はそんなものだと思ってた。どっかで酷い目に遭ってても、そういう生まれだから仕方がないって。でも智沙子のようすをテレビで観て、自分がまちがってたんじゃないかと感じてる」

「はあ？　おい、結衣姉。頭だいじょうぶ？　母親ちがいの兄弟姉妹なんて赤の他人と同じだろ。一か所に集められてたペットにすぎねえ」

「詠美は報われなすぎた」

「きけよ、結衣姉。市村凜は敵の身内を人質にとるのが得意だったらしいけど、いまの結衣姉はマジ危ねえ」

「市村凜なんかたいしたことない。娘をみればわかる」

凜香は激しく憤りだした。「なんだよその言い方！　実際、結衣姉は甘っちょろくて危ねえだろが。チュオニアンでわたしを助けたときみたいによ」

独房で傷だらけになった凜香の顔が脳裏をよぎる。あのときは本気で凜香の身を案じた。不信感は常につきまとっていたものの、凜香が瀕死（ひんし）だったのは事実だからだ。

結衣は本心を隠した。「凜香の考えなんか見え透いてた」

沈黙のなか、電車の走行音だけがこだました。アナウンスが響く。次は日比谷。日比谷です。

凜香の顔面はみるみるうちに紅潮し、沸点に達したように立ちあがった。「わかったうえで嘘ついてたってのかよ！　おまえ、わたしを抱いて、指導棟からモンスーン・ビレッジまで、延々と炎天下を歩いて帰ったじゃねえか。あれもぜんぶ芝居だったってのかよ」

「嘘つきはあんたでしょ。ずっと人質のふりをしてて、いい迷惑」

車内全体に響く声で凜香は怒鳴った。「このクソ姉！　おめえなんか起訴されて実刑を食らっちまえ！　もう百パーセントそうなるんだろ。スマホの動画なんか消去してやる。勝手に田代んとこ殺しにいって、返り討ちに遭って死にやがれ!」

電車はホームに滑りこんだ。停車しドアが開く。凜香は憤然とホームに飛びだしていった。

発車メロディーが鳴り響くなか、凜香がスマホをホームに叩きつけた。ブレザーの下に忍ばせていたハンマーをとりだし、スマホに振り下ろした。最初の一撃でもう破片が飛び散った。凜香はさらにスマホを粉々に砕き、残骸を足で蹴った。

閉まるドアの向こうで、凜香が踵をかえし、階段を駆け上っていった。電車が発進した。ホーム上にはスマホの残骸が散らばったままだった。この場にかぎり、凜香は小細工などしていない。映像データはもう凜香の手もとにない。

電車の速度があがっていく。結衣は周りを見渡した。車内の数少ない乗客はみな、面食らったようすでこちらに視線を向けていた。

隣りの篤志がため息まじりにいった。「こんなに注目を集めながら電車に揺られたことはねえ。公安もびっくりだ」

同感だった。人にきかれて困ることを、凜香はずいぶん大声でまくしたてていった。公安らしき姿が見あたらないのは幸いだった。結衣はしらけた気分で前方を眺めた。

篤志が鼻を鳴らした。「凜香は気性が荒い。でもそのぶんわかりやすい。おまえが詠美のことばかり心配してるから嫉妬した」

「殺し合った仲なのにそれはない」

「どうかな。俺たちきょうだいは特殊だぜ？　誰ひとり自分の感情と行動に、うまく折りあいをつけられてねえ」

「あんたの話でしょ」

「おまえはちがうってのか。俺も凜香も半グレに育てられ、半グレになるしかなかった。素性を偽った俺と、偽らない凜香、生き方は同じだ」

「だからなに」

篤志は真顔になった。「結衣。検察審査会への申し立て、受理されたんだろ。これでもう無期懲役だ。おまえはそのぶん、俺たちより落ち着いてる。運命が確定したからな」

「どうとでも思えばいい」

「いまさら詠美に姉と認めてもらいたがっても、もう遅え。詠美を苦しめてたのはおまえだ。おまえと架禱斗がうまく課題をこなしたせいで、親父を助長させた」

車内アナウンスが耳に届いた。次は銀座。銀座です。篤志は結衣を見かえしたが、なにもいわず腰を浮かすと、ドアへと歩きだした。

結衣は座ったまま呼びとめた。「篤志兄ちゃん」

篤志が黙って振りかえった。なんの表情も浮かんでいなかった。

思いをうまく言葉にできない。結衣はささやいた。「生き方を変えたいと思うのは罪じゃない」

窓の外が明るくなった。電車がホームに入っていく。徐々に減速し、軽い振動とともに停車した。

ドアが開いた。篤志が車内に立ったままいった。「紅豹隊の磨嶋さんが話してた。人生のほとんどは中年だってよ。要するに人生イコール中年。三十まで生きるつもりなんかねえと、俺たちがイキがってようが、そんなのも若気の至りにすぎねえって」

発車メロディーがこだまする。篤志は背を向け、さっさと降車していった。

結衣は無言で虚空を眺めた。熱暴走をつづけるばかりの十七歳の日々だった。じきに十八になる。人殺しが死刑になりうる十八歳。エラーは放置できない。強制終了もやむをえない。それが運命なら、こんな腐りきった命の代わりに、詠美に生を得てほしい。

20

三十五歳になる看護師の丹羽朱美は、ナースステーションのテレビを眺めた。

ニュース番組は、けさ未明までに宇都宮で起きた事件について報じている。死者が多数でた工業高校で、のっぴきならない危険物が発見されたというが、それがなにかはあきらかにされていない。大勢の半グレが現地に乗りこんでいたとの噂もあり、新たな抗争の舞台になったのかと、地域住民が不安がっているという。

五十代の看護師長、山中涼子が入院台帳に目を通しながら、朱美に声をかけてきた。「またこんな話。うちの娘も田代勇次君のファンだったのに、じつはマフィア一家だなんてね。バドミントンのクラブもやめるって」

朱美はうなずくしかなかった。「仕方ないですよね。物騒なことばかりつづいてるし」

「救急病院は大変よね。最近はすっかり銃創の治療が得意になったって。以前なら銃犯罪なんて数えるほどしかなかったのに」

「高校生が拳銃自殺する世のなかですもんね」朱美はリモコンを操作し、テレビを消した。「うちは急性期の患者がいなくていいですね。長期医療型の療養病院だからのんびりしてて」

「でも凶悪犯が入院してるじゃないの」

「怖がらせないでくださいよ。もう三年近く植物状態なのに」

「そろそろ点滴の交換じゃない？」

「ようすを見てきます」朱美はナースステーションをでて、ひとり病棟内の通路を歩きだした。

都会の病院は入院用のベッドを空けたがる。よって療養病院は地価の安い田舎に多く建つ。

この大千里医院も千葉の館山にあった。入院患者のほとんどは、意識のない高齢者だ。意思の疎通はできないものの、心拍と呼吸は見てとれる。ずっと寝っぱなしだと思われがちだが、実際にはときおりうっすら目を開ける。涎を垂らしたり、あくびもしたりする。生命維持をつかさどる脳幹の機能が残っているからだ。

例外的に若い患者が何人かいる。朱美が受け持つのもそのうちのひとりだった。二十七歳で意識不明の重体となり、現在二十九歳。じきに三十歳になろうとしている。以前はずっと実年齢を偽っていたが、二歳若かったことが発覚した。それぐらい得体の知れない人物でもある。報道により全国的に名が知れ渡り、一時はマスコミが押し寄せたものの、いまではすっかり忘れ去られた存在だった。

植物状態がこの先も長くつづくかもしれない。複数の凶悪事件の容疑者ゆえ、治療費は税金でまかなわれているが、そのことを揶揄する匿名の電話もかかってくる。朱美はため息をついた。病院に文句をいわれても困る。

個室のドアをノックした。植物状態の患者に対してもそうするのが、この病院のルールだった。ドアを開けながら、朱美は返事を期待せずにいった。「市村凜さん。点滴バッグを交換にきましたよ」

妙な気配を感じ、朱美は目を凝らした。とたんに驚愕せざるをえなかった。

ベッドのシーツが撥ね除けられている。患者の姿が消えていた。点滴スタンドから伸びるチューブと針、心電図につながれていた誘導コードと電極のみが残る。室内は無人と化していた。

朱美は焦燥に駆られながら内線電話の受話器をとった。担当医を呼びだすべくボタンをプッシュする。

傍らで窓際のカーテンが風にふわりと舞った。その陰に潜む人影をまのあたりにし、朱美は途方もない恐怖に凍りついた。

頬のこけた青白い顔は変わらない。だがいまは大きな目がしっかりと開いていた。市村凜が半笑いのまま朱美を見つめる。振りかざした医療用バサミを、朱美めがけて振り下ろしてきた。

21

結衣は秋葉原でSIMフリーのプリペイドスマホを買った。自前の割れたスマホは電源オフのままだった。

真向定華の携帯キャリアの管理用アプリをダウンロードする。彼女のアカウントIDとパスワードを入力した。地図に位置情報のドットが表示された。新宿区にいると確認できたが、移動はまだこれからだろう。きっとそう遠くまでは行かない。勇次にしてもファンミーティングにできるだけ多く人を集めたいはずだ。交通の便がいい都内に集合場所を定めているにちがいない。

電車で新宿に移動したのち、結衣はふたたびアプリを確認した。午後三時、定華はわずかに居場所を変えていた。代々木に向かったようだ。

結衣は山手線に乗り、原宿駅で下車した。表参道口をでて、目の前にある神宮橋を渡り、代々木公園に入った。

スマホ画面の地図を拡大する。広々とした公園のなか、定華の位置をしめすドットが少しずつ移動していく。代々木体育館付近を歩いていた。結衣は歩調を速め、しだいに距離を詰めていった。

ドットは公園内を走る車道沿いで静止した。都道413号赤坂杉並線だった。ほどなく追いつき、道路を見下ろせる陸橋を渡る。結衣は路上に目を向けた。大型バスが三台、路肩に寄せた状態で縦列に停まっている。

歩道には女性ばかりが群がる。百人は軽く超えていた。大半が女子中高生だが、二十代以上も少なからずいる。なかには母親のような年齢も交ざっていた。みな美容院に行きたてのようなヘアに、めかしこんだ服装だが、大半はマスクをしている。とはいえ目もとを見るだけで、メイクにも余念がないとわかる。

陸橋の上からでも真向定華の姿は確認できた。彼女はマスクをしていなかった。テーラードジャケットにミニスカート、まさしくデートに行くような装いだった。一緒にいるのが吉崎紗紀だろう。ショート丈のカーディガンを羽織っている。たしかに病んだ青白い顔だが、憧れの田代勇次に会えるとあってか、嬉しそうに微笑んでいた。

ホストのような痩身の黒スーツ三人が、女性たちを先頭のバス付近に集める。バスは特大車で定員四十五人。三台でほぼ席がすべて埋まる人数だった。すなわち欠席者はほとんどいない。

黒スーツは女性たちの身分証を確認していた。名簿と照会したうえで、スマホを預かるのと引き換えに、乗車を許可する。いま来たばかりの結衣がバスに乗るのは無理だった。

なら別の手がある。結衣は素知らぬ顔で陸橋を渡りきり、公園内を経由し、歩道へと進んだ。女性たちはまだ先頭車両に乗車中だった。ドライバー三人は歩道上で談笑しあっている。

結衣は最後尾のバスに近づいた。前輪から後方約二メートル、車体下部から二十センチほどの高さに把っ手がある。辺りに目を配り、誰も注視していないのをたしかめた。結衣は身をかがめ、把っ手をつかんで引いた。バス側面の低い位置、めだたないドアが開いた。もう少し後方にも同じようなドアがあるが、そちらは乗客の荷物入れになる。ここはちがう。結衣はなかに飛びこむと、ただちにドアを閉めた。

小窓から射しこむ陽光だけが内部を照らす。カプセルホテルの一室にうりふたつだった。天井は低く、四つん這いで動かざるをえない。狭い室内に一台のシングルベッドが、ほとんどぴたりと嵌まりこんでいる。ベッドのわきには、ごくわずかな隙間があり、多少は物が置けるようになっていた。壁にエアコンの吹きだし口のほか、運転席につながる受話器、発煙筒が設置してある。ドアはもうひとつあって、そちらは車内トイレのわきにつながる構造だが、いまは施錠されている。

ここは座席の真下に位置する、ドライバー用の仮眠室だった。四百キロを超えて走る長距離バスは、ふたりのドライバーが交替して運転する規則のため、特大車にはこの仮眠室が設置してある。車内側のドアは法令上必要とされているだけで、常時閉めっぱなしだった。ふつうは駐車中に車外側ドアを出入りする。

結衣は小窓から外をのぞいた。女性たちは二台目のバスへの乗車を終えた。残りがこのバスに乗りこんできている。頭上から靴音や賑(にぎ)やかな喋(しゃべ)り声が響いてくる。

壁のコンセントに、無線LAN中継器に似た装置が挿してある。結衣は手もとのプリペイド式スマホを眺めた。電波が遮断され通話不能、位置情報も表示されなくなっている。これはジャマーだった。有効範囲は車内全体におよぶのだろう。定華がスマホを隠し持っていても、もう外部との通信は不可能だった。

いまからそう遠くまで移動するとは思えない。目的地が遠ければ日が暮れてしまう。みな泊まりがけの荷物を持ってはいなかった。ドライバーも三人だけだった。よってドライバーの交替要員が、この仮眠室に入ってくる可能性はない。それでも結衣は床に仰向けになり、ベッドの下に潜りこんだ。

　あのホストのような黒スーツの半グレは三人。みなそれぞれ仮眠室に乗ると考えるべきだった。車内はドライバー以外、貸し切り状態にしたほうが、女性たちに不審がられない。なにかトラブルが起きたときは、ここから車内側のドアを開け、座席の真んなかに駆けこめる。すなわち半グレは制圧用の銃を持っている。

　ほどなく外に面したドアが開いた。風が吹きこむと同時に、往来するクルマの音がきこえてきた。何者かが乗りこんでくる。結衣の上でベッドがきしんだ。ふたたびドアが閉じる。室内に静寂が戻った。

　半グレがひとりベッドに横たわっている。真下にいる結衣は呼吸音すら殺さざるをえない。

　やがてバスが発進した。電子音がピッと鳴った。ベッドの上で男の低い声がささやいた。「三号車、いま出発しました。湾岸線経由で一時間かからないと思います」

　また電子音がきこえた。スマホで連絡するため、いったんジャマーをオフにし、通話後ふたたびオンにしたようだ。男はそれっきり沈黙した。ときおり男が身じろぎするたび、マットレスのバネの音が響く。

　湾岸線経由で一時間。東京湾を西まわりなら横浜、東まわりなら浦安あたりか。バスは何度か左右に折れた。井の頭通りから山手通りに向かっていると思えた。バネとは別の金属音が響いた。断続的に繰りかえしきこえてくる。やはりベッドの上からだった。赤信号に差しかかったらしくバスが停車する。ロードノイズが消えたため金属音が明瞭になった。オートマチック拳銃のマガジンを抜き、スライドを外したとわかる。ベレッタ92の音に似ている。清掃用の小型ブラシでこする音もする。

ふたたびバスが走りだした。速度が上がっているらしい、ロードノイズが激しくなり、金属音がきこえづらくなった。どこまで手入れが進んだのかはっきりしない。

バンバン撃った直後には、薬室内のクリーニングが必要だが、いま硝煙のにおいはしない。パウダーの残りカスや弾頭の削りカスを除去しているのではない。おそらく錆とりだろう。高温多湿な日本では、防錆処理が施してあっても腐食が生じ、装塡不良が起きやすい。この男のおもな勤務先は海の近くか。

バスが前方を上に傾斜した。スロープを上っていくのがわかる。さらに加速した。首都高に入ったようだ。走行にともなう騒音も振動もすさまじくなった。もはや金属音はまったくきこえない。拳銃が撃てる状態にあるのかどうかわからない。

ほどなくマットレスの圧迫が軽減した。男が身体を起こしたらしい。きしむ音から察するに、男はベッドの上でうつ伏せになったようだ。あるいは四つん這いか。

一瞬の金属音がききとれた。コッキングにちがいない。マットレスを貫通させ、ベッドの下を撃とうとしている。

結衣は反射的にマットレスを蹴りあげた。けたたましい騒音とともに、ベッドの上の男が体勢を崩し壁にぶつかった。結衣はベッドの下から抜けだし、男の眼前に躍りでた。だが天井に頭を打ちつけそうになった。立ちあがれるような高さはない、カプセルホテルの一室同然の狭さを忘れていた。

男は隅に転がっていたものの、すぐに身体を起こした。オールバックに髭面、年齢は三十前後か。右手のベレッタを結衣に向けてきた。

手首を打ち払いたいところだが空間が狭すぎる。腕を振りかぶることさえできない。やむをえず結衣は男の腕にしがみついた。男の左腕が頭上から殴りかかってきた。結衣は身体ごと男を押しこみ、重心を崩すことで、こぶしによる打撃力を大幅に軽減させた。

高速道路を走行中のため、激しい騒音と振動が継続する。ドライバーが気づいたようすはない。乗客もまだ悟っていないだろう。一般道に下りる前にケリをつける必要がある。

だがここまで極端な閉所では、腕力に劣る結衣は圧倒的に不利だった。つかみあって転がるうち、結衣はベッドの上で押さえこまれた。男が馬乗りになった。また銃口が向けられそうになる。拳銃を握る手首を、結衣はとっさにつかむや、ごく近い壁に叩きつけた。男の関節から遠い場所を掌握すれば、梃子の力で威力を増せる。何度か壁に衝突させると、苦痛の呻きとともに拳銃が飛んだ。金属の塊はベッドのわきに落ちた。

男の目が怒りに満ち、両手で結衣の首をつかんだ。体重をかけ絞めあげてくる。結衣は頭突きを食らわせた。男の上半身が浮きあがり、脳天をしたたかに天井に打ちつけた。隙を突き結衣は男の顎を思いきり蹴った。男はまたベッドのわきに転がった。身体を起こした男が、壁の受話器に手を伸ばした。ドライバーに通報させるわけにはいかない。結衣は猛然と男の背後に飛びついた。羽交い締めにして引き倒す。

男はすかさず反撃してきた。仰向けになった結衣の両膝をつかんで持ちあげ、結衣の顔のほうへ押し曲げてくる。男の髭面に下品な笑いが浮かんだ。

結衣は男の顔に掌の突きを浴びせた。男の痛そうな叫びとともに握力が緩んだ。結衣は下半身をひねりあげ、両太股で男の顎と頭頂を挟みこみ、上下から圧迫した。男が逃れようとする隙をあたえず、結衣は勢いよく自分の身体を腹這いにねじった。男の頭部は真横に四十五度まで傾き、骨の折れる音がした。

脱力しきった男が結衣に覆い被さってくる。結衣は力ずくで押しのけた。男は目を剝いたまま絶命していた。

黒スーツのポケットをまさぐる。スマホにはロックがかかっていた。男の顔に向けても反応しない。顔認証の登録がなく、解除する手段はパスコード六桁の入力のみ。いじろうとするだけ無駄だった。結衣は男のスマホを放りだした。

ほかにめぼしい物は見つからなかった。十数枚の紙幣を束ねてふたつ折りにし、クリップでとめ持ち歩いている。身分証やカード類の入ったサイフは携帯していない。

かなりの時間が経過していた。バスが下り坂にさしかかった。急激に減速し、ロードノイズも軽減していく。一般道に戻ったようだ。

結衣はベッドのわきを手で探り、床に落ちた拳銃を拾いあげた。苦手なベレッタだったが仕方がない。馴染みのラングフォード社仕様だとわかる。結衣は皮肉に思った。田代ファミリーが密輸した銃器類を、最も多岐にわたり使用したのは、ほかならぬ結衣かもしれない。

ベレッタをスカートベルトの腹に挟み、セーラー服の裾で覆い隠す。できるだけ身軽にしておく必要がある。もう使わないプリペイド式スマホは、データを消去したうえで、ここに捨てていくことにした。

バスがさらに減速した。徐行しながら進んでいく。結衣は小窓から外をのぞいた。陽が傾きかけている。ここはもう車道ではなかった。オレンジがかった一帯に工業埠頭がひろがる。行く手には栈橋が見えていた。接岸しているのは貨物船ではなく、この場に似つかわしくない大型フェリーだった。

埠頭に乗りいれた三台のバスは、まっすぐフェリーに接近していった。周辺に作業員らしき姿はない。退去させたにちがいなかった。栈橋近くにはベンツが三台と、ほかにおびただしい数のワンボックスカーが駐車する。埠頭全体が田代ファミリーの貸し切りとわかる。

それらのクルマのわきに、三台のバスも並列に停まろうとしている。出迎えに男がふたりうろつくだけだった。フェリーには大勢の半グレが乗船済みだろうが、女性たちを不審がらせないよう、埠頭の見張りは数を抑えているらしい。

好機だと結衣は思った。男の死体をベッドの下に押しこむ。黒スーツがひとり減ったことはすぐに判明する。この死体もたちまち発見される。だがほんの数分稼げればいい。

バスが停車した。すでに一号車からは降車が始まっている。女性たちがぞろぞろと列をなし、栈橋へと向かっていく。

結衣は小窓の外をたしかめた。近くに人影はない。すばやくドアを開け放った。まだこのバスからは誰も降りていない。結衣はただちに動いた。バスを後方からまわりこみ、なにげなく女性たちの列に加わった。

黒スーツのふたりはそれぞれ歩きまわっている。ひとりがもうひとりに話しかけた。残るひとりはどこだと尋ねているのだろう。じきに騒動が起きる。それより早く桟橋を渡りきってしまいたい。

かなり大型のフェリーだった。たぶんクルマも積めるのだろうが、田代一派はここまで来るのに用いた車両を、すべて乗り捨てにする気らしい。逃亡先で使える新たな車両を積載済みかもしれない。遠目には新しそうな船体に見えたものの、近づくにつれ錆だらけだとわかった。中古で購入し塗り直しただけのようだ。それでも田代傘下の企業の所有だろう。おそらく予定の航路を勝手に外れ、領海の外に逃亡する気だ。

列の前方に定華と紗紀がいた。笑いあいながら歩いている。結衣は埠頭を振りかえった。黒スーツのふたりが駆けだした。三号車のバスへと向かう。死体の発見まであと一分とかからない。

桟橋は船体側面の大きな門口につながっていた。奥には吹き抜けの船内ロビーが見えている。女性たちはそこに吸いこまれていく。門口の手前には、左舷甲板が水平に走っていた。いまは誰も通行していない。

結衣は列を離れるや、甲板を右手へと駆けだした。何人かの女性がこちらに目を向けたが、いっこうにかまわない。船尾方向へと走り、開いているドアを見つけた。ただちに船内に飛びこんだ。乗客の立ち入れない通路に足を踏みいれた。

鉄製の壁に囲まれた薄暗い回廊を進む。浸水を避けるための厚い扉が等間隔に存在するが、いまはどれも開放されていた。

靴音が響いた。急勾配(きゅうこうばい)の骨組みだけの階段を、誰かが下りてくる。脚がのぞいた。スーツのズボンだったが、ミリタリー用のブーツを履いている。結衣はその足首をつかんだ。力ずくでステップから踏み外させた。

男が階段を転落してきた。床に全身を叩きつけ、さも痛そうな顔で起きあがる。五分刈りの頭、耳たぶと唇にピアス。ヤク漬けに特有の充血した目。男がわめき散らした。「なんだこのクソアマ。なにしやがる!」

結衣は男の胸倉をつかみあげると、背後にまわり階段に押しつけた。スカートベルトから拳銃(けんじゅう)を抜き、男の後頭部に銃口を突きつける。

「おい」男の声が震えだした。「なんだよ。おまえ優莉結衣か」

「田代勇次は乗ってる?」

「ファンミーティングのサンセットクルーズだぜ、当然だろが」

「勇次の両親は？」

男が当惑ぎみに沈黙した。結衣は銃口で小突いた。

「乗ってる！」男が叫び声を発した。「槙人さんも奥さんも」

「あんたたち何人ぐらいいるの」

「三百はいる。おめえもう死んだぞ、メス豚」

「妹は？」結衣はきいた。

「あ？　なんだと？」

「わたしの妹はどこよ」

「ああ」男が鼻で笑った。「詠美のことか」

結衣のなかに重い衝撃が走った。思わず声が震える。「どこにいるの」

「あんな死にかけの小娘、ポロスヨンソから移送するだけでもひと苦労だ。優莉匡太のガキだからって、あんな役立たずまで捕まえとく必要があんのか。智沙子以上のお荷物だぜ」

「だからいまどこよ」

「船には乗せた。でも俺らの班の仕事じゃねえ」男は言葉を切ったものの、あわてたように付け足した。「だが心あたりならある。案内してやってもいい」

結衣は銃口を男から遠ざけた。「場所だけ教えてよ」

「実際に行かなきゃわかん……」いきなり男が振りかえった。左右の腰から一本ずつ、刃渡りの短いナイフを引き抜いた。「死ねゴミクズ女！」

想定済みの行動だった。そのために首の高さをステップに合わせてあった。結衣は体当たりとともに肘打ちを浴びせた。階段にのけぞった男は、うなじをステップに強く打ちつけた。不自然な首の曲がりぐあいから、頸髄の損傷はあきらかだった。男はずるずると階段を滑り落ち、床に仰向けに横たわった。それっきり動かなくなった。

脈拍の異常な亢進を自覚する。結衣は拳銃を片手に通路を駆けだした。詠美がこの船にいる。幼い日の路地裏は、永遠の別れの場ではなかったらしい。命に代えても連れ戻す。

22

船内三階後方にある大広間に、大勢の女性客がグラス片手にひしめいている。乗船時にはマスクをしていたが、いまはみな素顔をさらしていた。全面ガラス張りの船尾の向こう、美麗な夕景に見いっている。横浜みなとみらいのネオンが遠ざかりつつあった。まさに満天の星のきらめきのようだった。茜いろの陽射しを受け、海原は金襴の織物のごとく波打ち、あざやかに光り輝いている。

女性たちが後方視界に気をとられているうちに、田代勇次は足音をしのばせつつ、こっそりと登壇した。服装は清潔感のあるTシャツに、七分袖ロング丈コーディガン、黒スキニー。左右に側近の半グレ数人をはべらせる。

勇次はマイクスタンドにいった。「みなさん、こんばんは」

ざわっとした驚きがひろがり、女性たちがいっせいに振りかえる。演壇を見上げる一同の顔に感激のいろが浮かぶ。多くは口もとに手をやっていた。

場内はおおいに沸いた。女性たちの黄いろい歓声が飛ぶ。勇次。勇次君。男性アイドルのコンサートさながらだが、勇次にとってはめずらしくもない状況だった。来場は百五十人足らず、一時期のことを思えばずいぶん減った。だが貴重なファンといえる。

勇次は穏やかな口調を心がけた。「僕より年下の子も、年上のお姉さんがたも、綺麗な人ばかりで嬉しいです。どうか今晩は存分に楽しんでいってください」

拍手が沸き起こる。その音に人数の少なさを痛感させられる。去年のいまごろは数千人、数万人による喝采を一身に受けていた。美人の割合も大幅に減少している。

女たちの顔に目の焦点を合わせないようにした。本心が表情にでると困る。勇次はつづけた。「事実無根の報道ばかりが横行し、父も僕も眠れない日がつづいてます。世間には誹謗中傷を面白がる人たちも多いので」

またいっせいに声援が飛んだ。名前ばかりではない、励ましの言葉が交ざっている。まさに盲信、いや狂信者に近い。

「ありがとう」勇次は笑ってみせた。「みなさんはご承知のとおり、父や僕にはなんの悪意もありません。武蔵小杉高校で起きた悲劇には、何度でも心からお悔やみを申しあげます。事実としてあの状況をもたらしたのは……」

鼻の低い二十代後半の女が、最前列で声をあげた。「優莉結衣！」

来場者はみな名札をつけている。不細工な顔に不似合いな洒落たパーティードレス、その胸には美濃いづみとある。ファンミーティングの常連のひとりだった。お局のような三十代や四十代の女たちが大仰にうなずく。なかでも清里光子というホステス然とした女が、やたら若ぶった物言いを響かせた。「ぜんぶ優莉結衣のせい。勇次君は悪くない！」

同意をしめす声がひろがる。ただし露骨な反応は、ずうずうしい性格の大人たちにかぎられていた。女子中高生らは置き去りにされたように、ただ当惑のいろを浮かべている。

真向定華がいることに気づいた。寄り添う少女の名札には吉崎紗紀とある。思ったとおり病んだ顔をしている。こんなファンばかりが増加傾向にある。だが支持者にはちがいない。

勇次はヒートアップする女たちを両手で制した。「どうか冷静に。根拠もなく優莉結衣さんを糾弾するのも、正しいことだとは思いません。きょうお話ししたいのは僕の兄についてです。父も僕もマスコミの取材には沈黙を守ってきました。でもみなさんには、自分のすなおな心を打ち明けたいんです」

場内がしんと静まりかえった。甲子園浜で死亡したグエン・ヴァン・ハンが傭兵部隊のリーダー格だったことは、疑いようのない事実として報じられている。

ネット上には擁護の声がある。むろん書きこんでいるのは、ここにいる女たちだろう。兄と弟はちがう。ずっと離ればなれだったのだから、勇次君は悪影響を受けていない。そんな内容だった。

兄弟の縁は切れていたと主張したほうが、女たちの期待には応えられる。だが勇次は本心を偽るつもりはなかった。いまファンばかりを前に話している。みな勇次の言葉なら受けいれるはずだ。これは大衆の支持を勝ちとるための第一歩だった。

勇次は意図的に声を震わせた。「僕は兄が好きでした。どこにでもいる仲のいい兄弟だったんです。みなさんには非常識に思えるかもしれませんけど、海外では傭兵も立派な仕事です」

女たちが真剣に耳を傾けている。反発などありえない。田代勇次を信じていなければ、みなここに来るはずがない。

「そして」勇次は語気を強めた。「僕ら元ベトナム人にとって、貧困からの脱出、安定した生活は、悲願ともいうべき人生の目標でした。まだ小さかったころ、みなさんには想像もつかないような過酷な日々を過ごしました。非常識といわれても、身を守るために銃が必要でした。父が銃器類の密輸に関わっていたことも、その一環でしかなかったんです」

あえてさらりと口にした。だが女たちのなかに困惑の反応が見受けられる。一家の犯罪を認めた瞬間だ、それも当然かもしれない。

勇次は間髪をいれずにいった。「日本の法律に反してることは知っていました。父も軽率だったと反省しています。申しわけありません。でも闇社会には平和を揺るがす半グレ集団の存在があります。多くは排他的で、外国人が経済に参加するのを望まず、強硬な手段にうったえてきます。兄はその犠牲になりました。父や僕も自衛のため、なんらかの対策が必要でした」

微妙な空気だったが、強引に押しきるしかない。ここさえ受けいれさせれば、女たちは真の味方となる。田代勇次の揺るぎない支持基盤、急先鋒になってくれる。

「みなさん」勇次は語気を強めた。「僕たちは偏見や差別に耐え、活路を見いだすため努力してきました。その過程で闇社会での抗争も不可避でした。もちろんみなさんを危険にさらすようなことはしません。僕は命に代えてもみなさんを守ります。すべては僕の家族の問題です。やがて日本社会に順応するとともに、非合法なおこないを徐々に減らしていき、最終的には全廃したいと思います。どうかご理解いただけませんか」

ぱらぱらとまばらな拍手が起きる。みな狐につままれたような顔をしていた。うまく伝えられない。いや女どもの理解力が足りない。真実などどうでもいい、ただやみくもに田代勇次の信者となってくれればいい。なのにこの煮えきらなさはなんだろう。ひょっとして演説に、十七歳相応の稚拙さが露呈してしまったのか。いや自分は充分に大人だ。年齢よりずっと上の思考を持っている。

そのときふいに、ひとりの女が呼びかけてきた。「田代君」

場内がざわめきだした。女たちは辺りを見まわした。勇次君ではなく田代君と呼んだ。その声に勇次はききおぼえがあった。

群衆の後方、ひとりの女が目に入った。年齢は三十ぐらい。勇次をまっすぐ見つめる真摯なまなざしは、教壇に立っていたときとまるで変わらない。

武蔵小杉高校で、勇次のいた二年F組の英語は、彼女が教えていた。二年C組の担任、敷島和美だった。

真向定華が動揺をしめしている。来ているのを知らなかったらしい。勇次も驚かざるをえなかった。現在のファンクラブ名簿に、元武蔵小杉高校の教師や生徒の名はないはずだ。

勇次は茫然とつぶやいた。「敷島先生……」

和美が胸の名札を指さした。「もうちがいます。三井和美です。高校事変のあと、夫が離婚したいといいだして」

「それは」勇次は思わず絶句した。「お気の毒です。でもなんでそんなことになったんですか」

「わたし」和美はいった。「校舎で人質になってるとき、放送室に行きました。武装勢力のリーダー、ジンって人と話したんです。スマホは没収されましたけど、わたしは英会話練習用のICレコーダーを常時携帯してました。武装勢力も気づきませんでした。これです」

女たちがいっそうざわついた。和美はごく小さな録音再生装置を指先につまんでいた。

勇次はマイクを通じ、場内に声を響かせた。「お静かに。敷島……いえ三井先生。それがなにか？」

「夫が別れ話を切りだしたのは、この録音をきいたからです」

和美がICレコーダーを再生した。音声は明瞭にききとれた。録音された和美の声が悲痛にうったえた。「慰安所ですけど……。お願いですから、あんなことは」

ジンの声がいった。「もう午後三時だ。開業して三時間近く、すでに盛況だ」

「おっしゃいましたよね。わたしが身代わりになれば、生徒たちを解放してくださるって」

「なんと見上げた聖職者だ」

ICレコーダーの再生が停止された。和美は下を向いている。ひとり涙に暮れていた。周りの女性たちに同情の反応がひろがった。

非常事態とはいえ、和美が自分から身体を売ろうとしたのを知り、夫が愛想を尽かしたらしい。女にとってはショッキングなできごとかもしれないが、勇次にはまるで興味がなかった。

それでも勇次は努めて悲しげな顔をしてみせた。「その録音データ、警察には……」

和美がうつむいたまま首を横に振った。「提出してません」

「そうでしょうね。お気持ちお察しします。なんといったらいいかわからないんですけど、先生は本当に立派な人です」

すると和美が顔をあげた。まだ目が潤んでいるものの、鋭い眼光が勇次をとらえた。和美は落ち着いた声で告げてきた。「いまの会話の数分後、ジンがこういいました」

またICレコーダーが再生された。ジンの声がこだました。「体育館じゃとぼけてみせたが、田代勇次が逃げたのは俺たちも把握ずみだ」

女たちはみな愕然とした。定華も息を吞んでいる。うろたえたようすで紗紀と顔を見合わせた。

ざわめきのなか、勇次は心拍が速まるのをおぼえた。「どうかお静かに。先生、そんなのは、犯罪者が口からでまかせを……」

和美が遮った。「高校事変の数か月後、武蔵小杉に洪水が発生し、送水路の構造がテレビでとりあげられました。武装勢力が待機してたのに、あなたはそのなかを自転車に乗って、ひとりガス橋まで逃げた」

「揶揄する声があるのは知ってます。でも偶然、幸運にも誰にも会わず、無事に切り抜けられたんです」

「ジンって人はあなたの逃走を把握ずみだといった。なんで見逃してくれたの？　有名人のあなたは矢幡首相に次いで、人質にする価値があったはずなのに」

重い沈黙が漂った。場内の空気は一変していた。誰もが不安のまなざしを勇次に向けている。

勇次は取り繕おうと躍起になった。「先生。どうしていまさらそんな録音をここに……。警察にも届けなかったんでしょう？」

「教師として、生徒だったあなたの真意をたしかめたかったんです。お父様には何度も面会を申しこみましたけど、常に拒否されました。武蔵小杉高校が閉校になり、生徒もあちこちに散って、あなたに会う機会もなかった。だからきょうここに来たんです」

行き場のない憤りが、苛立ちとともに勇次のなかに募りだした。以前ならファンミーティングのチェックは、もっと厳重をきわめた。それがいまや住居兼社屋を捨て、逃避行のさなかだ。人手も不足している。こんな状況ゆえ、苗字が変わっただけの教師が潜りこんでしまった。

和美が厳しい口調になった。「田代君。さっきの演説はなに？　銃器類の密輸は事実。闇社会と抗争。ウイルスを持ちこんだお兄さんとも仲がよかった？　この録音の意味が、こんなにはっきり裏づけられるとは思わなかった。あなたは武装勢力とグルだった」

「先生！　いいがかりです。ここにいるみんなが賛同してくれたように、武装勢力とつるんでたのは……」

「優莉結衣さん？　ちがう。あの学校にいた教師や生徒ならみんな知ってる。視聴覚室にいたわたしたちは彼女に助けられた。ただ誰も言葉にしなかった。でもあなたが関与してたなんて」

「まってください、先生。偏見です。さっきもいいましたが、日本では非常識に思えることでも、外国では文化のちがいが……」

「わたしが帰国子女だって知ってるでしょ。銃の所持が許される国に住んだこともある。どう見てもあなたの一家は、マフィア以外のなにものでもない」

「先生……」

「田代君。あんな演説で人を操れると思った？　心酔してるファンばかりだから、かならずうまくいくって？　誰がきいてもドン引きな演説内容なのに、あなたひとりだけはみんなを説き伏せられると信じてた。なぜだかわかる？　あなた自分が他人より優れてると思ってるでしょ」

勇次は笑顔が凍りつくのを自覚した。「なんの話ですか」

「絶え間ない賛美と称賛を期待して、たぶん病的なぐらい頻繁にエゴサをする。ちがう？」

「なにいってるんです。先生はいつから精神科医になったんですか」

「あなたにとって他人は利用するためだけに存在してる。だから人の気持ちに無頓着（むとんちゃく）。そのせいで冷淡。自分の感情はなにより大事で、傷つきやすく拒絶されるのを極端に恐れる。あなたのいうとおり、先生は精神科医じゃないけど、自己愛性パーソナリティ障害の症状に似ていると思う」

女たちが後ずさりだした。みな演壇から距離を置こうとしている。原因は勇次ばかりではない。左右に立つ側近たちが、そろって上着の懐に手を滑りこませた、そのせいもあるだろう。

なんとか忍耐を維持しようと努めながら、勇次は演壇を下りた。女たちに歩み寄る。

マイクなしで声を張った。「誤解しないでください。みなさん、どうしたんですか。怖がらないでください」

和美がなおも責める口調でいった。「大勢の生徒たちが殺されるのを、わたしはまのあたりにした。図書室で女子生徒たちがレイプされた。なにもできなかった自分に腹が立った。でもいまわかった。田代勇次君。あなたがすべてを引き起こしたのね」

恐怖に耐えかねたかのように、叫び声があちこちにあがった。今度は声援ではなく悲鳴だった。

勇次にしてみれば、女たちがいまさらのように怯えだした、そんなふうにしか思えなかった。後ずさる女たちを追いかけながら、勇次は個別に声をかけた。「まってよ。美濃いづみさん。清里光子さんも。空気に呑まれないでください。真実はちがいますから」

最も熱心な支持層のはずが、いまやこぞって勇次を敬遠する。勇次が追ううち、女たちは壁ぎわに隙間なく密集した。身を寄せあい、しきりに震えている。

美濃いづみが激しく両手を振り、勇次の接近を拒んだ。「よらないで。こっち見ないで。嫌！」

勇次は足をとめた。心が凍てつくのを自覚する。クリーチャーレベルのブスが、まるで性被害にでも遭ったかのように、甲高い悲鳴を発した。それも勇次に対しそんな態度をとった。思いあがりも甚だしい。

ほとんど無意識のうちに、勇次は後方に右手を伸ばし、指を鳴らした。拳銃が投げて寄越された。グリップをつかむや、勇次は美濃いづみに狙いを定め、トリガーを引いた。

目の覚めるような大音量の銃声が轟く。てのひらに反動、顔の前には煙が舞う。美濃いづみの胸に血飛沫があがった。弾丸は心臓を確実にとらえた。まちがいなく即死、手応えにそう感じた。醜悪なブスが仰向けにのけぞり、背後の女どもに寄りかかった。女の群れが絶叫し、辺りに逃げ惑いだした。

近くでヒステリックな悲鳴をあげる女がいた。清里光子がひたすら叫びつづけている。

勇次はぼんやりと思った。さっきの女教師はまちがっている。演説に自信があったのではない。女どもが従わなかったら殺すまで、最初からそう思っていた。

すかさず光子の眉間に銃口を向け、勇次は発砲した。光子の脳を撃ち抜いた。綺麗にセットされたヘアに赤ペンキがぶちまけられた、そんなありさまになった。光子は棒倒しのごとく床に突っ伏した。

側近たちが出口を固める。みな拳銃を抜いていた。女たちは大広間から逃げだそうとしたが、銃口が行く手を阻む。女子高生らが出口前で狼狽をしめしている。たちまち銃のグリップで殴り倒された。

大広間のなか、右往左往する女たちのなかに、ひとりたたずむ女教師の姿があった。勇次が足ばやに歩み寄ると、和美はこわばった表情で後退した。だが足がもつれ、その場に尻餅をついた。勇次は距離を詰め、拳銃を構えた。

ふいに人影が駆けてきて、和美の前でうずくまった。真向定華が和美に抱きついた。かばうように勇次に背を向ける。

和美が驚きの声を発した。「真向さん⁉」

「ごめんなさい」定華は泣きじゃくっていた。「先生、ほんとにごめんなさい。わたしはわかってなかった。先生が正しかった」

勇次のなかに不快なじれったさがひろがった。「定華。どけ」

「やだ！」定華が振りかえった。涙でくしゃくしゃになった顔は、いまや勇次への憎悪に満ちていた。「撃ちたきゃ撃てば？　どうせ身体を売ったバカ女だもん。みんな死んでるのに優遇されてた、最低最悪の売春婦だったもん。死刑になって当然。さっさと殺してよ！」

幼児のように泣きわめく声を耳にした。吉崎紗紀が立ちすくんでいる。顔を真っ赤にし、大粒の涙を滴らせていた。その泣き声が神経を逆撫でしてくる。勇次は紗紀に向き直り、まっすぐ拳銃を向けた。

だがトリガーを引こうとしたとき、無意味な感情が渦巻きだした。こんなふうに泣きながらたたずむ幼女を、ホーチミン市の郊外で多く目にした、そのことを思いだした。野良犬のように頻繁に見かけた。みな素通りした。勇次も空気のように感じていた。生まれたときから当たり前のようにいたからだ。

銃撃をためらっているうち、定華が飛びかかってきた。勇次の腕にしがみついた。狙いが定められない。勇次は振りほどこうとした。定華はがむしゃらに食いさがってきた。

定華がわめき散らした。「撃たせない！　この子だけは撃たせない。図書室でおもちゃにされた。わたしはかまわなくても、紗紀にとってはちがったの！　撃つならわたしを撃ってよ！　ひとりだけ真っ先に逃げだして、なにも見てないくせに！」

頭に血が上るや熱を帯びだした。勇次は満身の力をこめ、定華を床に叩きつけた。脇腹にローキックを浴びせる。定華が苦悶の声を発した。勇次は銃のグリップを繰りかえし振り下ろした。殴打のたび血飛沫が舞う。しかし定華は勇次の脚に絡みつき、またも離れようとしない。

この無価値なゴミめ。勇次は定華を引き離そうと、頭髪をわしづかみにした。すると今度は和美が勇次にぶつかってきた。勇次はその場に転倒した。

「いい加減にしてよ!」和美が勇次の胸倉をつかみ、号泣とともにわめいた。「田代君、あなたまだ高校生でしょ! なんでこんなことするの。バドミントン大会に出場してたあなたは輝いてた。みんなに愛されてた。いまのあなたはただの人殺し。わたしたちを苦しめて、いったいなにがしたいの! どうして人の痛みがわからないの!」

勇次は銃口を和美の脇腹に突きつけた。和美の顔に絶望のいろが浮かんだ。だが勇次の胸倉をつかんだ手を、和美は放そうとしなかった。

うるさいだけの女教師。理想を押しつけるだけの、ひたすら思いあがった大人。殺してしまえばいい。トリガーを引くだけだ。

しかしいまは手が震えるばかりだった。弾を無駄にしたくない、そんな弱腰な言いわけが脳裏をよぎる。

憤怒(ふんぬ)とともに勇次は和美を突き飛ばした。蹴(け)りを浴びせてやろうと思ったが、和美は人形のように床を転がり、脚の届く範囲を外れた。横たわる和美に定華がすがりついた。紗紀はなおも立ち尽くし泣きわめいている。

勇次は顔をあげた。気づけば周りの女たちもへたりこんでいた。戦禍の生き残りの孤児たちも同然に、みなひたすら泣きじゃくっている。

殺害が楽しくない。兄を死に至らしめた薄情な日本社会の女ども、そんなふうに無理やり敵愾心を奮い立たせようとしても、やはり気分が昂揚しない。

勇次は踵をかえした。側近たちが近くに立っていた。精鋭の二十代、片目が義眼の樫詰が歩み寄ってきた。

冷静になる前に指示したかった。勇次は樫詰に拳銃を投げ渡した。「全員殺せ」

樫詰が見かえした。「自分で殺らないんですか」

「殺らない」

半グレ集団グレインのメンバーで、樫詰の右腕、同世代の城垣が目でたずねた。樫詰はうなずいた。城垣がほかのスーツたちを連れ、女たちのもとに向かう。怯えきった嗚咽ばかりがきこえてきた。

勇次は振りかえらず、歩を速めると出口に向かった。スーツのひとりがドアを開けた。

大広間の外は、吹き抜けロビーに面する三階バルコニーだった。手すりから一階が見下ろせる。三階には十数人の半グレたちが居並んでいた。

日本人ばかりで構成された半グレ集団、アブリグズが集結している。リーダーの鴈野は二メートル近い巨漢で、革ジャンに包んだ身体は筋骨隆々、大きな鎌形刀剣を握っている。サブの矢可部はそれより背が低いものの、やはり鍛えた身体つきを誇る。武器はライフルに似た形状の散弾銃、イズマッシュ・サイガ12だった。ほかの連中も銃と刀類を所持している。アサルトライフルを携えた者もちらほらいた。

鴈野がいった。「勇次。なんだよ、いまのざまは」

勇次はいっそう心が冷えていくのを感じた。「アブリグズが一か所に固まって、いったいなにをやってる。それぞれに持ち場があるだろ」

「きいたかよ」鴈野は嘲笑の顔を周りに向け、また勇次に視線を戻した。「俺たち全員、田代一派とのつながりを警察に疑われてる。おめえら親子のせいで帰る場所もなくなった。どうしてくれるんだよ」

「父の資金で好き勝手やってきて、いまさら不平をこぼすのか」

「上納金ならたっぷり払っただろうが。上も下もなく仲間どうし連携するのが半グレ集団だ。なのにおまえら、つまらねえヒエラルキーを持ちこみやがって」

「緩くつながるなんて幻想だ」勇次はささやいた。「ままごとじゃねえんだよ」

「小僧。ベトナムまで泳いで帰って、バドミントンで遊んでろよ。弱体化した田代ファミリーなんざ怖くねえ。おまえを人質にして、親父に搾取されたぶんも返してもらうぜ」

勇次のなかで感情が荒ぶりだした。憤りより喜びのほうが大きかった。女どもを殺すのを躊躇してしまったが、さっそく腹いせの機会に恵まれた。

「そっか」勇次はささやいた。「なら早くしろよ」

凪野が勇次に顎をしゃくった。「とり押さえて骨の一本や二本折ってやれ。逆さ吊りにして親父のもとに引きずりだしてやる」

敵勢が包囲を狭めてきた。勇次は瞬時に姿勢を低くし、猛然と凪野めがけ駆けていった。

右脚で凪野の腹を蹴ると見せかけ、左脚も跳躍させる。身体を空中で水平にしながら、両太股で凪野の胴体を挟んだ。身体を右にひねる。勇次の上半身が床につくと、凪野の巨体もねじ伏せられ、その場に倒れこんだ。両太股の蟹挟みで、梃子の力を利用して引き倒す、ボビナムの極意だった。

真っ先にリーダーに絡んだのは、周りからの銃撃を阻止するためだった。敵のひとりが短刀で斬りかかってくる。勇次は跳ね起きた。ボビナムのヤオガン、ソム・モッの構えをとった。頭上から振り下ろされた短刀に対し、左の手刀で敵の手首を遮る。押しこみながら両者の位置が入れ替わる寸前、右脚を敵の右ふくらはぎにかけ、仰向けに倒した。

宙に浮いた短剣を、すかさず逆手につかみとる。身体を回転させながら、至近のふたりを連続して斬り裂いた。うちひとりは刃渡りの長い剣を握っていた。それを奪った瞬間リーチが伸びた。フェンシング同様、敵の身体のなかで最も近い腕を狙い、切断する勢いで斬りつけた。次いで腹を刺す。呻きながら倒れてきた敵の身体を、勇次は頭を低くし抱きとめた。

矢可部の散弾銃には気づいていた。発砲の寸前、勇次は身体の向きを変え、自分に寄りかかった敵の身体を盾にした。けたたましい銃撃音とともに敵がのけぞった。コッキングより前に、撃たれた敵を矢可部に突き飛ばす。矢可部が後ずさった隙に、勇次は身を翻し、斜め後方の敵を刺し貫いた。その手からアサルトライフルを奪う。HK416だった。

勇次はすばやく床に倒れた。仰向けの姿勢でフルオート射撃する。鮮血が飛散し、男たちの叫び声がこだました。勇次は地躺拳の要領で床を転げまわった。敵に狙いを定める隙をあたえず、身体を水平方向に回転させながら、ときおり宙に浮きあがった。

そのあいだ至近の敵を銃撃しつづけた。

もともと地躺拳はローキックや、顔面踏みつけの餌食になりやすい。だがアサルトライフルを手にした場合は話がちがってくる。この地躺拳の応用法はベトコンの知恵だった。床から仰ぐように狙えば標的に当たりやすくなる。逆に敵の俯角に構えた銃身は安定せず、標的を追いきれない。

鮮血のシャワーを大量に浴びつつ、勇次はアドレナリンがとめどなく分泌されるのを自覚した。甲高い自分の歓声をきいた。殺戮の爽快感に交感神経が荒ぶり昂ぶる。アサルトライフルを撃ち尽くす前に、倒れた敵の手から、新たなアサルトライフルを奪った。勇次はフルオート掃射しながら身体を起こした。すでに敵の死体が折り重なっていた。残すところ数人でしかない。

矢可部が至近距離から散弾銃で狙ってきた。「野郎！」

勇次は踏みこむと同時に、アサルトライフルを刀剣のごとく振り、散弾銃を横に捌いた。がらあきになった矢可部の顔面に銃弾を叩きこんだ。

巨体が背中から抱きついてきて、アサルトライフルを奪おうとする。鴈野だとわかった。小柄な勇次にとって、腕力で抗うには限界がある。

あえて両手を放した。アサルトライフルが鴈野の手に渡った瞬間、勇次は右のこぶしを左手で包みこみ、左へ身体を振った。勢いをつけてから、左のてのひらで右のこぶしを突くことで、右の肘打ちの威力を増す。

これもボビナムでファンドンと呼ぶ護身術の応用だった。肘は鴈野の脇腹にめりこんだ。鴈野が苦痛の叫びとともに身をよじった。勇次は振り向きざま跳躍し、鴈野の顎を膝で蹴りあげた。

仰向けに倒れた鴈野の上に、勇次は馬乗りになった。両手で鴈野の顔を左右から挟んだ。両親指を鴈野の両目に深々と突き刺す。眼球を頭から剝ぎとるようにして抉りだした。鴈野は断末魔の叫びを発し、やがて全身が弛緩しきった。アブリグズ最後のひとりが死んだ。

勇次はため息とともに顔をあげた。両手は血だらけだった。累々と死体ばかりが横たわる。バドミントンのマッチで二ゲーム先取、ストレートに勝利、そんな達成感があった。少なくとも気が晴れた。

辺りに立ちこめる煙はフルオート掃射のせいだろう。徐々に晴れていく霧の向こう、たたずむ人影をとらえた。勇次はぎくっとした。

階段の二階への下り口付近。セーラー服が立ってこちらを見つめていた。優莉結衣だった。

23

結衣は吹き抜けロビーの三階バルコニーに立った。十数体の屍が横たわる向こう、田代勇次が結衣を睨みつけている。

ずっと詠美を捜し、船底付近をうろついていた。だが銃声をききつけ、階上に急いだ。敵勢の人影を避けながら移動したため、ここに来るまで時間を要した。移動した甲斐はあったようだ。

勇次の顔つきは、以前会ったときとは別人だった。獲物を食い散らかした肉食獣も同然の目をしている。コーディガンとTシャツが返り血で真っ赤に染まっていた。にもかかわらず息ひとつ乱れていない。

アサルトライフルが狙い澄ましてきた。結衣も両手でベレッタを構えた。両者とも、いつでもトリガーを引ける状態にあった。

硝煙のにおいが濃厚に漂うなか、勇次が低い声を響かせた。「やっぱり来たかよ」

「まあね」

「ぶっ殺しときゃよかった。親父も馬鹿だ。おまえをチュオニアンに連れ去っておきながら」

「あんたも馬鹿。児童養護施設まで来たのなら、あのとき殺るべきだった」

「それよりずっと前に殺れた。武蔵小杉高校事変の夜、おまえが俺のマンションを訪ねたときに」

僕でなく俺といった。育ちのよさなど見せかけにすぎない。結衣はささやいた。

「あのマンションの玄関でやり合っとけば、こんな手間もかからずにすんだ」

「いつでも施設を焼き討ちにできた。おまえに人の心があると期待したのがまちがいだった」

人の心。十七歳の殺戮魔どうしの会話で取り沙汰すると、滑稽にしかきこえない。

だが笑うほどではなかった。結衣は静かにきいた。「あんたのいう人の心ってなによ」

「兄を殺した女に理解できるわけがない」

「武蔵小杉高校の生徒たちを見殺しにしたゴミがよくいう」

「低次元の話をするな。あれは革命に必要な犠牲だった」

「田代家が日本経済を握ることのどこが革命よ」

「金で権力を得るのが現代社会だ」

「あー。勇太もそんな発言をした一分後に死んだ」

「おまえが殺したんだろうが！」勇次の両腕、長母指屈筋が隆起した。アサルトライフルの発砲時、かならず緊張する筋肉だった。

銃撃を一瞬早く察知し、結衣はベレッタのトリガーを引き絞りながら、側面へと跳躍した。だが勇次も、結衣の上腕二頭筋が突っぱるのを見てとったらしい。ハンドガンの発射に特有の兆候ゆえ、注視していれば発砲を予期できる。結衣が撃ったとき、すでに勇次は位置を変えていた。勇次がアサルトライフルを掃射しつつ床に転がった。

地躺拳の応用だと結衣は気づいた。追いまわせば勇次は静止することなく銃で反撃してくる。結衣は撃ち尽くしたベレッタを投げ捨て、死体のわきにあった散弾銃を拾った。イズマッシュ・サイガ12。散弾銃として日本で所持するときには、二発しか弾ごめできないよう改造されるが、この銃にはAKM同様の長い弾倉が装着してあった。

結衣は散弾銃で銃撃した。だが勇次は床に這い、死体の陰に巧みに隠れた。散弾を食らい、ぼろぼろになった死体を、勇次は蹴って撥ねあげた。二発目に対する盾にした。憎らしいほど正確にタイミングをとらえていた。散弾銃は貫通力が低い。死体の向こうに身を隠す勇次に、散弾が届かない。勇次が死体を捨て、床を転げまわった。

結衣は動きを追いながら発砲した。三発目、四発目。散弾銃が弾切れになった。

勇次は海老反りになり、背筋の力で跳躍し、直立姿勢に戻った。結衣はすでに突進していた。床を蹴って飛び、両太股で勇次の胴体を挟もうとした。

しかし勇次はそれより高くジャンプし、まったく同じ動作で左右の太股を繰りだしてきた。結衣は空中で蟹挟みにされ、さらにねじられ、床に叩きつけられた。勇次の脚は細いが、見た目ほどやわではなかった。むしろ鋼鉄のようだった。寝技に持ちこまれてからも、両太股が強く締めあげてくる。激痛に感覚が麻痺しだした。

勇次が力んだ声でいった。「ボビナムの真似ごとはよせ。俺にかなうわけがない！」

両太股で敵を蟹挟みする技は、もともとボビナムの極意だった。小さな身体でも巨人を梃子の力でねじ伏せられる。しかし結衣はボビナムを正式に習ったわけではない。父に教わったのは柔道と交ざりあった応用法だった。

結衣は上半身を起きあがらせ、勇次の頭を抱えこむと、袈裟固めに似た体勢に持ちこんだ。勇次は技から脱するため、片足の裏を床につけざるをえない。両太股の締めあげから結衣は逃れた。間髪をいれず勇次に肘打ちを浴びせ、結衣は床を転がり距離を置いた。

勇次は痛みを感じたようすもなく、近くに落ちていた剣を右手に握り、すっと立ちあがった。怨念の籠もった燃えるような目が結衣をとらえる。憎しみに満ちた声で勇次がささやいた。「兄も負傷してさえいなければ、おまえなんか！」

異様とも思える速度で間合いを詰められた。勇次はふくらはぎの筋肉、大腿二頭筋が発達していた。瞬発力は風圧すらともなっている。結衣はあわてて立ちあがり、剣のひと振りからかろうじて逃れた。

つづけざまに剣が上下左右から襲いかかる。勇次はまさしくバドミントンのラケットのごとく、剣を自由自在に操っていた。鍛えた大腿四頭筋によるフットワークに、広背筋を駆使したスイングのコンビネーションだった。結衣の後退がわずかに充分でなく、セーラー服の胸もとが斬り裂かれた。肌にひりひりとした痛みが走ったが、血が滲んだかどうか目を落とす暇もない。結衣は武器を拾う機会を得ないまま、三階バルコニーの手すりに追い詰められた。背後は吹き抜けのロビーで、一階の床は七メートルも下だった。

後ずさりできない。勇次が踏みこんできて剣を水平に振ろうとした。

ところがそのとき、間近でドアが開け放たれた。スーツ姿の半グレが数人、拳銃を片手に駆けだしてくる。全員が鍛えた身体つきをしていた。先頭は片目が義眼のようだった。

結衣が注意を喚起されたのは、男たちではない、閉じゆくドアの向こう側だった。

大広間らしき床に若い女が横たわっている。すぐ近くに別の女がうずくまっていた。どちらも身じろぎひとつしない。数秒のうちにドアが閉じきった。

あれがファンミーティングの会場か。だとすれば百五十人近い女たちがあのなかにいる。

義眼が勇次に呼びかけた。「撤退しましょう！　貨物船が追ってきてます」

勇次はわずかに集中力を欠いた。剣を握る勇次の腕を結衣は掌握した。刃は結衣の首をはねる寸前でとまった。

だが勇次の目が怪しく光った。勇次は結衣の胸倉をつかみ、身体ごと強く押しこんできた。結衣の上半身は手すりにのけぞった。後方に重心が移り、一瞬のちには空中に放りだされていた。

猛烈な風圧が全身を包みこんだ。吹き抜けロビーを垂直落下する。結衣は身体を丸め、ロビー中央の支柱に背中をぶつけた。落下速度を少しでも軽減させるためだった。一階の床にはソファがあったが、真下からはずれている。結衣はただちに上半身をひねり、滞空時間を長くしながら、斜めに落ちるべく支柱を蹴った。

背中からソファに叩きつけられたが、肩甲骨を肘掛けに強打した。ソファ自体もさして柔らかいとは感じなかった。結衣は跳ねあがり、またも宙に浮き、今度はより硬い一階の床に衝突した。

激痛に意識が朦朧としだしたとき、雄叫びのような発声をきいた。それもひとりやふたりではない。

結衣ははっとした。ロビー一階に群衆が駆けこんでくる。全員が頭を金髪に染めたパンクファッションだった。顔や腕は真っ白になっていた。ペンキを塗りたくったとしか思えない。全員が理性を失ったかのように奇声を発し、ぎらぎらとした目を剥きながら、結衣に押し寄せてきた。

痛みを堪えながら跳ね起きた。結衣は逃走に転じながら三階バルコニーを見上げた。勇次と義眼、その仲間たちが別の通路へと向かっていた。行き先を確認している暇はない。結衣はロビー一階から船首方向に延びる廊下に飛びこんだ。広い場所なら敵勢に包囲される。幅の狭い廊下なら数人ずつにしか襲われない。

廊下の途中に当直室らしき凹みがあった。冷蔵庫の上にオーブンレンジが据えてある。床に置かれた殺虫剤のスプレー缶のラベルを一瞥し、LPガスが入っているのを確認する。缶をオーブンレンジのなかに放りこみ、蓋を閉じるやタイマーのつまみを回した。

パンクの群れに追いつかれる寸前、結衣はふたたび廊下を逃走しだした。時間差はほぼ推し量ってあった。敵勢の先頭が当直室に差しかかったとき、閃光とともに真っ赤な火球が膨れあがった。左右の壁が激しく波打つ。猛烈な爆風が吹き荒れ、轟音が船体を揺るがした。廊下が肌を焼き尽くすかに思えるほどの高温で満たされる。パンクたちが悲鳴を発しつつ炎に呑まれていく。壁面のパイプが破断し、水蒸気がそこかしこから噴出した。視界がたちまち閉ざされた。

火災報知器のベルが鳴らない。船内スプリンクラーも無反応だった。おそらく自動救難信号が作動しないようにしてある。あくまでフェリーの位置を悟られないためだろう。

結衣は行く手の階段を駆け上った。いまの爆発で始末できたのは、せいぜい四、五人ぐらいか。敵勢はいまや縦横無尽に船内を駆けめぐっている。結衣が逃れられる場所はない。

通路をまっすぐ駆けていき、突きあたりのドアを開け放った。とたんに潮風が顔にあたった。外気が全身を包みこんだ。

すでに日は没し、夜空はわずかに黄昏を残すのみだった。暗がりのなか白色灯に照らされた眼下に、船首の甲板がひろがる。結衣は鉄製の外階段を駆け下りていった。

大型フェリーのわりには速度がでている。船尾方向を振りかえったものの、陸の光はるか彼方だった。すでに航路を大きく離脱している可能性が高い。

甲板に下り立つと同時に、突然の奇声を耳にした。上方からパンクが飛びかかってきた。結衣はなすすべもなく押し倒された。白塗りのパンクらは続々と駆けつけ、結衣の上にダイブしてきた。折り重なったパンクらが全体重をかけ押さえこんでくる。結衣は身動きひとつできなくなった。

パンクたちはずっと甲高い笑い声を発し、涎を垂らしつづけている。見下ろす目は充血し、焦点が定まっていなかった。

全員が麻薬中毒者か。ごつごつした筋肉が肌に当たる。鼻血の混ざった鼻水が滴り落ちてくる。躁状態を買われた者だけが鍛えられるのだろう。

結衣は甲板に仰向けになったまま、集団の押さえこみからいっこうに脱けだせなかった。だがパンクたちもその先のことを考えていないのか、次なる行動にはでない。あるいは圧死でも狙っているのだろうか。たしかに肺が潰れそうなほど息苦しい。

突如として汽笛が耳をつんざいた。フェリーが大音量で汽笛を鳴らしだした。パンクたちの圧迫がわずかに軽減した。何人かが顔をあげ、驚きの声を発している。

結衣は目を疑った。右舷に別の船の舳先が大きく見えていた。船橋の窓のなかが見えるほど距離が詰まっている。フェリーよりはひとまわり小さな貨物船だが、減速することなく船首を突っこませてきた。

衝撃が縦揺れとなって突きあげた。パンクの群れが塵のごとく宙を舞うほどだった。結衣も身体が浮きあがるのを感じた。フェリーの船体が大きく左へと傾く。一瞬遅れて凄絶な衝突音が轟いた。さらなる震動は地震も同然に感じられた。結衣の上で折り重なっていたパンクらは、すでにばらばらになっている。結衣はパンクたちとともに傾斜した甲板上を転がった。絶叫から察するに、何人かは海に落ちたようだ。甲板を照らす白色灯が消え、辺りは真っ暗になった。結衣はウィンチにぶつかった。そのましがみつき滑降を防いだ。

闇のなかに目を凝らす。電線がショートし、あちこちに火花が散っていた。それ以外には一縷の光もない。やけに甲高い音がきこえるものの、耳鳴りかもしれなかった。聴覚に異常が生じるほどの衝突音だったとわかる。パンクたちが身体を起こす。みな足もとがおぼつかない。

船体の傾斜がさっきほどではない。ゆっくりと水平に戻りつつあるようだ。広い甲板は不利だった。場所を移す必要がある。結衣はめまいを堪えながら立ちあがった。外階段に駆け寄り、急ぎ上ろうとした。ところが頭上からけたたましい笑い声が響いた。結衣が仰ぎ見ると、階段の上方にパンクが立ち、アサルトライフルを俯角に構えていた。結衣を見下ろし狙いを定めている。

結衣は階段から飛び退いた。銃声とともに青白い閃光が瞬いた。だが階段上方からの銃撃ではない。

パンクが階段を転げ落ちてきて、甲板に全身を打ちつけた。横っ腹から出血している。どこかから撃たれたようだ。

船首甲板がにわかに騒々しくなった。右舷から押し寄せるのは、パンクとは別の群れだった。ほとんどが銃器で武装している。頭数だけはパンクのほうが勝っていた。船内から新たに躍りでてきたパンクらは、拳銃(けんじゅう)を闇雲に発砲した。味方に弾が当たってもかまわない、そんな狂気の沙汰(さた)だった。ある意味どの勢力よりも危険な存在といえる。

戦況を見守る余裕などない。結衣はアサルトライフルを拾うと、左舷方向へと逃れた。行く手に立ちふさがったパンクを、銃床で打ち倒した。横たわったパンクを踏み越え、闇のなかを駆けていく。

左舷の開放されたドアから船内に入った。通路をまっすぐ突っ切る。しばらくは左目を閉じ、途中から左目を開け、右目を閉じた。暗闇に目を慣らしておく。右舷にでたとき、結衣は両目を開いた。さっきよりは辺りが見通せるようになった。

右舷に斜め後方から貨物船が衝突していた。貨物船の左舷甲板のほうがやや高く、そこから人影が続々と乗り移ってくる。顔に見覚えがあった。パグェのスプキョク隊だとわかった。日本人半グレも含め、すべて宇都宮にいた奴らだった。総勢五十人ぐらいか。船首と船尾に散開していく。どの方向も大勢の白塗りパンクが行く手を阻む。銃火はいたるところで閃(ひらめ)くものの、ほとんどは肉弾戦だった。地獄絵図が夜の闇に紛れている。

結衣はアサルトライフルを水平に構え駆けだした。モードをセミオートに切り替える。身体ごと左右に振り、白塗りパンクを次々に銃撃していった。だが敵はパンクだけではないとわかった。白塗りでない男どうしがナイフで斬りつけあっている。その場合も顔見知りでないほうを撃った。フェリーに元からいた半グレたちは、ほとんどが結衣にとって初対面だった。

ブレザーにスカートの制服姿を見かけた。逆手に握ったナイフで白塗りパンクの喉(のど)もとを掻(か)き切った。凛香だとわかった。背後に別の敵が迫っていることに、まだ気づいていない。

結衣はアサルトライフルで敵を撃ち倒した。凛香ははっとした。その目がこちらに向く。結衣は凛香の腕をつかみ一緒に駆けだした。甲板に積んである救命ボートの下に滑りこむ。ひとまず身を隠した。アサルトライフルの銃口は常に外に向け、接近する人影を警戒する。

凛香が結衣を睨んだ。「このフェリーの船名が軽井沢号だとか、なめたこといわねえだろうな」

「あんたたちを巻きこみたくなかった」

「ほざいてろ。どうせヤク中のクラギゾンに四苦八苦してたんだろ？」

「クラギゾン？」

「あの白塗りパンク。発祥は埼玉、半グレ集団のなかでもいちばんいかれた奴ら。もう田代んとこにはあんな奴らしか残ってないんだね」

「勇次の側近には、まともそうな半グレがいた。片目が義眼の男」

「グレインの樫詰。まだ仕事してんのか。律儀なこった」

結衣はきいた。「なんでここがわかった？」

「まずは礼をいいなよ。ずいぶん高くついたんだから」凛香が苦々しげな物言いで応じた。「権晟会の取引名簿と引き換えに、ディエン・ファミリーのナムが貨物船を手配してくれた」

ディエン・ファミリーは田代槙人の動きを読んでいたらしい。フェリーの航路もモニターしていたのだろう。結衣は凜香を見つめた。「なんで取引名簿?」

「田代の弱みを握れるからじゃねえの」

「ならスマホの動画データのほうが確実でしょ」

「要求されなかった」凜香の顔に翳がさした。「やっぱあいつら、わたしが癇癪起こしてスマホ壊したのを知ってた。たぶん日比谷駅のホームで残骸回収して、録画データも復元済みだろうね」

裁判所からの結衣の帰り道を、田代なりディエンなりの監視要員が尾行しないはずがない。それまでにも宇都宮のナスは盗聴されていただろうし、結衣と凜香が再会したのは地下鉄の車内だと把握済みだろう。凜香はデータのコピーをとっていない。結衣にもそのチャンスがなかったことを、監視要員はしっかり確認している。

結衣はため息をついてみせた。「短気は損気」

凜香がむっとした。「結衣姉ちゃんが煽るからだろ」

ふたりは睨みあったものの、結衣は表情を和ませた。凜香も鼻で笑った。

数メートル先で人影がアンダースローの動作をとった。結衣はすかさず銃撃し、人影を撃ち倒した。だがモーションはほとんど終わっていた。凜香も気づいたらしい。小さな球体が転がってくるより早く、結衣と凜香は救命ボートの下から抜けだした。

四方に銃撃しつつ右舷甲板を一気に駆け抜ける。

後方で手榴弾が爆発した。辺りが真っ赤に照らしだされ、すぐにまた暗くなった。熱を帯びた強烈な追い風を背負い、ふたりは前のめりにつんのめった。木片が降り注ぐ。粉砕されたボートの残骸にちがいなかった。

漂う煙に咳きこみながら結衣は顔をあげた。まずい状況だと悟った。味方の半グレは船上に散らばっているらしい。おびただしい数の白塗りパンクが包囲を狭めてくる。どの顔も結衣と凜香を見下ろしていた。結衣がアサルトライフルを構える前に、敵勢は一斉射撃が可能だった。

いきなり腹の底に響く重機関銃の掃射音が轟いた。閃光が絶え間なく辺りを照らすなか、白塗りパンクたちは肉片と血液を飛び散らせ、いっせいに薙ぎ倒されていった。

結衣は振りかえった。開放されたドアの前に、防弾ベストを着た巨漢、篤志が仁王立ちになっている。六本の銃身を持つ巨大なガトリングガンを、あろうことかほとんど右手のみで携え、甲板に弾幕を張っていた。左腕に巻きつけた弾帯を、給弾に応じ少しずつほどいていく。

篤志が怒鳴った。「結衣、凜香、来い！」

凜香を先行させ、結衣はアサルトライフルで援護した。少し遅れて駆けだす。姿勢は低く保った。敵の銃撃から逃れるときには、ジグザグに走るべきだが、いまだけは直進する。篤志に狙いを迷わせないためだった。

結衣がドアに到達したとき、篤志が声を張った。「凜香、手榴弾をとれ！」

凜香は篤志のチェストリグからアップル手榴弾を引き抜いた。三人で船内に転がりこむや、凜香がピンを抜き、手榴弾を甲板に投げた。篤志が重機関銃の掃射を中止した。結衣はドアを閉め、ハンドルを回しロックした。閉じたドアの向こうで爆発音が轟き、パンクたちの悲鳴がこだました。

静寂が戻った。篤志が息を切らしながらきいた。「田代槇人は見つけたか」

結衣は首を横に振った。「勇次しか会ってない」

「夫婦で乗船してるのはたしかだ。早く見つけて殺せ。じきに沈没する」

凜香がうなずいた。「ナムのじいさんがTNT火薬をくれた。ブレンダの榊本たちがボイラー室に仕掛けるって」

どれだけ時間の余裕があるだろう。結衣はいった。「航路を外れて洋上に遠ざかったんだから、海上保安庁はフェリーごと失踪したと考える。そのうち捜しにくる」

篤志が唸った。「フェリーの船長が救難信号をだしたら、もっと早えだろうな」

「銃器を積んでるからそれはない。田代槇人はたぶん救難信号を禁じてる。海上保安庁もまだ衝突事故に気づいてない」

凛香がじれったそうな声を発した。「だからさっさと沈めてずらかろうってんだよ」

「詠美がいる」結衣はいった。

「もう！」凛香は苛立ちをあらわにした。「また始まった。ここに詠美なんかいやしねえ」

「半グレのひとりが死に際に口を割った。ポロスヨンソから連れてきたって」

篤志が結衣にたずねた。「たしかに詠美か？」

「そういってた」

「なら」篤志は凛香に目を向けた。「連れだそうぜ。おまえにとっても姉じゃねえか」

凛香は頭を掻きむしったが、やがてあきらめたようにため息をついた。「ったく、しょうがねえな。でもブレンダの奴らが船底に穴を開ける時間は遅らせられない。それまでに見つからなかったら断念しなよ」

結衣は答えなかった。「三階船尾寄りの大広間に女たちがいる。ファンミーティングの参加者、百五十人弱」

「それこそほっとけよ」

「女？」凜香がさも嫌そうに吐き捨てた。「それこそほっとけよ」

篤志がいった。「おい凜香。フェリーにぶつけるために、でけぇ貨物船が提供されたんだぜ。百五十人弱なら余裕で乗せられる」

「なんだよ」凜香は悪臭でも嗅いだかのように、鼻の頭に皺を寄せた。「篤志兄ちゃん、女のことになると甘々かよ」

「きけ。俺は田代槇人んとこで何年も働いたが、人身売買まがいの事業にだけは手をださなかった。ガキのころひでぇ目に遭ったからな。人の自由を奪うやり方は好みじゃねぇ」

三人の視線が交錯した。篤志が凜香に目をとめる。結衣も凜香を見つめた。凜香は黙って床を眺めていた。

そのうち凜香がつぶやいた。「しゃあない。やるか」

結衣は凜香にアサルトライフルを投げ渡した。「使って」

「マジか。結衣姉ちゃん、素手でいいのか」

どうせ武器などすぐに拾える。なくてもその場にある物で代用する。なんでも人を殺せる。鉛筆削りだろうと膨らし粉だろうと凶器になる。

廊下に奇声が響き渡った。ドアとは反対側の端から白塗りパンクが突撃してくる。

篤志が重機関銃を発射した。鼓膜が破れそうなほどの銃撃音が廊下に反響する。敵は一瞬にして排除できた。だが三人は顔を見合わせた。銃声を轟かせた以上、もうここにはいられない。

廊下を走りだした。次男、次女、四女がそろって死地に繰りだす。誰にも望まれやしない。優莉匡太を喜ばせるだけでしかない。

24

結衣は狭い廊下を船尾方向に駆けつづけた。篤志が先行し、重機関銃の掃射で行く手を切り拓く。背後の凜香はアサルトライフルで後方の追っ手を警戒していた。

猛然と前進しながら篤志が怒鳴った。「結衣。信じねえかもしれねえが、おまえに会いに行ったのは、死んでほしくなかったからだ。詠美も助けてほしかった」

「午前零時を過ぎたら殺して懸賞金を獲得。そういうつもりじゃなかった?」

「ほかの奴らに殺させるぐらいなら、俺の手で殺してやろうと思っただけだ」

後ろの凜香も大声で同意をしめした。「いったろ。わたしもそれ。ついでに大金が入りゃ御の字とは思ったけど」

篤志は振りかえらなかった。「結衣と架禱斗のせいで、残りの俺たちが落ちこぼれと見なされたといったよな。あれは本心じゃねえ。親父は自尊心のためだけに、俺たちに人殺しを教えてた。子供が大切じゃなかった。ただの気まぐれだ」

凜香が同意をしめした。「いえてる。結衣姉ちゃんと架禱斗兄ちゃんが頑張ってくれなきゃ、かえってお父さんの逆鱗に触れてた。子供全員が殺されてた」

「ああ」篤志が唸るようにつぶやいた。「ずっと半グレをやってきて、最近それを思いだした。まともじゃねえ生き方は空虚だ。結衣が暴れてるって噂をきいてからは特にそうだ」

結衣はきいた。「まともな人生を送ったとして、なにをめざすの」

「カタギの女と結婚する」

凜香が悪態をつく口調で吐き捨てた。「ワルはもてる。篤志兄ちゃんがもてねえのは半グレだからじゃねえ。見た目に問題があるからだろが」

篤志はちらと振りかえった。「この業界じゃレスラーみたいな見てくれのほうが、なめられずに済むんだよ。足洗わなきゃ身体も絞れねえ」

緊張の電流が結衣のなかに走った。「前見て!」

行く手をクラギゾンの白塗りパンクどもが塞いでいた。土嚢が積んである。銃座に据えたブローニングM2重機関銃がこちらを狙っている。

「伏せて！」結衣は頭から滑りこむように床に這った。

篤志と凜香も瞬時に突っ伏した。直後、敵のすさまじい掃射が襲った。ただちに篤志が手持ちの重機関銃で反撃した。だが土嚢の上にわずかにのぞく敵勢にはなかなか命中しない。

結衣は廊下壁面の材質の変化に気づいていた。ずっと鉄板に囲まれていたが、土嚢の向こうはベニヤ板のようだ。吹き抜けロビーが近い。ロビーから見える範囲の廊下には、壁紙を貼る必要があったのだろう。

「ねえ」結衣は篤志の耳もとに怒鳴った。「そこの壁のパネル外せる？　あと火は？」

「チェストリグに小型バーナーが入ってる」篤志は結衣のいわんとすることを理解したらしい。重機関銃を置くと側面の壁に向き直った。「援護しろ」

凜香が前方に繰りだし敵陣を銃撃する。結衣も重機関銃をつかんだが、とうてい持ちあがる重さではなかった。床に横たえたまま発砲したものの、弾は水平に飛んで土嚢に当たるばかりだった。かろうじて銃身を上方に逸らした。だが狙いがまるで安定しない。

篤志が鉄製の壁に向きあっている。雑な補修の金属製パネル、約一メートル四方。篤志はそれを引き剝がすべく、わずかに浮いた隙間に両手の指をねじこんだ。筋力はかなりあるようだ。パネルは四隅をリベットでとめてあったが、反りかえりながら壁から剝離された。結衣が予想したとおり、壁のなかにはスポンジ然としたウレタンフォームが詰まっていた。

結衣は壁に駆け寄った。「交替して!」

入れ替わりに篤志が床の重機関銃に飛びつく。すれちがいざま、結衣は篤志のチェストリグから小型バーナーを引き抜いた。篤志が腹這いになり敵陣への銃撃を再開する。結衣は露出したウレタンフォームに、バーナーの炎を噴射した。

断熱材の発泡ウレタンは可燃性だけに、瞬時に燃えあがった。火災が壁の内側に酸素を呼びこむ。鉄製の壁のなかを数秒で延焼した炎が、はるか廊下の先、土嚢の向こうのベニヤ板を突き破り、横殴りに噴火した。白塗りパンクたちのわめき声が響いた。火柱が敵陣の全員を焼き尽くす。みな全身を燃えあがらせながら、両手で空を掻きむしった。篤志が銃撃でとどめを刺した。火だるまになった男たちが土嚢に突っ伏し、それっきり動かなくなった。

肉の焦げるにおいがする。敵を殲滅したものの、行く手は燃えさかる炎に阻まれていた。熱風が吹きつけてくる。ロビーは目と鼻の先だが、引きかえして別のルートを選ぶしかない。

後方を振りかえったが、そちらにも白塗りパンクの群れが現れた。アサルトライフルで銃撃しながら急速に接近してくる。篤志が鉄製のパネルを盾がわりに据えた。結衣は凜香とともに、その陰に転がりこんだ。

廊下の両端を火災と敵勢に挟まれ、逃げ場を失った。だがふいに別の銃声がきこえた。拳銃の矢継ぎ早な発砲だとわかる。

結衣はパネルの向こうをのぞいた。こちらに突進してくる白塗りパンクは背中を撃たれ、続々と床につんのめった。

向こうから黒スーツたちが銃撃していた。パグェの一群だった。ジニが拳銃を構えながら大声を響かせた。「来い！」

両者のあいだには、まだ白塗りパンクがひとり居残っている。だが発砲したのではパグェに当たる可能性がある。篤志と凜香が銃撃を控えた。結衣はふたりに先んじて駆けだした。

白塗りパンクが前方に迫る。拳銃を結衣に向けてきた。トリガーを引かれるより早く、結衣は間合いのなかに飛びこんだ。敵の上腕をつかんで引きこみ、腹に膝蹴りを浴びせ、左の掌打で顎を突きあげた。宙に舞った拳銃、グロック17をつかむや、白塗りパンクの頭部を銃撃した。倒れた敵の死体を乗り越え、結衣は全力で駆けていった。パグェに合流した。ジニが曲がり角の向こうをのぞきながら、手で留まるよう合図した。

凜香が緊迫した声でささやいた。「結衣姉ちゃん。こいつら殺そうとするかも」

ジニは険しい目を結衣に向けてきた。「どうせ清墨学園事件の裁判でブタ箱だろ。大勢の同胞の仇であっても、宇都宮で命を拾われた借りはかえす」

ところが黒スーツのひとりが隙を突くように、ナイフで結衣の脇腹を刺そうとしてきた。結衣はとっさに男の手首をつかみ、ねじりあげながら身体ごと壁に叩きつけた。動きを封じられた男が、怒りと恐怖のいり交じった目で睨んでくる。篤志と凜香が銃口を男に向けた。

結衣は男を押さえつけたまま、醒めた気分でジニにいった。「仲間どうしで意思を統一しておいてくれる？」

ジニが男を咎めた。「サンウ！」

サンウと呼ばれた男は興奮ぎみに身を震わせていたが、そのうちあきらめたように視線を落とした。弛緩した指先からナイフが落下する。結衣はそれを遠くに蹴ると、サンウを解放した。

篤志がジニを見つめた。「詠美はパグェの管理下だよな。どこにいるか知ってるか」

「把握してるとすればヒョンシクやユノぐらいだ。いまのところ見かけねえ」

「ロビーにはどう行く？」

「こっちからまわれる」

ジニの先導で廊下を前進した。併走する黒スーツらは、絶えず周囲を警戒しているものの、ときおり結衣に対し牽制するような目を向けてくる。

廊下を迂回し、二度同じ方向に折れた。行く手がまた壁紙に囲まれていた。篤志が速度をあげ、重機関銃を掃射しながら突っこんでいった。廊下の出口付近を塞ぐ白塗りパンクを次々と撃ち倒す。

吹き抜けロビーに入ったとたん、けたたましい銃撃音に包囲された。ロビーはいまやクラギゾンの巣窟と化していた。二階と三階の手すりからパンクらが身を乗りだし狙撃してくる。一斉射撃をまともに浴びずに済んだのは、篤志の重機関銃が露払いになったからだ。パンクたちが手すりに身を隠したため、数秒にわたり狙いを定められなかった。

結衣たちはすばやくロビー一階に散開した。ソファは遮蔽物にならないため、身を隠せるのは鉄製のテーブルしかない。凜香や篤志はそれぞれテーブルを倒し、その陰に潜みつつ敵に応戦した。

ジニが二階バルコニーへの上り階段へと走っていく。結衣もそれに倣った。味方が一階から援護射撃するなか、ふたりで踊り場をまわり、さらに駆け上っていった。ジニは二階の手すりに向け発砲しつづけた。

だが二階バルコニーに到達する寸前、真正面に白塗りパンクがボウガンを手に立ちふさがった。ジニの銃口は別の方向に逸れていた。ジニが息を呑んだのがわかる。パンクがボウガンでジニを狙い澄まし、いまにも矢を発射せんとしている。

結衣はジニの背に飛びつき、前のめりにつんのめらせた。矢は頭上をかすめ飛んだ。あわてて次の矢を装塡しようとする敵の眉間に、結衣は伏せたまま銃弾を撃ちこんだ。パンクの脳天は砕け、その場にへなへなとくずおれた。

ジニは階段に突っ伏したまま、啞然とした顔で結衣を見つめた。結衣は見かえさなかった。ふたりでここに横たわっている場合ではない。結衣はジニの腕をつかみ引き立たせた。また階段を駆け上りだした。

二階に到達したものの、バルコニー全体が白塗りパンクに埋め尽くされていた。結衣とジニは左右に飛び退き、それぞれ支柱に身を隠した。銃撃による猛攻を受け、その場に釘付けになった。顔をのぞかせることさえ危険だった。威嚇発砲しか可能にならない。

ところが至近の白塗りパンクらが悲鳴を発した。血飛沫が舞うのが見てとれた。予想もしなかった方角から銃撃がある。結衣は辺りを見まわした。

廊下への出入口で弥藤が姿勢を低くし、アサルトライフルを構えていた。反対側の出入口付近にも磨嶋がうつ伏せ、両手に拳銃を握っている。白塗りパンクが動きをみせるたび容赦なく狙撃した。

弥藤が怒鳴った。「優莉結衣！　すぐクラギゾンの増援がくる。三階に行くならいましかねえぞ」

ジニも結衣を見つめてきた。「行け。援護する」

結衣は間髪をいれず駆けだした。たちまち銃声がこだました。無数の弾丸が耳もとをかすめながら飛ぶ。三階バルコニーへの上り階段に達した。階上から白塗りパンクが四人襲いかかってくる。結衣は銃撃しながら駆け上り、三人を撃ち倒した。だが拳銃のスライドが後退したまま固まった。残るひとりが眼前で剣を振りあげた。

肉を断つ音とともに血液が飛散した。パンクは背を十字に斬り裂かれ、階段に突っ伏し、下方へと転落していった。

踊り場にヨンジュが立っていた。右のこぶしから突きだしたジャマダハルが真っ赤に染まっている。肩で息をしながらヨンジュがいった。「急げ。海上保安庁が駆けつける前に始末をつけないと」

結衣はうなずき、ヨンジュとともに階段を駆け上った。銃声は階下から響くばかりになった。もう三階に敵はいないのか。

そう思いながら三階バルコニーに達しようとしたとき、前方の脅威をまのあたりにした。ふたりのスーツが立て膝の姿勢で短機関銃を構えている。ひとりは義眼の樫詰、もうひとりもさっき見かけた男だった。ふたりは同時にMP5Kを掃射してきた。結衣とヨンジュは階段に伏せ、かろうじて被弾を逃れた。

ふたりの敵は大広間のドア前に陣どっている。こちらが階段から三階に顔をだせば、たちまち銃撃される。

ヨンジュが怒鳴った。「樫詰さん、城垣さん！　もう田代親子に仕えても意味がない。ディエン・ファミリーがいってた。田代槇人は今後、シビックって金貸しに命を狙われるばかりだって」

返答は短機関銃のけたたましい掃射音のみだった。結衣はヨンジュとともに数段下まで避難した。

だが敵の銃撃はふいに断続的になった。奇妙な変化に思える。結衣はわずかに伸びあがり、三階バルコニーのようすをうかがった。

樫詰と城垣はドアのほうを振りかえっている。廊下からバルコニーへと、刈りあげの一重まぶたが歩いてきた。宇都宮で美代子の運転手を務めていた男だった。防弾ベストを羽織り、右手にアサルトライフル、左手に大きなポリタンクを提げている。

ヨンジュがささやいた。「イル」

「誰?」結衣はきいた。

「田代夫人のボディガード。パグェでは落伍者の処刑係でもある。血も涙もない奴」

驚いたことに、イルの後ろに美代子がつづいた。フォーマルジャケットの襟もとに、金貨のようなペンダントが下がっている。黒のロングスカートに低いヒールのパンプスというでたちで、厳かに歩を進めてきた。美代子はイルを見つめると、ドアに顎をしゃくった。

イルがポリタンクを床に置き、蓋を外しだした。樫詰と城垣はイルの行動が気になるらしく、さかんに振りかえる。やがて樫詰がじれったそうに韓国語を発した。イルは仏頂面のまま韓国語で応じた。三人の男はたちまち口論になった。

結衣はヨンジュにたずねた。「なんの言い争い？」

「よくききとれないけど、イルは女たちの死体を焼くといってる。樫詰と城垣は猛反対してる」

死体。女たちは殺害されてしまったのか。結衣は飛びだしたい衝動に駆られたが、思いとどまらざるをえなかった。樫詰も城垣も、イルに気をとられているとはいえ、依然として短機関銃をこちらに向けている。距離もあった。間合いを詰めようとしても先に撃たれる。

三人の男はなおも激論を戦わせていた。やがて美代子がたまりかねたように声を張りあげた。何語かもさだかでない言語で美代子がまくしたてた。

ふいにイルが右手のアサルトライフルを樫詰に向けた。樫詰が凍りつく反応をしめした。短機関銃をイルに向ける暇もあたえず、イルはトリガーを引き絞った。樫詰は胸部に被弾し、仰向けに倒れた。城垣が憤りの叫びを発し、イルを狙い澄まそうとしたが、間に合わなかった。イルの銃撃は城垣の脳天を吹き飛ばした。

美代子は顔いろひとつ変えず見守っている。イルがポリタンクを持ちあげ、ドアに向かいだした。

結衣は三階バルコニーに躍りでた。イルが振りかえった。美代子も目を瞠った。だがイルのアサルトライフルが狙うより早く、結衣は床に転がり短機関銃を奪った。イルの身体は防弾ベストに守られている。代わりにポリタンクを銃撃した。

着弾の火花が散り、ガソリンは爆発的に燃えあがった。イルがぎょっとした。熱風が押し寄せるなか、瞬時に火だるまになったイルが、両腕を振りかざし暴れまわった。甲高い悲鳴はイルか、美代子か。全身を炎上させながらイルが三階バルコニーをのたうちまわる。容易に近づけなくなった。美代子は壁に背を這わせていたが、はっと我にかえる反応をしめし、大広間のドアに飛びこんでいった。

ドアの向こうから女たちの悲鳴がきこえた。結衣は息を呑んだ。まだ大勢が生きているようだ。

イルの動きが鈍くなった。まばゆい炎のなかで皮膚が焼けただれているのがわかる。ふらふらと手すりに近づいていった。結衣は走り寄り、跳躍しながら回し蹴りを浴びせた。燃えさかるイルの身体がもんどりうち一階に転落していった。

階段からヨンジュが駆けだしてきた。「田代夫人が大広間に」

さっき目にした。結衣は身を翻した。ドアに突進し、ただちに開け放った。

大広間には大勢の女たちがいた。死体の山かと思ったが、実状はちがっていた。みな無力にへたりこみ、ひたすら泣き叫んでいる。恐怖が一帯を支配していた。美代子がロープを手に、若い女の首を絞めているからだ。苦しげに呻いているのは真向定華だった。周りの女たちは、とても美代子を制止できずにいる。慈悲を求めるかのように弱々しく懇願するばかりだ。美代子の顔はまるで夜叉だった。目を剝き、額に青筋を浮きあがらせ、ひたすら定華の息の根をとめようとする。

美代子がわめき散らした。「死ね！　みんな死んだはずでしょ。なにをまだのうのうと生きてるの。あんたたちの死体があっちゃ迷惑なの！　燃やせないなら海に沈めてやる！」

結衣は銃撃しようとしたが、別の少女が美代子にすがりついた。泣きながら首を横に振り、やめてとうったえつづける。見おぼえのある顔だと結衣は気づいた。たしか武蔵小杉高校の図書室にいた。名札には吉崎紗紀とある。

紗紀がしきりと美代子に絡みつくため、結衣は狙いをさだめられずにいた。位置を変えようとしたとき、床に横たわる女につまずきそうになった。死体に特有の重さを感じる。結衣は見下ろした。名札には美濃いづみとある。近くにもうひとつ死体があった。そちらの名札には清里光子と書かれていた。死んだのはこのふたりだけか。

へたりこんでいた少女が、泣きながら結衣を見上げた。「勇次君が撃った……。勇次君が殺した」

樫詰や城垣のしわざではなかった。あいつらはここにいる女たちを殺さなかった。結衣は美代子を狙おうとしたが、なおも紗紀が邪魔になっている。じれったく思いながら結衣は怒鳴った。「おいババア！」

びくっとした美代子が結衣に向き直る。定華を盾にしながら、ロープから手を放した。殺害を断念したわけではない。代わりにナイフを定華のうなじに突きつけた。美代子は前屈姿勢をとり、ナイフの柄に顎を乗せた。

結衣は思わず歯ぎしりをした。ベトコンの人質のとり方だった。たとえ額を撃ち抜いたとしても、頭の重さでナイフが定華の喉を刺し貫く。すなわちどんなに腕の立つ狙撃手であろうと銃撃できない。

定華は全身を硬直させ、怯えた目を結衣に向けている。自力で美代子から逃れるのは不可能にちがいない。

美代子が結衣を睨みつけてきた。訛りのある日本語を響かせる。「息子をかえせ」

結衣は鼻を鳴らしてみせた。「あんたら一家こそ、武蔵小杉高校の失われた命をかえしたらどう」

「この悪魔！」美代子の声は震えていた。「おまえなんかに子を想う母親の気持ちはわからない」

「充分わかる。貧乏生まれのコンプレックスが強すぎて、金権政治ばかり息子たちに学ばせた。殺られる前に殺れって極論を吹きこんだ。殺し方もあんたの夫が教えた。あんたはそんな夫の肩を持った」

「槇人さんは立派な人よ。世が世なら王にもなれた」

「うちの父も裁判でそんなことといってた。裁判官の心証を悪くして死刑」

「おまえの汚れきった血筋と一緒にしないでよ」

「母親を知らないのは幸いだった。子供にしてみれば母にこそ逆らえない。母親が子供じゃなく、暴君の父親の味方をすると、もう子供には逃げようがない。根っから洗脳される」結衣は低くささやいた。「わかる？　わたしより勇太や勇次が不幸だったのは、あんたがいたから」

美代子の憤怒に狂気じみた殺意が加わった。「仇をとってやる！」

ナイフを握る美代子の手に力が籠もりだした。だが紗紀がいきなり美代子の腕に嚙みついた。美代子の叫びは悲鳴というより咆哮だった。紗紀を振り払うべく美代子は必死に身をよじった。けれども紗紀は、引きつけを起こしたように目を剝き、狂犬も同然にひたすら食らいついていた。

動きが激しすぎて短機関銃で狙いを定められない。結衣が距離を詰めようとしたとき、美代子の背後から別の女が襲いかかった。

結衣は驚いた。二年C組の担任だった敷島和美が、美代子を羽交い締めにした。定華の首に巻きついていたロープをほどき、美代子の首に巻き直す。和美がのけぞりながら力をこめ、美代子の首を絞めだした。美代子が苦しげに暴れだす。周りの女たちが逃げ惑いだした。大広間にパニックがひろがった。

美代子はなおも定華を解放しようとしない。結衣から身を守る盾にしつづける。だが和美に首を絞められているせいで、美代子の顎は上がり、ナイフの柄から離れていた。さらに紗紀が腕に嚙みついているため、ナイフを握った手の自由がきかずにいる。三人はひとかたまりになり、じたばたしながらさかんに向きを変えた。銃撃できないのは美代子が結衣の位置を把握しているからだ。絶えず定華の陰に隠れようとする。確実に命中させられる隙が生じない。

ところがそのとき、アサルトライフルの発射音が轟いた。セミオートで数発、側面から狙撃を受けたらしい。美代子のこめかみから鮮血が噴出した。白目を剝いたかと思うと、美代子は天井を仰ぎ、声を発することなくくずおれた。

女たちは一様に凍りついていた。結衣は狙撃手の立つほうに目を向けた。制服姿の女子高生がＨＫ４１６を水平に構えていた。銃口から煙が立ち上っている。

ゆっくり銃を下ろす。啓山里緒子が硬い表情で小さくため息をついた。

結衣はドアを振りかえった。すでに味方の半グレが押しかけていた。里緒子もそのなかのひとりだったらしい。貨物船に乗ってきたのか。彼女に誘いをかけた者がいたとすれば、凜香以外には考えられない。

里緒子が結衣を見つめた。結衣は黙って里緒子を見かえした。どこか寂しげな面持ちで、里緒子が視線を落とした。ゆっくりと定華のもとに歩み寄る。

定華は美代子の死体のそばでへたりこんでいた。ひたすら目を丸くし里緒子を見つめる。「嘘。里緒子？　なんで……」

「わたしのことはいいから」里緒子が顎をしゃくった。「定華。紗紀を……」

紗紀も尻餅をついていた。口の端から血が滴り落ちている。美代子の血かもしれなかった。興奮状態が持続したまま収まらないのか、ひたすら全身を痙攣させる。定華が紗紀を抱きしめた。なだめるように頭をそっと撫でる。

結衣は元担任教師に近づいていった。和美は座りこんだ状態でうつむいている。結衣が見下ろしていると、和美は顔をあげた。真っ赤に泣き腫らした目で、まじまじと結衣を見つめた。名札には三井和美とあった。

「離婚した」和美が震える声でささやいた。「先生、離婚しちゃった」

見上げるまなざしは虚ろになり、焦点が定まらないように感じられた。結衣は和美の顔をただ眺めた。手を差し伸べたりはしなかった。触れあいを求めていないのはわかる。

武蔵小杉高校のあの日、誰の心にも深い傷痕が残った。いちど殺戮の現場に居合わせると、人生観も変わってしまう。以前の自分にはけっして戻れない。

美代子の死体に目を移した。脳を撃ち抜かれ即死だった。結衣は美代子の首に手を伸ばした。金のペンダントをつかみ引きちぎった。

凜香が小走りに駆けてきて耳打ちした。「結衣姉ちゃん。こっち来て」

あちこちで嗚咽が漏れる。結衣は大広間を見渡した。女たちはみな茫然自失の面持ちで、身じろぎひとつしない。結衣に向けられた目にも、なんのいろも表れていない。強すぎる衝撃に心を閉ざしている。ここにいる全員にとって、おそらく一生消えない光景だろう。

結衣は凜香とともに、足ばやに大広間をでた。吹き抜けロビーに面した三階には、味方の半グレが集結していた。銃声はきこえない。どうやらロビーの制圧は完了したらしい。篤志は重機関銃を手すりに据え、絶えず眼下を警戒しつづけていた。ジニの率いるスプキョク隊も周辺を索敵中のようだった。

仰向けに横たわった樫詰のわきで、ヨンジュが片膝をついていた。結衣はそこに歩み寄った。

樫詰は自分の手で、胸もとに当てたガーゼを押さえつけている。ガーゼは真っ赤に染まったうえ、もう吸収の限界を超えているのだろう、血液があふれだしていた。

大広間に入ったにも拘わらず、樫詰と城垣は女たちを殺さなかった。どうりでイルが大広間に足を踏みいれようとするのを、ふたりが必死に拒んだわけだ。美代子は女たちが死んでいると思いこんでいた。樫詰と城垣は命令に背いた。

血の気を失った樫詰の顔が見上げてくる。動かない義眼とちがい、もう一方の目はなにかを告げたがっていた。結衣は身をかがめた。

「優莉」樫詰が弱々しい声でささやいた。「槙人さんは二階右舷前方のスイートにいる」

「詠美はどこ」

「ああ……。パグェの管轄だ。ヒョンシクやユノが知ってる」

ヨンジュが結衣にいった。「ふたりともたぶん田代槙人を護衛してる」

「なあ優莉」樫詰の発声は、ほとんど吐息も同然に消えかかっていた。「馬鹿な人生だった。クソ親父を見かえすためにワルになったのに、当の親父は老いて弱っちまって、もうワルじゃなくてもやっつけられた。俺たちゃみんな大馬鹿だ」

みずから口にしたひとことが腑に落ちたのか、樫詰は表情を和らがせた。呼吸が途絶えていった。変わらない義眼とは対照的に、本物の目は生気を失っていくのが、ありありと見てとれた。樫詰は瞼を閉じなかった。瞬きも忘れたまま、どこか別の世界に旅立った。あるいはただ消えてなくなった。

死を看取る人間の誰も涙を流さない。みな悲しいと思わない。半グレの死とはそんなものだった。その虚しさにこそ哀れを感じる。

ヨンジュが静かにいった。「結衣。じきに榊本たちブレンダが船底で作業を終える。もうあまり時間がない」

「わかってる」結衣はゆっくりと立ちあがった。「でも船が沈むにまかせておけない。田代親子はこの手で息の根をとめてやる」

25

二階の右舷、船首寄り、非常灯のみに照らされた廊下だった。結衣の前方で、弥藤と磨嶋がアサルトライフルを構え、警戒しながら先行する。ジニの率いるパグェがその後につづく。角に差しかかるたび、数人が枝分かれした廊下の先まで進み、船室や収納庫のドアを開け放つ。クラギゾンの白塗りパンクが、どこに潜んでいるかわからないからだ。

結衣は短機関銃を携えながらパグェの一群についていった。ヨンジュが歩調を合わせる。背後では凜香と篤志が、廊下の後方に注意を向けていた。追っ手が現れしだい、ただちに応戦できるよう身構えている。

船首付近に到達した。ほかの船室と異なり、スイートのドアは観音開きだった。全員がドアの周りを固めた。ジニがドアノブに手をかける。施錠されている、そんな反応をしめした。

篤志がドアに歩み寄り、重機関銃をドアノブの高さに構える。映画なら拳銃で閂を撃って壊せば開くが、ここにいる武装半グレともなると、みな銃弾で閂は折れないと知っていた。篤志が重機関銃をフルオート掃射する。鼓膜が破れそうな騒音とともに木片が飛散した。ドアノブの周りを囲むように撃ちつづける。やがて掃射がやむと、弾痕が半円状の線を描いていた。施錠されたままのドアノブ部分を残し、切り離されたドアがきしみながら手前に開いた。

結衣はすばやく室内に踏みこんだ。ホテルのスイートルームと同様、そこは応接間になっていた。ソファとテーブルが据えてある。ほかにもテレビや家具類が並ぶ。

　無人ではなかった。カーペットの上にふたりの黒スーツが転がっている。いずれも胸に黄いろい八角形のバッジがあった。ひとりは頭を撃ち抜かれ、もうひとりも腹から大量の血を流している。結衣はそれぞれの首に触れた。ふたりとも死んでいた。

　ヨンジュがささやいた。「ヒョンシクとユノ」

　忌々しさに唇を噛んだ。田代槙人は側近を撃ち殺したらしい。詠美の居場所を知る人間の口が封じられた。この期に及んでどうするつもりだ。

　あるいは自決する気だろうか。奥に半開きのドアがある。寝室と思われた。槙人が自爆を図る可能性もありうる。

　結衣は背後を振りかえった。ヨンジュと凜香がつづいている。ほかは廊下に待機中だった。

「でて」と結衣はささやいた。

　凜香が眉をひそめた。「ひとりでだいじょうぶかよ」

　きくだけ野暮だといいたげなヨンジュが凜香をうながした。ふたりは廊下へとひきかえした。廊下に面したドアが閉じられた。

　結衣はひとり油断なく、寝室のドアへと近づいた。短機関銃を水平に構えながら、そっと足で蹴り開けた。

キングサイズのベッドがふたつ並んでいる。シーツの上にはおびただしい数の銃器類が載せてあった。壁ぎわのライティングデスクの上も同じありさまだ。デスクに斜に向かい、椅子に腰かける男がいた。疲れ果てた中年の横顔がある。田代槇人は背を丸めうつむいていた。

警戒を解く気にはなれない。結衣は短機関銃で狙い澄ました。槇人が膝の上に置いた手には、グロック17が握られているからだった。

静寂があった。船体が緩やかに上下している。ここが海上だとあらためて気づかされる。槇人は結衣を一瞥し、またデスクの表面に目を落とした。

喉に絡む声で槇人がつぶやいた。「ぐっすり眠りこけるおまえの顔を見たことがある」

結衣は金のペンダントを投げた。金属音を放ち、デスクの上に落下した。槇人はそれをじっと見つめた。配偶者がどうなったか理解したようだ。だが槇人はなんの感情もしめさなかった。

槇人がつづけた。「おまえをチュオニアンに連れていくなんて馬鹿げてる。俺は反対した。武蔵小杉高校の失敗を思えば当然だった。寝ているうちに殺したかった。だが勇次がおまえに惚れてた。あれがすべての元凶だった」

「最近わかってきた」結衣のささやきが低く重く反響した。「親は身勝手に腹を立てる。子供をうまく操縦できなかったり、期待に応えてくれなかったりすると、子に依存してるくせに憎しみも抱く」

「子供を操縦だと？　依存？　勇次の好きにさせたからこそ、おまえなんかとくっつこうとしたんだがな」

「年をとって介護を頼みたくなるのは息子より娘。それも田代家の内情に順応できる女を迎えなきゃいけない。焦ってたのはあんたでしょ。勇次はあんたの意に沿おうとしてただけ」

槇人が結衣を見つめた。ゆっくりと立ちあがり、拳銃を向けながら歩み寄ってきた。

「なんでも父親のせいか。おまえこそ自分の父と俺を重ねてる。俺を殺せば満足か？」

「勇次も殺す」結衣はいった。「武蔵小杉高校の犠牲者全員の無念を晴らす」

「ならさっさと撃て。なにをためらう」

「ためらってなんかいない。詠美はどこよ」

「ああ」槇人が足をとめた。「船内にいる。場所は教えられん」

「吐いたほうがいい」

「脅すのか？」槇人は手にした拳銃を、彼自身のこめかみに突きつけた。「俺にはもうなにもない。いまさら死を恐れると思うか」

腕や脚を撃たれ口を割る羽目になる、そんな状況を回避しようとしている。実際、槇人はみずから命を絶つ可能性があった。

生への執着を捨てた人間ほど厄介なものはない。結衣はじれったく思いながら、語気を強め問いただした。「詠美の居場所は？」

「答えてほしけりゃ」槇人の目が怪しく光った。「そうだな。服を脱げ」

「バカなの？」

「いや。本気だ」槇人は軽く鼻を鳴らし、上着のポケットからなにかをとりだした。写真の束だとわかった。それを床にぶちまけた。

油断なく一瞬だけ視線を落とした。裸の女の写真だった。性交の最中に撮ったらしい。結衣は鳥肌が立つのを自覚した。

写っているのは結衣そのものに見えた。だがげっそり瘦せ細っている。智沙子にちがいない。白塗りパンクどもに腕や脚を押さえこまれ、抵抗するすべを失っていた。目を真っ赤に泣き腫らしている。

心が急速に冷えていく。どうりで槇人が妻の死を知っても、悲嘆に暮れなかったわけだ。少なくとも性欲の捌け口はほかにあった。

槇人はなおも自分のこめかみに銃口を向けている。結衣は短機関銃を放りだした。冷静な思考が働くより早く、結衣は衝動にしたがい、さっさとセーラー服を脱いだ。

幼少時から迅速な着替えを義務づけられてきた。よって脱衣は手早かった。色気もなにも感じさせる動作ではなかっただろう。それでも槇人は目を瞠っていた。

すべてを脱ぎ捨て、一糸まとわぬ姿となり、結衣は槇人に向きあった。槇人の好奇に満ちたおぞましい視線が、なめまわすように全身を見つめてくる。

なぜこんなことをしたのか。理性を保つためだった。智沙子が受けた屈辱を、結衣は自分のことのように感じた。分身も同然の智沙子ひとりだけを苦しませたくなかった。性的被害に遭った女が、みずから身体を売ることで、忌まわしい記憶への耐性を身につけようとするのに似ている。田代槇人に裸を晒すなど、たいしたことではないと思いたかった。

むろん脱いだ最大の理由はほかにある。裸を見た記憶もけっして持ち帰らせない。

槇人はかつてしめしたこともない、子供じみた笑いを満面に浮かべながら、ふらふらと近づいてきた。銃口はこめかみを離れ、まっすぐ結衣に向けられている。

「信じられん」槇人ははしゃぎながらいった。視線が結衣の上半身と下半身を行ったり来たりする。槇人の口ぶりは興奮と狂気の響きを帯びていた。「智沙子よりずっといい。やっぱり本物だ。いい乳首してるな。それにこの艶やかな肌……」

間合いが詰まったとたん、結衣は右脚を軸に、左脚を鞭のように繰りだした。前蹴り、横蹴り、踵落としを連続して見舞う。槇人の顔面をしたたかに打撃しながら、けっして左足を床に下ろさない。宙に浮かせたまま、蹴った直後にスナップをきかせ、すぐ手前に引き次の蹴りを浴びせる。速射のごとき連蹴りに激しい打撃音がともなう。左脚全体に痺れるような実感をおぼえた。ひときわ力をこめて蹴ると、槇人は壁に全身を打ちつけ、跳ねかえり床に突っ伏した。拳銃が投げだされた。

槇人が視線をあげた。鼻血にまみれた顔に、愕然とした表情が浮かんでいる。もう性的興奮など消し飛んでいるようだ。

泡を食って槇人は身構えた。ボビナムよりヴォー・トゥアットの体勢に近かった。やはり格闘の心得がある。結衣はそれに備えていた。

衣服による空気抵抗は大きく、動きとは逆方向に作用し、しかも速度に比例する。裸のいまはそれを極度に軽減させる。襟や裾をつかまれる心配もない。

結衣は依然として左足を浮かせたままだった。拳銃を拾おうとする槇人の顎を、回し蹴りで吹き飛ばした。槇人は後頭部を壁に衝突させた。口からも血を噴いた。間髪をいれず結衣は槇人の胸と腹に連続蹴りを食らわせた。顔面もさかんに蹴りこんだ。苦痛の叫びは、気管にも血液が詰まったのか、濁った呻き声と化していた。さらに勢いをつけながら蹴りつづけると、たちまち壁一面が赤く染まりだした。

鼻孔と口、耳からおびただしい量の血を流出させ、槇人はぐったりと床に伸びた。

結衣は痺れる左足の指を動かし、感覚を取り戻そうとした。両脚で立つと、短機関銃とまとめて服を拾った。さっさと着こむ。

槇人が上半身を起きあがらせ、壁にもたれかかった。血だらけの顔は表情を失い、目もうつろだった。意識が朦朧としかかっているようだ。

喉に絡む声で槇人がささやいた。「おまえはどうせ、裁判で実刑になる」

スカートのホックをとめながら結衣はいった。「あんたが生き延びたところで同じ。やっぱり死刑」

「そうはならん。決定的な証拠がない」

結衣は胸もとのスカーフを整え終えた。テーブルの上にリモコンがある。結衣はそれをすくいあげ、テレビに向けた。電源をオンにする。

テレビからきこえてきたのは槇人の声だった。槇人が顔をこわばらせた。

昂揚した槇人の声が告げた。「あと五秒。四、三、二、一。時間だ。カーン！　ゴングが鳴ったぞ」

槙人が茫然とテレビを眺めた。結衣もその視線を追った。画面には槙人の得意げな顔が大写しになっている。

ニュースキャスターの声がいった。「これは石掛工業高校の地下で撮影されたとみられる動画です。映像通信中のテレビに田代槙人さんが映っています。田代さんは地下室にいる人々に対し、優莉結衣さんの殺害を呼びかけています。この数分後、田代さんが行方不明の伊賀原璋教諭を射殺するという、非常にショッキングな場面がありました」

槙人は息も絶えだえにいった。「なんだこれは」

結衣は鼻を鳴らした。「ネット上のあらゆる動画サイトにアップされてる。ニュースになって当然」

「凜香はスマホを……」

「壊した。尾行が回収して確認した。凜香はコピーをとってなかったし、わたしにも保存のチャンスはなかった。ディエン・ファミリーからそうきいた？」

「ちがうというのか」

「胃にやさしい」

「なに？」

ずっと周りに半グレがいた。ディエン・ファミリーのナスでも、盗聴されている可能性が高かった。よって結衣は具体的な発言を避けながら、凜香と意思を通じあった。凜香は胃にやさしいと答えた。それが了解を意味する返事だと結衣も気づいた。ナスの室内で凜香が風呂に入ったとき、結衣は彼女のスマホを拝借した。凜香も納得済みだったからこそ、スマホを放置し呑気に入浴していた。姉妹は盗聴を警戒し、互いになにも喋らなかった。結衣はスマホのパスコード六桁を入力し、ロックを解除した。胃にやさしい。凜香の動画データを、結衣はクラウドに保存した。翌日、地下鉄の車内で結衣は、ファンミーティングの集合場所が軽井沢だといった。妹を危険から遠ざけるため、あえて別の場所を口にした、そのことに凜香は気づいていた。凜香が姉の身勝手さに腹を立てたのは事実だった。姉妹の心情に偽りはなかった。

だが事前にしめしあわせなくても、篤志を含め三人とも、尾行の存在を悟っていた。凜香は大声を張りあげ、ホームでスマホを壊した。尾行が残骸を回収し、データの破損を確認するのも承知済みだった。

あんな動画データをひとり持ち歩いていれば、凜香は永遠に命を狙われる。結衣の願いに凜香が応えた。横浜に向かうバスに乗りこむ前、結衣はプリペイド式スマホを経由し、動画データをあらゆるサイトにアップした。拡散するまで少々時間がかかる。マスコミが夜のニュースにとりあげるのはわかっていた。

智沙子が田代親子に囚われていたことも、槇人が動画のなかで自白した。智沙子を解き放ってやった、槇人はあのときそういった。

ニュースキャスターの声がつづけた。「テレビに映っている田代槇人さんと会話する声は、工業高校の地階にいた優莉結衣さんとみられます。保護された男子生徒の証言によれば、優莉さんはともに伊賀原教諭に誘拐監禁され……」

結衣に都合の悪いくだりと、原爆に関する発言はカットしておいた。報道で流れずとも、警察は真実を理解する。田代槇人は伊賀原と結託していた。結衣を嵌め、原爆で宇都宮を壊滅させようとした。

槇人が憎悪の籠もった唸り声を響かせた。「貴様。このいかれた詐欺師め」

「ディエン・ファミリーは長いこと、在日ベトナム人の闇社会を牛耳ってきた。新参者のあんたはやりすぎた。美代子や勇次には黙ってたけど、ほんとはナムに頭があがらなかった」

絶句する反応があった。槇人が身を震わせながら問いかけてきた。「どうしてそれを」

「田代だから」結衣はささやいた。「ディエンは漢字で田。あんたたちグエンは阮のはず。なのに苗字が〝田の代わり〟。それが日本でのあんたたちの役割でしょ」

落ちぶれた老舗の弱小勢力なら、貨物船の緊急手配が可能になるはずがない。温泉旅館を買いとったナス、人員輸送用のトラック、どれをとっても潤沢な資本とマンパワーを感じさせる。ディエン・ファミリーは凋落したのではなく、むしろ最高権力に昇り詰めたとみるべきだった。闇社会を仕切る実行部隊の役割は、新参のグエン家に譲られた。在日ベトナム人社会にグエン家の立場を知らしめるため、帰化後の姓を〝田代〟とした。むろんディエン・ファミリーからの強制だろう。

ところが槇人は田代ファミリーを名乗り、すべてを牛耳りだした。シビックからの資金提供を受け、武力行使も辞さず、経済支配を目論んだ。

シビックによる後ろ盾を得て、権力を拡大した田代家に、ディエン・ファミリーは表向き服従する態度をとった。だが槇人は内心怯えていたはずだ。ナムが近くで目を光らせていることに。

結衣はいった。「非合法組織はふつう、国家権力との闘争を回避する。むしろ裏取引により協調を持ちかけ共存に努める。ディエン・ファミリーはそうしてきたのに、あんたが壊した」

「おまえのせいだ」槙人が声を詰まらせた。「おまえがいなきゃ国家公安委員会の長まで殺すことはなかった」

「首相が訪問する高校を襲撃しといてよくいう。もともと政権交代まで意図してたくせに」

ニュースは過去を振りかえっているようだった。キャスターの声がきこえてきた。

「武蔵小杉高校事変において、田代勇次さんはひとりだけ無事に送水路から脱出を果たし、父親の槙人さんや、母親の美代子さんと合流しました。一家三人はすぐに首相官邸に招かれ、柚木若菜大臣と会見しています。クーデターの張本人とされる柚木大臣と田代一家の会見は、現在の視点で分析すると……」

「勇次」槙人が嘆くように力なくつぶやいた。「いまどこにいるんだ。お父さんとお母さんの仇をとれ」

結衣は床に落ちた拳銃を、槙人のほうに蹴った。槙人が結衣を見つめた。結衣も槙人を見かえした。

まだ手が動くのなら、さっきと同様、自分のこめかみに銃口を向けられるだろう。結衣はそのように目でうながした。

槇人が神妙に拳銃を握った。持ちあげるだけでも苦痛がともなうらしい、低い呻きを漏らした。

だがその直後、槇人はいきなり笑い声を発しながら、銃口を結衣に向けた。結衣が武器を持っていないのを見てとったからだろう。槇人が最期の力を振りしぼり、トリガーを引こうとした。

結衣はスカートの下、左の太股の外側に短機関銃を携えていた。槇人の狙いがさだまるより早く、結衣は動じることなくセミオートで数発の弾を発射した。耳をつんざく銃声とともに、スカートに穴があき、銃火が閃いた。太股の地肌に熱を感じたが、ほんの一瞬のことにすぎなかった。排出された薬莢は、スカートの裾から床に落ちた。赤ペンキをぶちまけたがごとく、鮮血が部屋じゅうに飛散した。槇人の頭部は破裂し消し飛んだ。首から下の身体が脱力し、糸の切れた操り人形のように弛緩した。

廊下側のドアが勢いよく開いた。銃声をきいたからだろう、凜香とヨンジュが真っ先に飛びこんできた。次いでパグェがなだれこむ。さらに篤志がつづいた。

誰もが無言で室内にたたずんだ。どの目も槇人の死体に向けられている。にわかには受容しがたい、そんな状況らしい。ジニがふらふらと近づき、槇人のわきにひざまずいた。顔のあったあたりをしばし眺める。

ジニがうっすらと涙を浮かべながら立ちあがった。「死んだ。槇人さんが死んだ！」

叫びながらジニは駆けだした。ドアの外にでると、廊下に声を響かせた。「槇人さんが死んだぞ！」

どよめきがきこえる。結衣は歩きだした。船室から廊下にでたとたん、ひしめきあう半グレたちが、いっせいにうろたえる反応をしめした。かつてない多大な畏怖が結衣に向けられていた。

凜香が両手いっぱいの銃器類を抱えながらでてきた。「結衣姉。室内に勇次は隠れてねえ。あいつどこ行ったんだろ」

篤志も戸口に姿を現した。「それより詠美だ」

結衣はヨンジュにいった。「みんなを連れて貨物船に戻って。ファンミーティングに参加した女たちも」

ヨンジュが見つめてきた。「おまえはどうする」

「ぎりぎりまで船底をあたる」

「ならわたしも……」

「よしてよ」結衣は凜香に向き直った。「海上保安庁の接近を目視してからじゃ遅い。

貨物船の船長に急いで遠ざかるように伝えて」

凛香がむきになった。「詠美を捜すんなら、わたしには一緒に行く権利がある」

「いいから貨物船に戻って」

「なんでだよ!」凛香は食ってかかってきた。「なんで結衣姉はいつもそんなに勝手なんだよ。どうしていつもひとりで行こうとすんの!」

「ムショ入り確定の姉の我が儘ぐらいきいたらどう」

ふいに沈黙がひろがった。凛香も真顔になり口ごもった。

ジニがつぶやくようにいった。「このまま帰ったところで、今後どうすりゃいい。槇人さんはいねえ」「指導者を失ったパグェはばらばらになる」

結衣は首を横に振った。「どうせあんたたちはもう見放されてた。それぞれ自分の暮らしに戻ればいい。必要ならディエン・ファミリーが手を貸してくれる。わたしがそういってたと伝えて。でも求めるのはまともな人生を歩むための援助だけ。半グレなんて馬鹿なガキがやること」

周りの全員が神妙に耳を傾ける。いままでとは状況が明確に異なっていた。結衣は短機関銃のマガジンを抜いた。もう残弾はわずかだった。凛香の抱えた銃器類から、アサルトライフルを手にとり、代わりに短機関銃を押しつけた。

ヨンジュが見つめてきた。「結衣。榊本たちブレンダが、まだ船底から戻ってない。たぶんクラギゾンの残存勢力に釘付けにされてる」

「わかった。ブレンダが貨物船に戻りしだい発進して。わたしをまたないで」

「おまえを殺しとくんだった」ヨンジュの目が潤みだしていた。「こんな無茶をするとわかってたら」

「あんたが手を汚さなくても、どうせ長生きはしない」結衣は身を翻し、ひとり廊下を走りだした。

階段を駆け下りながら心拍の加速を感じた。詠美。なんとしてでも連れて帰る。

26

一階よりも下に向かう階段は果てしなかった。どれだけ下りてもまだ先がある。高層ビルの非常階段のようでもあった。錆びついた鉄製の手すりとステップが延々つづく。

だがようやく最下層に着いたらしい。結衣はハンドルを回転させ、分厚い扉を押し開けた。とたんにけたたましい銃声が耳に飛びこんできた。

暗がりに硝煙のにおいが立ちこめる。煙も充満していた。コンテナが埋め尽くす倉庫のような空間に、銃火がさかんに閃く。手前のコンテナに身を隠しているのは、金髪に白塗りの顔のパンクたちだった。猿のような奇声を発し、コンテナ越しに奥へと発砲を繰りかえす。十数人はいた。どうやらブレンダの脱出を阻んでいるらしい。

　結衣は飛びだした。靴音をききつけ、白塗りパンクがいっせいに振りかえった。敵に先制攻撃を許さず、結衣はアサルトライフルを低く構え、ただちにフルオート掃射した。勢いまかせの弾のばら撒きではなく、確実にパンクたちの胸部を狙った。悲鳴とともに集団が突っ伏していった。

　こういう場合、致命傷を負っていないにもかかわらず、死んだと勘ちがいする輩がいる。そいつらは数秒で我にかえり、起きあがって反撃してくる。結衣はその可能性の高いパンクに近づき、油断なくアサルトライフルを構えた。数秒ののち、パンクが叫びながら身体を起こした。だが拳銃に狙い澄まされるより早く、結衣はトリガーを引いた。セミオート射撃でパンクの頭骨を粉々に吹き飛ばした。

　奥からまだ銃撃してくる。結衣は親指と人差し指で輪をつくり、甲高い口笛を鳴らした。これも幼少のころ父から教わった。

　銃撃がやんだ。煙のなかに複数の人影が現れた。前屈姿勢で銃器を構え、慎重に前進してくる。結衣はコンテナの陰から手を振り、ゆっくり全身をしめした。

「優莉！」スキンヘッドの榊本が小走りに駆けてきた。「なんでここに」

「遅い。爆薬はセットした？」

別のひとりがいった。「ナムさんのくれた起爆装置、配線がわかりにくくてよ。でもちゃんと仕掛けた」

結衣はきいた。「場所はボイラーの燃焼装置に近い？ でなきゃ船が沈むほどの爆発にならない」

「ああ。ナムさんもそういってた。指導どおりにやった。バーナーヒンジに押しこんできた」

「起爆は時限式？」

「無線式」男はトランシーバー型の送信機をしめした。「有効範囲は五百メートル」

「全員貨物船に戻って」

榊本が妙な顔をした。「おまえは？」

「詠美を捜してる。わたしの妹」

「妹がいるのか。ヒョンシクとユノが、優莉匡太の子供をポロスヨンソから連れてきたとはきいた」

「場所はわかる？」

「さあな。この船底全域がパグェの管理下だった。俺たちは詳しくねえ」

だが髭面の男がふと思いついたように告げてきた。「ふたりが階段を下りてくのを見た奴がいる」

結衣はきいた。「どこの階段？」

「船尾左舷。ここからコンテナの谷間を突っ切っていけばいい。左へ折れて右、そのあとまっすぐだ。突きあたりの左手が階段になる。いるとすりゃその付近だろ」

「わかった。みんな貨物船に急いで。衝突事故を嗅ぎつけられたら、海上保安庁のヘリが飛来する。そうなる前にフェリーを沈めて」

返事をまたず、結衣は駆けだした。がむしゃらに全力疾走した。狭いコンテナの狭間を二度折れ、さらに速度をあげ、ひたすら走りつづけた。

いまほど切実に祈る気持ちが生じたことはない。自力でどうにもならないのは既存の状況だけだ。あとはなんとしても乗り越える。それまでは死ねない。

ふいに奇声が響き渡った。白塗りパンクがコンテナの上から飛びかかってくる。結衣は足をとめず、アサルトライフルで仰角に射撃した。駆け抜けるや背後でパンクが床に叩きつけられた。コンテナのわきから別のパンクが現れ、剣を水平に振り、結衣の首を狙ってきた。結衣はアサルトライフルを縦にし、刃を受けとめ前方に弾くと、銃底でパンクの顎を強打した。ふたたび銃を構え直し、銃身で敵の胸を突き、後退させてから頭部に発砲する。パンクは脳髄を撒き散らし吹き飛んだ。足をとめてはいられない。結衣は走りだした。

　機械室ではつなぎ姿が右往左往していた。フェリーの乗組員だった。結衣は危害を加えなかった。そのまま前進しつづけ、船尾付近まで到達した。オイルのにおいが立ちこめている。鉄製の内壁に囲まれた無機質な空間だった。左舷に上り階段があった。付近にハンドル付きの鉄扉が三つ並んでいる。

　結衣は駆け寄り、最初の扉のハンドルを回した。扉を引くと、なかは窓のない狭い部屋だった。ふたつの人影が起きあがった。痩せ細ったボロ着の男たちが駆けだしてくる。顔は汚れて真っ黒になっていた。ふたりは結衣を見たものの、泡を食ったように階段へと逃走していった。

　下っ端の半グレかなにかだろう。囚われの身だったらしい。結衣は怒鳴った。「甲板にでたら右舷の貨物船に乗って!」

　ふたつ目のハンドルを回す。鉄扉を開けた。だが段ボール箱が堆く積まれるばかりだった。最後の鉄扉を試す。今度のハンドルは固かった。満身の力をこめ回転させた。

扉が開いた。意外にも室内には明かりが灯っていた。天井から裸電球が下がっている。悪臭が漂ってきた。食べ残しの皿が床に置いてある。家具らしき物はない。部屋の隅に、ぼろぼろのワンピース姿の痩身がうずくまっていた。髪の長い少女だった。こちらに背を向けている。

結衣は駆け寄った。「詠美!」

その場に両膝をついた。衰弱はあきらかだった。そっと両肩に手を置く。少女がびくりと反応した。視線があがった。げっそりと痩せこけた顔が結衣を見つめた。

時間が静止したかのようだった。のみならず自分の心臓の鼓動も、呼吸さえも途絶えた、そんなふうに思えた。

妹だった。たしかに妹だ。けれども詠美ではない。八年が経過しても、面影はさほど変わらない。一見して誰だかわかった。十四歳になった弘子の虚ろなまなざしが、ぼんやりと結衣を眺めていた。

27

凜香は真っ暗な貨物船の甲板に立っていた。コンテナのない甲板上は広々とし、まるで埠頭のようだった。いま周りはひどく騒々しい。フェリーから戻った大勢の半グレがひしめきあっているからだ。田代勇次のファンミーティングに参加した女たちはここにいない。貨物船内の食堂に集めてある。

船首を眺めるうち凜香は違和感をおぼえた。舳先をフェリーの横っ腹に突っこませ、二隻は一体化したように、甲板がほぼ地続きの状態にある。ところがフェリーが少しずつ遠ざかっていく。いや、この貨物船がゆっくりと後退していた。打ち寄せる波飛沫が甲板より高く跳ねあがった。揺れも大きくなりつつある。

なにをやってやがる。凜香は苛立ちとともに貨物船の船橋を見上げた。「おい！勝手に動かすんじゃねえよ」

船橋のほうに駆けだしてすぐ、ヨンジュが近づいてきて行く手を阻んだ。「船長が海上保安庁の無線を傍受した。フェリーの捜索範囲が拡大されてる。巡視艇より先にヘリに見つかる心配がある」

「ふざけんな」凜香はかっとなって怒鳴った。「結衣姉がまだ戻ってねえだろうが」

ジニが苦い顔で歩み寄ってきた。「あいつがまつなといったんだぞ」

「はあ？」凜香はジニに食ってかかった。「おめえバカかよ。いわれたことをなんでも鵜呑みにすんのか。流行り廃ったチーズホットクでも食ってやがれ」

表情を硬くしたジニが凜香に挑みかかろうとした。凜香も突進しかけた。だが背後から巨漢が羽交い締めにしてきた。

篤志が声を張った。「凜香、落ち着け！」

「放せ！」凜香は全力で身をよじった。「スプキョク隊には前からむかついてた。いまこの場で決着をつけてやる」

ふと近くに不穏な空気を察した。ブレンダが輪になり、ぼそぼそと言葉を交わしている。ひとりがささやいた。あまり離れると電波が届かねえ。別のひとりがいった。でも距離も置かず起爆したんじゃ、こっちが危ねえ。

凜香の神経にぴりっと電気が走った。「おい榊本。フェリー吹っ飛ばす気なら、この場で殺してやる」

ブレンダがいっせいに振りかえった。スキンヘッドの榊本がつかつかと歩み寄ってきた。「そうしろといったのはおまえの姉だ」

「育毛剤でも浴びやがれハゲ。結衣姉を殺したらただじゃおかねえからな」

ヨンジュがじれったそうな顔でいった。「凜香。フェリーにはライフジャケットも救命ボートもある。現に乗組員たちが続々と海上に脱出してる。あいつならきっと自力でなんとかする」

「結衣姉がだいじょうぶでも、詠美はそうじゃねえだろが！」

ジニが大仰に顔をしかめた。「詠美だ？　まだそんなこといってんのか。おまえら姉妹の都合でしかねえのに、俺たちを巻きこむ気なら……」

稲光に似た閃光が唐突に走り、フルオート掃射音がこだました。全員が息を呑み、甲板上に散開した。

フェリー甲板の手すりに、白塗りパンクが横並びになり、アサルトライフルで銃撃してくる。横一列に銃火が閃く。貨物船の甲板上に跳弾の火花が散った。銃を手にした半グレ全員が応戦を開始した。だが身を隠せる遮蔽物がない。凜香はさかんに動きまわった。

フェリーとの距離はいまのところ数メートルしか開いていない。手榴弾を投げこめば届く距離だった。篤志がチェストリグをまさぐっている。

ところがそれより早く、フェリーのパンクらがオーバースローの動作をとった。小さな物体がいくつも貨物船の上に転がる。凜香は後方に飛び退きながら怒鳴った。

「手榴弾！」

甲板上が真っ赤に照らしだされ、爆発の炎が噴きあがった。熱風に爆心との距離の近さを感じる。轟音の直後、音が籠もりだした。一時的に耳が遠くなった。凜香は身体を起こした。直前に呼びかけたのが功を奏したのか、味方は退避し、爆発に巻きこまれなかったようだ。

篤志が報復とばかりに手榴弾を投げた。フェリーの甲板上で炸裂し、数人を吹き飛ばした。火災が発生したものの、敵の銃火はなおも途絶えない。ヨンジュとジニが腹這いになって銃撃をつづける。凜香も前進しアサルトライフルを拾った。片膝をつき、フェリーの敵を狙い澄ますと、トリガーを引き絞った。当たらない。暗視ゴーグルが必要だった。人数はこちらが勝っているが、手榴弾の数で敵が有利だった。このままでは全滅させられる。

ところがふいにフェリーから別の銃撃音がきこえてきた。パンクたちが悲鳴を発した。背中に掃射を浴びたらしく、のけぞったかと思うと前のめりになり、次々と海面に落下していった。

一瞬で敵を殲滅した者がいる。誰なのかはすぐに判明した。燃えさかるフェリーの甲板に、結衣が駆けだしてきた。それもワンピース姿の少女を抱きかかえている。

篤志が啞然としていった。「おい。まさか……」

凜香も目を疑った。信じられない。本当に詠美を見つけたのか。

ヨンジュが大声で呼びかけた。「結衣！」

フェリーと貨物船の距離はもう十メートル以上開いている。結衣は少女を抱いたまま、甲板で身をかがめた。ウィンチのロックを解除したようだ。大きな鉄製のフックをつかんで引っぱり、ワイヤーをどんどん伸ばす。フックを貨物船に投げてきた。

貨物船の甲板にフックが落下した。引っかかる物もなく向こうに滑っていく。凜香は駆け寄ったが、先に篤志がフックに飛びついた。篤志が貨物船の手すりにフックを引っかけた。ワイヤーはたるんでいたが、貨物船がフェリーから遠ざかっているため、ほどなく張りだした。

結衣は身体の前に少女を抱き、フェリーの手すりから身を乗りだした。ワイヤーを両手でつかみ、ぶら下がった状態で両足をかける。ワイヤーの下で仰向けの体勢になった。結衣はモンキー渡過を開始した。

消防隊員はモンキー渡過の訓練に明け暮れるが、その成果によりかなりの速度で移動できる。腕と脚の長い結衣も、幼少のころからモンキー渡過を得意としてきた。凜香はその事実を知っていた。だがいま結衣の動作はスムーズでない。腹の上に少女が抱きついているからだ。結衣は慎重にゆっくりと近づいてきた。

フェリー甲板でまたも銃火が閃いた。ふたりのパンクが結衣を狙撃している。凜香はアサルトライフルでパンクたちにフルオート掃射した。ほかの半グレたちも一斉射撃を開始する。パンクのひとりを倒した。もうひとりが手榴弾を投げる素振りをしめした。だがただちに射殺された。パンクはその場に倒れ、フェリー甲板上で手榴弾が爆発、轟音とともに火柱があがった。

ところが次の瞬間、結衣のぶら下がるワイヤーが急激にたるみだした。爆発でウィンチのロックが壊れたらしい。結衣はなおもワイヤーを放さずにいる。抱いている少女もろとも、海面へとみるみるうちに落下していく。

篤志が急ぎフックを手すりから外した。「ワイヤーを引け！　落ちるより早く引っぱれ！」

半グレたちがワイヤーに群がった。凜香もワイヤーをつかんだ。全員が猛然とワイヤーを引く。かなりの重さだったが、ワイヤーがたるむ速度を上まわる必要があった。ジニもワイヤーを引きながらスプキョク隊に呼びかけた。「もっと引け！　急げ！」

ほどなくワイヤーが水平状態に張っていった。さらに引っぱることで、結衣が自力で移動せずとも、貨物船のほうに引き寄せられた。結衣は状況に甘んじることなく、モンキー渡過のペースを速めた。急速に貨物船へと近づいてくる。

凜香の胸を複雑な思いがかすめた。ふしぎなものだ。幼少のころの記憶しかないのに、この暗がりで遠目に眺めるだけでも、なんとなくわかる。結衣に抱きついているのは詠美ではない。

榊本が大声でいった。「どんどんワイヤーを引け！　もっと速めろ！」

結衣と少女はたぐり寄せられるように、速度をあげながら接近し、ついに貨物船の手すりに達した。篤志たちがふたりを保護し、手すりを乗り越えさせた。結衣は少女を抱きかかえたまま、甲板にへたりこんだ。

ジニが周りに指示した。「ワイヤーを捨てろ！」

甲板上を蛇行しながら這う長いワイヤーを、半グレたちがつかみあげた。手すり越しに海に投棄する。ブレンダのひとりが無線装置のアンテナを伸ばした。ただちにスイッチが入った。

フェリーの側面に巨大な水柱が立ち上った。海原を高波が放射状に走り、貨物船を上下に大きく揺るがす。地震より大きな振動だった。甲板上の半グレたちは叫び声を発し、いっせいに伏せた。

落雷に似た轟音とともに豪雨が降り注いだ。爆発によって舞いあがった海水だとわかった。濃霧の向こう、闇のなかでフェリーのシルエットが傾いていた。傾斜の角度はどんどん大きくなり、甲板が浸水しだした。思いのほか速く沈んでいく。船体が海中に没すれば生体情報は洗い流される。例によって血液や汗、皮膚片は検出できなくなる。フェリーにいた証拠は残らない。

静寂が戻ってきた。貨物船のリズミカルなエンジン音を耳にする。凜香は身体を起こした。近くで起きあがった篤志と目が合った。

篤志の表情はどこか空虚だった。同じことに気づいたらしい。凜香は小さくうなずいた。儚さに近い感覚が胸のうちにひろがる。

手すりに結衣がもたれかかっていた。両脚を投げだしている。胸もとに抱きつく長い黒髪の少女が顔をあげた。凜香は心のなかでささやいた。弘子。

28

結衣は貨物船の甲板上で、手すりにもたれかかり座っていた。夜空を仰いだ。満天の星が目に映る。光があふれた都会からは、けっして見上げられない眺めがここにあった。

勇次は両親とともに海の底か。いや、あっさり死んだとは思えない。これで結衣と同じ条件になった。武装半グレのリーダーだった父を失いひとりきり、世間から敵とみなされる十七歳。

抱きつく弘子の顔がすぐそばにある。弘子はぐったりとしていたが、青白い顔に少しずつ血色が戻ってきている。

感極まったように目を瞬かせながら、弘子が蚊の鳴くような声でささやいた。「結衣姉ちゃん。結衣姉ちゃんだよね？　来てくれると思ってた。お兄ちゃんやお姉ちゃんのなかで、いちばん大好きだったもん」

結衣は弘子を見かえさなかった。半グレたちが遠巻きに見守るなか、凜香と視線が合った。無表情だった。金髪に染めたショートボブが風になびいている。

弘子の長い髪もさかんに泳ぎ、結衣の顔を撫でた。智沙子よりはいくらか元気なようだった。弘子のささやきは、しだいに昂揚した響きを帯びだした。「結衣姉ちゃん。ほんとに嬉しい。わたしのこと忘れずにいてくれたんだね。怖かったよ。だけどいつも結衣姉ちゃんを思いだしてた。みんな結衣姉ちゃんについて、いろいろ話すんだもん。わたしに怒りをぶつけてきたけど、わたし辛抱したよ」

結衣はようやく弘子の顔を眺めた。弘子の目には大粒の涙が膨れあがっていた。

なんともいえない思いがひろがりだした。面立ちはあの憎らしい弘子のままだ。なのに弘子はいますなおだった。いささかの汚れもない、純粋な心で語りかけてくる。

まなざしが詠美によく似ていた。憎悪を向けられるところは、もうひとかけらも残っていなかった。

思い起こせば九歳と六歳だった。幼い日々の記憶でしかない。みな異常な家族環境に置かれていた。弘子はあれで身を守っていた。嘘をつき、人を貶めても、なんとか生き延びようとした。どうして責められるだろう。まちがった父のもと、全員の命が危険にさらされていた。誰もが死の恐怖と戦っていた。

結衣はかろうじて震える声を絞りだした。「弘子。生きてたんだね」

弘子が涙に暮れながら微笑した。幼児のように無邪気な笑顔だった。「弘子だなんて。ひさしぶりにきいた」

そういうことだったのか。結衣の心に鬱屈とした感情が沁みだした。

ソン・イングクとイム・イングク。パグェは戸籍を改ざんし、姓を捨てさせる。家系をたどれなくなるよう苗字を変える。親に未練があれば、せめてもの情けとして下の名を継ぐ自由があたえられる。よって親子で姓でなく名が共通するという、奇妙な状況が生まれる。田代美代子の下にいた智沙子とちがい、パグェに囚われていた弘子は、その仕来りにしたがっていた。

弘子の母は岸本映見。弘子はパグェで映見と呼ばれていた。いまならわかる。フェリーにいた半グレたちはみな、詠美でなく映見といっていた。

悲哀に満ちた嗚咽とともに弘子がささやいた。「連れ去られたときには、なにがなんだかわからなかった。あとで美代子おばさんからきかされた。パグェがクロッセスをやっつけたとき、そこにわたしがいたって」

半グレの大人たちは、抗争に敗退した事実を教えてくれない。攫われた弘子についても、事故死したと誤魔化したのだろう。

やはり詠美が生きているはずはなかった。機動隊が遺体を回収した。路地裏で息も絶えだえになった、詠美のせつないまなざしが思い浮かんだ。あれが永遠の別離だった。

でもいま弘子は心から喜んでいる。生あることを、結衣との再会を。どうして拒絶できるだろう。目の前にいる弘子は、あのときの詠美となんら変わらないのに。

弘子が泣きじゃくりだした。「結衣姉ちゃん。クロッセスの大人たち、みんな死んじゃった。お父さんよりも酷いことされた。だけどもう平気だよね？　これからは食べ物を吐きだしちゃっても、棒で殴られるだけだよね？　溺れさせられたりしないよね？　大勢の男に好き勝手されないよね？」

結衣は胸が詰まる思いだった。弘子の感性は、父のもとに暮らしていたときから変わっていない。棒で殴られるだけ、弘子はそういった。あれを日常と感じる異常さに、まだ気づけずにいる。

一方的に弘子を嫌った。弘子はそう思っていなかった。こうして出会わなければ、弘子を永遠に憎んだままだった。

感傷に耐えきれなくなり、結衣は弘子を抱きしめた。弘子が肩を震わせ泣きつづける。結衣も視界がぼやけだすのをどうにもできなかった。

結衣は目を閉じた。求めていたものとはちがった。でもたどり着くべき場所はここだったのだろう。まだ十七だ。ようやく今年、十八になる。知らないことは山ほどある。凶器の使い方や生き延びるための手段ではない。見えないものがもっと身近に落ちている。

29

夜の鶯谷は発酵する。駅の東側は風俗店やラブホばかりで、都内でも独特のいかがわしさに満ちている。一方で南口の陸橋付近では、それなりに治安が保たれている。ひどく古びた家屋の軒先が飲み屋に改装され、結衣の生まれるずっと前から営業をつづけてきた。幼少のころにも頻繁に連れてこられた。鶯谷はかつて父の半グレ集団のひとつ、共和のテリトリーだった。

いま結衣は制服姿で路地を歩いていた。飲み屋街ではちょっかいをだしてくる大人もいない。並んで歩く弘子は緊張気味のようだ。

身なりは清潔にしている。髪も肩までの長さに切った。何日も食事と睡眠をとり、点滴を受け、弘子は回復した。もぐりの医者とナスはディエン・ファミリーが提供してくれた。弘子が自分で選んだ服装は、ドットブラウスに花柄スカート、スニーカーだった。センスがやや古く思えるが、育った環境を思えば仕方がない。

凜香は少し距離を置き、ひとり後ろをついてくる。やはり制服を着ていた。ときおり酔っ払いに絡まれても、きょうの凜香は黙って歩きつづけた。

飲み屋街からさらに裏手に入る。暗く狭い路地を歩いていく。トタン板で外壁を補強された古い木造家屋が軒を連ねる。よほどの物好きでも、よそ者はここまで深く分けいらない。そう思える暗がりの果てに、ぽつんと置き看板が光っていた。

スナック映見。幅の狭い戸建ての一階、玄関ドアの上にも看板がでていた。店には窓もなく、なかのようすはわからない。

結衣は弘子をうながした。弘子はためらいがちに見かえした。

無理もない。世のなかは知らないことだらけだろう。これから学んでいくしかない。

結衣は店先に歩み寄り、ドアを開けた。

狭小としかいえない店内だった。内装にかなり年季が入っている。潰れた店を家ごと借りたと八年前にきいた。テーブルはなくカウンター席のみ。老人がひとりビールを飲んでいた。カウンターのなかには、六本木のホステスだったころより、ずっと地味なドレスが立っている。茶髪はアップにしていた。濃い化粧のせいで、実年齢の四十代よりさらに老けて見える。

弘子から優莉匡太の特徴を省き、歳を重ねた、そんな印象の顔がこちらを向いた。結衣はずっと苦手に思ってきた。弘子の母親、そんな認識が強かったからかもしれない。映見は怪訝な表情を浮かべた。会うのはひさしぶりだった。ただし映見のほうは結衣について、いろいろ報道を目にしているだろう。

映見の視線が弘子に移った。驚きのいろがひろがった。口を半開きにし、しばらくそのまま動かずにいた。やがてふらふらとカウンターからでてきた。

けれども映見は、弘子に駆け寄ったりはしなかった。一定の距離を置き立ちどまった。

わが子だと気づいてはいる。それでも物怖じしていた。弘子が生きていた、その経緯がわからない、そんな理由もあるだろう。だがそれ以上に罪悪感が見え隠れする。優莉匡太とのあいだに産んでしまった子。母親として、後ろめたさと自責の念を感じずにはいられないようだ。

弘子のほうも戸惑いをしめしている。十四歳になった弘子はようやく、結衣が九歳時点で世に解き放たれた、あのころの感覚に至った。大人が怖い。実の母親から愛されている自信もないのだろう。

とはいえ兄弟姉妹のなかでは恵まれた立場だ。母親に再会できる者など限られていた。そう思えばこそ躊躇など許せない。

結衣は弘子の背を突き飛ばした。弘子は映見に抱きついた。映見が弘子を強く抱き締めた。嗚咽とともに母と娘が抱きあった。結衣は踵をかえし、足ばやに店をでるや、後ろ手にドアを叩きつけた。

路地には凜香が立っていた。結衣はそのわきを通りすぎた。ここに長居したくなかった。できるだけ遠くに行きたい。歩が自然に速まった。

凜香が歩調を合わせてきた。「結衣姉ちゃん」

「なに」

「沖縄できいたろ。詠美が死んだあとのこと」

なんの話かはすぐにわかった。あのキッチンだ。六歳の凛香は、九歳の結衣に抱きついた。結衣はそういったが、凛香はおぼえていないと答えた。ひとけのない路地を歩きながら、凛香がたまりかねたようにささやいた。「ほんとはおぼえてた」

「わかってる」

「なら……」

結衣は足をとめた。凛香も静止した。涙を湛えた凛香の目が、まっすぐ結衣をとらえる。九歳のとき、凛香のこんなまなざしと向きあった。暴君の父のもと、誰もが孤独だった。みな歪んで育って当たり前だった。姉なら妹のすがりたい心に気づくべきだった。詠美でなくとも。

まだ十七だ。なにもかもわかっているわけではない。誰かから手を差し伸べてほしいのは自分のほうだ。そう嘆こうとも、妹にとって結衣は姉だった。姉が振り向かなければ、誰が妹の思いを掬いあげられるのだろう。ろくでなしの大人ばかりだったのに。姉妹そろって連続殺人魔になってしまったのに。

意に沿わなければ殺そうとする。ふたりともそんなところがあった。殺意はいつも、心が満たされない寂しさの裏がえしだった。

あのときは凜香が抱きついてきた。いまはちがう。結衣は凜香を抱き寄せた。凜香は身を寄せ、静かに泣いた。結衣も堪(こら)えきれない涙とともに、凜香を抱き締めた。長い八年間だった。ようやくあの日のつづきが始まった気がする。

30

東京高等地方簡易裁判所合同庁舎、前と同じ奥行きのある吹き抜けの空間に、きょうも大勢がひしめきあっている。配置も変わらない。正面にはデスク三つが横並びになり、検察審査会事務官がそれぞれ座る。その手前、左手の椅子二脚に、警視庁生活安全部少年事件課の梶園課長と阿蛭係長が着席した。

結衣は宮園弁護士とともに右手に腰かけていた。後方を警察関係者が取り巻く。やはり元公安の梅田と綾野の姿もあった。ふたりとも緊張の面持ちで見守っている。

吉森事務局長が厳かに声を響かせた。「では検察審査会法第三十九条の五により、審査による決議をお伝えします。通常は文書での通達となりますが、特別公開手続きの慣例を踏まえ、ふたたび関係各位にお集まり願っております」

阿蛭係長が結衣を一瞥(いちべつ)してきた。死刑判決と同等の意味を持つ申し渡しをきけ、目がそううったえている。隣りで梶園課長も自信満々にふんぞりかえっていた。結衣は無言で視線を逸らした。たしかに清墨学園事件の審査なら、決議をまつまでもない。不起訴が撤回され、起訴となるのは確実だった。そして起訴となればまちがいなく有罪、無期懲役となる。

鯨井審査課長が咳払いをした。「審査の申し立てに基づき、犯行現場から離れた場所において、当初は優莉結衣さんと思われた女性が目撃された件に関し、防犯カメラの録画映像、目撃者らの記憶、採取された残留生体情報、いずれも検察が詳細に鑑定しました。とりわけ結衣さんの双子の姉、智沙子さんであったか否かについて、重点的に調査が実施されました」

静寂のなか空気が張り詰めていった。いよいよ結論が申し渡されるときがきた。

手もとの書類に目を落としながら、鯨井審査課長が語気を強めた。「科学鑑定の結果、防犯カメラに映っていた映像はいずれも、智沙子さんではなく結衣さんと証明されました」

ざわっとした驚きの反応がひろがる。阿蛭係長が表情をこわばらせた。梶園課長も前のめりになった。

鯨井審査課長がつづけた。「目撃者十数名に確認をしたところ、全員が智沙子さんではなく、結衣さんを見たと証言。当時採取された生体情報、指紋や毛髪についても、結衣さんと断定されました。これにより結衣さんは、犯行現場にいなかったと結論づけられました。当初検察官が不起訴にした理由のとおり、結衣さんにはアリバイがあり……」

阿蛭係長が血相を変え立ちあがった。「そんな馬鹿な！」

吉森事務局長が迷惑そうに顔をしかめた。「前にも申しあげましたが、ここは法廷でなく、私たちも裁判官ではありません。決議をお伝えしているだけです。異議を唱えられても困ります」

「いや！」阿蛭係長は首を横に振った。「断じて納得がいきません。科捜研の調べにより、目撃されたのは替え玉の智沙子だったと証明されています。防犯カメラ映像も解析しました。すべては優莉結衣のアリバイ工作だったんです」

鯨井審査課長が眉間に皺を寄せ、書類に目を走らせた。「しかし横浜ランドマークタワーの六十九階、展望フロア内の防犯カメラ、売店従業員や客の証言、フロア内から採取された毛髪により……」

「な」阿蛭係長は愕然とする反応をしめした。「なんですって？　横浜ランドマークタワー？」

「そうですよ。逗子の山中における辻舘鎚狩の殺害に関し、犯行のわずか十七分前に、最上階で結衣さんが目撃されている。それに関する審査申し立てでしょう」

背後で警察関係者らがどよめいた。動揺するのも無理はないと結衣は思った。みな清墨学園事件の審査だと信じていたからだ。

結衣は冷静だった。きょうが茶番に終わることは最初からわかっていた。

梶園課長が泡を食ったようすで立ちあがり、事務官のデスクに詰め寄った。「なにが横浜だ！　調べるべきは日比谷の映画館だ。審査を申し立てたのは、清墨学園事件でのアリバイ工作についてだぞ」

三人の事務官はそろって妙な顔をしていた。島浦総務課長が一枚の紙を手にした。

「審査申立書の提出を受けての検察審査会だったんですが」

すかさず梶園課長が紙をひったくった。阿蛭係長とともに書面を見つめる。ふたりとも衝撃を受けたようすだった。

阿蛭係長の顔は真っ赤になっていた。「なんだと!?　中立人は嘉島奈々未？」

吉森事務局長は平然と応じた。「中立代理人は、あなたがた警視庁のおふたりになってます。なんの不備もありませんが」

「こんなのは私たちが提出した申立書じゃありません！　筆跡もちがう」

「嘉島奈々未さんの筆跡です。確認済みです」

「だから申立人は嘉島奈々未ではないというんだ」阿蛭係長ははっと気づいたように、こちらに目を向けてきた。「宮園弁護士だ。あのとき私たちが渡した申立書を、いちどカバンにいれたでしょう」

宮園は落ち着いた表情のままだった。「なんのことだか」

「とぼけんでください!」阿蛭が憤然と歩み寄ってきた。「あんたがすり替えたんだ」

「なにをおっしゃってるのかわかりかねますが、あなたから渡された審査申立書に、私は目を通した。そしてあなたに返した。それだけです」

「辻舘事件への審査申し立てのわけがないでしょう! だいいち嘉島奈々未は辻舘鎚狩に殺されそうになったんであって、優莉結衣は被疑者じゃなかった」

「〝被疑事実の要旨〟という欄に、誰が辻舘鎚狩を殺害したか不明とある。嘉島奈々未さんは、現場に居合わせたのが優莉結衣さんであったなら、自分も殺されていたかもしれないと恐怖をおぼえた。よって真相をはっきりさせたいと審査を申し立てた。そう書いてあったと思いますが」

梶園課長が申立書をしめしながら近づいてきた。「これを書かせたのはあんたらだろう！　あんたはそれでも弁護士か、汚いぞ！」

宮園は梶園が手にした紙を眺めた。「受付印が捺されてます。検察審査会が受理した申立書にまちがいない」

「このペテン師が」梶園課長はふたたび事務官らのデスクに詰め寄った。「私たちが提出しようとしたのは、この書類ではない！」

吉森事務局長は苛立ちをしめしだした。「取りちがいが起きるような微妙な内容なら、その場で念を押すなり、確認なさるべきだった」

「それは」梶園課長は言葉を詰まらせた。「そもそも特別公開手続きの場では、議論は原則禁止とされてます。申立書の記載内容がすべてという前提です。だからなにもいえなかった」

阿蛭係長が結衣を指さした。「あのふたりは規則を悪用したんです！」

鯨井審査課長が真顔でいった。「私の記憶が正しければ、申立書を受けとったとき、あなたがたに問いただしたと思いますが。防犯カメラ映像の専門家による再鑑定。優莉結衣がいたとされる場所で採取済みの生体情報の再鑑定。これらを検察がおこなうということでよろしいんですな、と。備考欄にそういう記述があったので」

梶園課長は申立書の裏面を見つめた。「た、たしかにそう書いてあるが……。私たちの中立書にも同じことが書かれてた。いや場所を明記していた、日比谷の映画館だと。鯨井審査課長が場所について尋ねてくれれば、その場で発覚したものを」

「私のせいだと？」鯨井が不満げに梶園を見かえした。「議論が原則禁止だからこそ、具体的なことを言葉にしなかっただけだ」

「だから」阿蛭係長が怒鳴った。「そこを優莉結衣につけこまれたんだ！」

「失礼だが」鯨井は梶園の手から書類をひったくった。「この審査申立書は誰が提出した？　あなたの手から受けとったんです。私たち三人、はっきりそう認識しとる」

梶園課長は凍りついたように立ち尽くした。阿蛭係長も同様だった。ふたりとも死刑判決を食らった被告のようなありさまだった。

結衣は宮園弁護士に目を向けた。宮園も澄まし顔で見かえしてきた。

この弁護士はハイジャック機に乗り合わせた。結衣が清墨学園でなにをしたか承知済みだった。だが宮園は機内で結衣にいった。できるだけのことをする。弁護士である以前に、ひとりの人間として。

審査申立書はＰＤＦファイルでダウンロードできる。奈々未はテレワーク中で、部屋にパソコンもプリンターもあった。印刷にはごくふつうのコピー用紙が使われると予想していたが、念のためいくつかの種類の紙を用いた。すべてに奈々未が同じ内容を記入した。それらの紙は大判の封筒にいれ、裁判所に入る前、結衣から宮園に手渡した。事前の電話で段取りはすべて伝えてあった。

梶園課長は事務官らに食ってかかった。「これは優莉結衣の妨害工作だ！　あらためて清墨学園事件に関する審査申し立てをおこないます」

宮園弁護士が冷静な声を響かせた。「特別公開手続きをおこない、起訴相当あるいは不起訴不当との決議に至らなかった場合、警察は同じ被疑者の別件の不起訴に対し、同様の申し立て代行はおこなえなくなります。制度の乱用防止のための取り決めです」

鯨井審査課長がうなずいた。「そのとおり。むやみに検察官の名誉を傷つけておいて、勘ちがいでは済まされないのでね」

警視庁のふたりは絶句した。やられた、どちらの顔にもそう書いてある。

吉森事務局長が腰を浮かせながらいった。「検察審査会は不起訴相当との決議に至りました。私どもからは以上です。お集まりいただきご足労をおかけしました」

宮園弁護士が立ちあがっておじぎをした。結衣もそれに倣い、宮園とともにその場を去りだした。

阿蛭係長が激昂(げきこう)しながら追いかけてきた。「まて！　優莉結衣。貴様、なんてやつだ。公安警察や刑事警察の捜査員ばかりか、とうとう弁護士まで仲間に引きこんだのか」

結衣は一瞥もくれず歩きつづけた。「なんのことだか」

「貴様のやってることは父親と同じだ！　いやそれ以上だ。田代夫妻が死んだいま、あらゆる半グレ集団が貴様になびいとる。貴様は国内最大の半グレ同盟を結成しつつある。俺たちを手玉にとりやがって。法は貴様のおもちゃじゃないぞ！」

自然に足がとまった。結衣は阿蛭を見つめた。「石掛工業高校にあった危険物がなんなのか、警察は真実を公表したら？」

阿蛭が石のように固まった。公表できるはずがない。核爆弾で宇都宮が壊滅寸前だった、その事実が発覚すれば、周辺国から日本政府に猛烈な抗議が寄せられる。日本国民も反発する。警察の信用は失墜する。

国外逃亡を謀った田代夫妻のフェリーが沈没、死体が発見されたのち、誰もが共通の見解に至った。田代槇人が伊賀原の協力を得て、結衣を工業高校の地下に監禁した。智沙子も槇人のもとに長いこと囚われていた。犯行の規模から考えるに、この一年間の武装攻撃はすべて田代槇人が絡んでおり、執拗に優莉結衣に罪を着せようとしてきた。それが司法のだす結論になる。

阿蛭が歯ぎしりした。「こうなったら、どうあっても警察独自で再捜査してやる。

清墨学園から動かぬ証拠を採取し、別件でもなんでも逮捕に持ちこむからな」

「更地を探すの？」

「なに……」

清墨学園の校舎は二日前に解体された。経営がディエン家に移り、閉校となったからだった。

「こ」梶園課長が目を剝き、結衣に襲いかかってきた。「この小娘。日本を滅ぼしかねない悪魔め！　たとえ法の責めを受けようとも、ここから無事に外にだすものか！」

こぶしが結衣に殴りかかる寸前、阿蛭が梶園を羽交い締めにした。なおも暴れる梶園に対し、警察関係者がいっせいに殺到し、必死に暴力を食いとめようとする。一帯は騒然となった。

結衣はしらけた気分で、宮園とともに出口をめざした。梅田と綾野だけが、元の場所にそのまま立っていた。ふたりは安堵したように微笑しながら結衣を迎えた。

梅田がいった。「またやったな」

「なにを？」結衣はとぼけた。

「出口まで送ろう。俺も梅田も、これで気分よく小笠原署に帰れる」

「どんなとこ？」

綾野が並んで歩いた。「十人しかいないから上下関係もない。いいところだよ。東洋のガラパゴスと呼ばれてるし」

宮園弁護士も歩調を合わせた。「私も自然豊かな環境で骨休めしたいよ。いや、こんなのは心臓に悪い」

三人の大人たちが控えめに笑いあう。結衣は歩きつづけた。皮肉なものだと結衣は感じた。結衣自身が変わるべく努力しないかぎり、誰とも心を通じあえない、そんな説教を受けるばかりの人生だった。事実とは思えない。結衣は自然に変わりつつある。それにつれて周りも変わっていく。

31

午前の陽射しは、大気に銀粉を振りまいたかのように、繊細な光沢と煌めきを放つ。もはや季節は後戻りしそうにない。温暖な風が全身を撫でていく。

静寂の漂う泉が丘高校の校門に、結衣はひとり歩いていった。登校が遅れることは学校側に通知済みだった。法的な手続きは煩雑きわまりない。頻繁に遅刻や早退を余儀なくされる。

すでに一時限目の授業が始まっている。校門周辺には誰もいなかった。ただし物陰に人の気配はある。少し離れた場所に覆面パトカーも駐車していた。脅威のうちには入らない、結衣はそう思った。隠れているのは刑事ひとり、それもおそらく中年以上だろう。

校門を入ろうとしたとき、道路沿いの電柱の向こうから、ひとりのスーツが歩みでた。いかつい顔つきながら、結衣の予想どおり年配のベテランだった。これが初対面ではない。つい先日呼びだされた宇都宮東署でも会った。

生活安全課少年係の北原幸司係長は、どこか複雑な表情を浮かべていた。「ずいぶん遅かったな」

結衣は足をとめた。「警察があの手この手で、逮捕や送検を画策するから」

「どれもこれも、きみの狡猾な弁護士たちに阻まれ、たちまち退けられちまう」

立ち話に興じる気になれない。結衣は校門に向き直り、ふたたび歩きだそうとした。

北原が呼びとめるようにきいた。「所轄の一刑事じゃ、いまのきみには釣り合わないか」

また静止した。結衣はささやいた。「どういう意味？」

「正直お手上げだよ。大量殺人が横行していながら物証ひとつ得られない。死んでるのが半グレばかりだから、世論も犯人捜しに熱心じゃない。ここの教師も生徒もみんなすっとぼけてる」

「全員正直に喋ってるだけかも」

「冗談いうな」北原はため息をつき、頭を掻きむしった。「優莉。お姉さんには会えなくて気の毒だった」

「べつに」結衣は視線を逸らした。

智沙子とはまだ面会のめどが立たない。未成年のうちは、優莉匡太の子供どうしが顔を合わせられない規則だ。栄養失調と脱水症状がみられた智沙子は、退院後どこかの児童養護施設に移される。場所はむろん知らされない。

結衣はただ苦言を呈した。「一卵性双生児の姉が生きてるとわかった以上、その前提で鑑定すれば、双子は区別できる。警察が過剰に不安がる意味がわからない」

「俺も同意見だが、本庁はきみがどんな手を使うかわかったもんじゃないと警戒しててな。やむをえんだろう。きみ自身よくわかってるはずだ」

「さあね」

「フェリーに乗ってた女性たちは、田代勇次にふたり殺されたと証言してる。きみの姿は一秒たりとも見てないともいってる。しかし沈没した船体から田代勇次の死体は見つからなかった。行方不明だが、たぶん死んでる。満足か？」

「なにについて？」

「きみは未成年だ。半グレどうしの抗争に身を置くことになったのは、大人たちに足らないところがあるからだろう。その意味じゃきみは不幸だ。だがこのままじゃきみの身が心配でな」

「自分の稼ぎを心配したら？」

「なあ優莉。少年係の刑事は非行少年少女から嫌われる。将来のためを思って補導した、俺たちがそういっても、うわべだけのきれいごとだと罵られる。大人を絶対に信じようとしない。それだけ歪んじまってるんだろう。そこは同情に値する」

「十八歳の煽り運転や、万引きやカツアゲを取り締まってきたら？　そのほうがよっぽど世間のためになる」

「きみに執着しても無駄といいたいんだな？」北原が重い感情をのぞかせた。「いまの自分を見てみろ。大勢の半グレがきみを慕い、警察官や弁護士にも仲間がいる。父親とまったく同じ道を歩んでる。このままじゃ行き着く果ても、父親と同じになっちまう」

「わたしはなにもしてない」結衣は校庭に足を踏みいれた。

「優莉！」北原の声が背後から呼びかけた。「強い社会不信と不満を抱えてるのはわかる。こんな世のなかにした大人たちが、きみたちの世代を苦しめてる。激しい怒りをおぼえてるんだろう。それがきみのあらゆる行為を正当化してる」

「不満なんかない」

「万が一にも田代勇次が生きていたとしても、もう充分じゃないか。武蔵小杉高校事変の首謀者らは、過剰なほどの報いを受けた。これ以上はよせ。復讐のためであっても人殺しは人殺しだ。あいつらと同じレベルに堕するな！」

結衣の足は自然にとまった。けれども北原を振りかえる気にはなれない。

一対一の勝負が残っている。オリンピックにでられなかった勇次には本望だろう。部活に喩えれば、人殺し部の主将どうしの対決だった。

思いがそのままささやきとなり、結衣の口をついてでた。「わたしには誰もついてこない。でもわたしも、誰にもついていかない」

「ひとりきりだといいたいのか」

ちがう。たしかに自分の前にも後ろにも人はいらない。求めていたのは横に並び、ともに歩く存在だった。詠美を失い、新たに兄や妹を得たことで、そんな自分の心に気づかされた。

詠美のことを思った。道端の花を摘んで、やさしく微笑む詠美の顔が、結衣の脳裏をよぎった。髪が花びらとともに微風に揺れている。嬉しそうに細めた目に、明日への希望の光が宿っていた。

結衣は胸の痛みを言葉に変えた。「大人にはわからない。十代で死ななきゃいけなかった子の気持ちなんて。十歳以下の子ならなおさら」

沈黙があった。背に北原の視線を感じる。だが校内までは追ってこられない。

結衣は歩きだした。授業中の静けさが包む校舎、いっさい人影のない昇降口をめざした。

学校なんて、一部の人間のために造られた場所でしかない。出来レースに参加できるのは、それなりの家庭に育った子供たちだ。自分はそうでないと気づいた。この世では、人殺しが悪いことだとされている。心から同意できない時点で、致命的な欠陥を抱えている。生まれたときにはもう、すべてはきまっていた。

風が強く吹き、校庭に砂埃が舞った。砂漠に吹き荒れる嵐のようだった。結衣は乱されがちな髪をかきあげた。いつかは死ぬ。どうせなら納得して死にたい。

本書は書き下ろしです。

高校事変 Ⅷ

松岡圭祐

令和2年 8月25日 初版発行

発行者●青柳昌行

発行●株式会社KADOKAWA
〒102-8177 東京都千代田区富士見2-13-3
電話 0570-002-301(ナビダイヤル)

角川文庫 22288

印刷所●株式会社暁印刷
製本所●株式会社ビルディング・ブックセンター

表紙画●和田三造

●お問い合わせ
https://www.kadokawa.co.jp/(「お問い合わせ」へお進みください)
※内容によっては、お答えできない場合があります。
※サポートは日本国内のみとさせていただきます。
※Japanese text only

ISBN 978-4-04-109874-5 C0193

◇◇◇

角川文庫発刊に際して

角川源義

第二次世界大戦の敗北は、軍事力の敗北であった以上に、私たちの若い文化力の敗退であった。私たちの文化が戦争に対して如何に無力であり、単なるあだ花に過ぎなかったかを、私たちは身を以て体験し痛感した。西洋近代文化の摂取にとって、明治以後八十年の歳月は決して短かすぎたとは言えない。にもかかわらず、近代文化の伝統を確立し、自由な批判と柔軟な良識に富む文化層として自らを形成することに私たちは失敗して来た。そしてこれは、各層への文化の普及滲透を任務とする出版人の責任でもあった。

一九四五年以来、私たちは再び振出しに戻り、第一歩から踏み出すことを余儀なくされた。これは大きな不幸ではあるが、反面、これまでの混沌・未熟・歪曲の中にあった我が国の文化に秩序と確たる基礎を齎らすためには絶好の機会でもある。角川書店は、このような祖国の文化的危機にあたり、微力をも顧みず再建の礎石たるべき抱負と決意とをもって出発したが、ここに創立以来の念願を果すべく角川文庫を発刊する。これまで刊行されたあらゆる全集叢書文庫類の長所と短所とを検討し、古今東西の不朽の典籍を、良心的編集のもとに、廉価に、そして書架にふさわしい美本として、多くのひとびとに提供しようとする。しかし私たちは徒らに百科全書的な知識のジレッタントを作ることを目的とせず、あくまで祖国の文化に秩序と再建への道を示し、この文庫を角川書店の栄ある事業として、今後永久に継続発展せしめ、学芸と教養との殿堂として大成せんことを期したい。多くの読書子の愛情ある忠言と支持とによって、この希望と抱負とを完遂せしめられんことを願う。

一九四九年五月三日

原作者・松岡圭祐絶賛!!

紛れもなく
最高のコミカライズ

――松岡圭祐

コミック版
高校事変
原作：松岡圭祐
漫画：オオイシヒロト
1〜3話まで
試し読み
公開中！
私は結衣を信じるから
武装テロ組織と結衣の戦いが激化する第2巻は、
2020年12月頃発売予定！
※2020年8月現在の情報です。
第1巻
好評発売中
角川コミックス・エース